JOHANNES WILKES

Der Fall
Gloriosa

JOHANNES WILKES

Der Fall Gloriosa

Kriminalroman

GMEINER

Personen und Handlung sind frei erfunden.
Ähnlichkeiten mit lebenden oder toten Personen
sind rein zufällig und nicht beabsichtigt.

MIX
Papier aus verantwortungsvollen Quellen
FSC® C083411
FSC www.fsc.org

Besuchen Sie uns im Internet:
www.gmeiner-verlag.de

Im Ehnried 5, 88605 Meßkirch
Telefon 07575/2095-0
info@gmeiner-verlag.de

1. Auflage 2021

Lektorat: Daniel Abt
Herstellung: Mirjam Hecht
Umschlaggestaltung: U.O.R.G. Lutz Eberle, Stuttgart
unter Verwendung eines Fotos von: © kamera7 / stock.adobe.com
Druck: CPI books GmbH, Leck
Printed in Germany
ISBN 978-3-8392-2809-8

»Wenn die Gloriosa spricht, haben alle anderen Glocken zu schweigen.«

(Spruchweisheit aus Erfurt)

Vivos voco.
Mortuos plango.
Fulgura frango.

Lebende rufe ich.
Tote beklage ich.
Blitze zerbreche ich.

(Friedrich Schiller: Das Lied von der Glocke)

OSTERSONNTAG

Laude patronos cano gloriosa

(Ich besinge mit ruhmreichem Lob die Schutzherrn – Inschrift der Gloriosa)

Erfurt, 10.45 Uhr

Ein stiller Frühlingshimmel wölbt sich erwartungsschwanger über der Stadt. Alle Glocken schweigen, warten gespannt darauf, dass die größte von ihnen, die berühmteste, die Gloriosa, den Ostertag einläutet. So ist es Brauch seit alters her, der Gloriosa gebührt der Vorrang. Erst wenn ihr majestätisch schöner Klang die Erfurter Luft zum Vibrieren bringt, dürfen sich auch die anderen Glocken in Bewegung setzen, dürfen sie mit einfallen in das österliche Festkonzert.

Die Stadt, sie hält den Atem an, sehnt sich nach dem Signal vom Domberg, nach dem ersten Schlag der Gloriosa. Was aber ist das? Welch grässliche Töne, welch eiernder, scheppernder Lärm! Das soll die Gloriosa sein, die Göttliche, die Königin der Kirchenglocken? Unerträglich falsch hört sich das an, höhnisch schmerzt es in den Ohren, ein teuflisch-schiefes Geläut, klirrend, verzweifelt, ohne jeden Rhythmus. Als kämpfe die Glocke gegen etwas an, gegen einen geheimen Widerstand, einen Widersacher, der sich gegen ihr Schwingen stemmt.

»Nein, lasst ihn bitte noch hängen!«

Wie alt mochte der Mann sein, der da neben dem Klöppel hing? 40, vielleicht Anfang 50? Es fällt schwer, das Alter eines Menschen zu schätzen, dessen Schädel zerschmettert ist wie eine Wassermelone, die man unter ein Hammerwerk gelegt hatte.

»Unsere Gloriosa wiegt locker zehn Tonnen, das hält selbst der größte Thüringer Dickschädel nicht aus.«

Kommissar Mütze nickte und kniff die Augen zusammen. Sanft baumelte der Mann mit dem Strick um die Füße im Inneren der Glocke, den letzten Bewegungen des Klöppels folgend. Der zerquetschte Kopf schmiegte sich an das verdickte Klöppelende, die herunterhängenden Arme, von denen es rot hinablief, strichen fast über die Holzdielen und malten mit dem hinabtropfenden Blut zierliche Schleifen und Kreise auf den Boden. Der Mann war tot, mausetot, da gab es keine Zweifel, und doch, solange ein Mensch sich noch bewegt, schien eine Prise Leben in ihm zu sein.

Mütze beugte sich nieder und leuchtete mit seinem Handy in die Glocke hinein. Ganz oben, dort, wo der Klöppel aufgehängt war, hatte man den Strick befestigt. Das linke Hosenbein des Mannes war heruntergerutscht, was etwas unordentlich aussah. Zudem passten die gelbblauen Ringelsocken nicht zu dem eleganten schwarzen Anzug. Und da war noch etwas, das nicht passte, es waren die Hände des Toten. Das waren nicht die Hände eines Anzugträgers, das waren die Hände eines Mannes, der hart anpacken musste, breit und blutig sahen sie aus, zerschunden von einer übermenschlichen Aufgabe. Unter dem Klöppel, vom Blut getränkt, lag eine weiße Nelke auf den Dielen.

Während sich Mann und Klöppel noch sacht bewegten, war die Glocke bereits zum Stillstand gekommen. Mütze besah sie sich genauer. Ein Relief zierte die Außenseite, eine Frau in einem Strahlenkranz war darauf zu sehen. Vielleicht die heilige Maria? Mütze war die katholische Heiligenkunde so vertraut wie einem Hamster der Buddhismus. Das Messing der Gloriosa war stumpf geworden im Laufe der Jahrhunderte, an zwei Stellen unten am Rand aber glänzte es, und diese Stellen lagen sich genau gegenüber. Was da glänzte, war frisches Blut.

»Die Glocke? Sie meinen wirklich, die Glocke hat ihn auf dem Gewissen?« Mütze trat dicht an den Seziertisch heran. Die abgenommene Schädeldecke neben dem zerquetschten Gehirn erinnerte ihn an ein antikes Gefäß, das man, tausendfach zerbrochen, mühsam wieder zu kitten versucht hatte.

»Alles sieht danach aus«, sagte Professor Hahnemann, ein grauhaariger Hüne, den nichts mehr erschüttern konnte. »Sehen Sie, Herr Kommissar, die inneren Organe, Herz, Lunge, Bauchraum, alles völlig unversehrt. Der Schädel hingegen, das Gehirn, ein einziger Brei. Die Glocke hat ihn erschlagen, vielleicht auch der Klöppel, wer will das entscheiden?«

»Und wenn er vorher schon tot gewesen ist? Ich meine, wenn man eine Leiche aufgehängt hat?«

»Eine Leiche hätte sich nicht gegen den Tod gewehrt«, sagte der Professor und hob eine der Hände des Toten auf. »Die Hand hier muss man sich im Original deutlich schmaler vorstellen. Schauen Sie hier.« Bei diesen Worten ließ er eine milchige Scheibe aufflammen, an der mehrere Röntgenbilder hingen. »Hier außen, das sind die Hände.«

Man brauchte kein Radiologe zu sein, um zu erkennen, was passiert war. Die feinen Fingerknochen waren vielfach gebrochen, ja, an vielen Stellen völlig zersplittert.

»Der Ärmste muss versucht haben, der Gloriosa auszuweichen. Als sie stärker zu schwingen begann, hat er vielleicht noch probiert, sich in der entgegengesetzten Richtung vom Klöppel abzustoßen und den Zusammenprall auf diese Weise zu vermeiden. Als das nicht mehr möglich war, als seine Kräfte nachließen, wollte er zumindest seinen Kopf schützen und hat seine Hände verzweifelt vor die Schläfen gehalten. Zusammen mit dem Kopf sind sie zwischen Klöppel und Glocke geraten, so lange, bis sie völlig zertrümmert waren. Das Opfer hat schließlich das Bewusstsein verloren, seine Arme sind schlaff hinabgesunken und der Kopf hat die volle Dröhnung abbekommen: dong, dong, dong!«

Mütze nickte. So konnte es gewesen sein. Wer aber ließ sich freiwillig in eine Glocke binden? Oder hatte es zuvor einen Kampf gegeben, gab es entsprechende Spuren?

Der Rechtsmediziner zuckte mit den Schultern. »Bislang haben wir nichts dergleichen gefunden. Aber Sie sehen ja selbst, der Zustand der Hände … Wir sind noch dran. Ob sich jedoch DNA-Spuren vom Täter finden lassen, bleibt ungewiss.«

»Adam Sternberg, 59 Jahre, städtischer Gärtner.« Hauptkommissar Thomas Stulpenpilz, von jedermann nur »Braunkärsch« gerufen wegen seiner unbezähmbaren

Vorliebe für Butterstullen mit Brunnenkresse, wischte auf seinem Tablet herum, während Mütze hinter ihm stand.

Seit gerade mal vier Wochen bildeten sie ein Team. Nach sieben Erlanger Jahren hatte sich Mütze nach Erfurt versetzen lassen, der Liebe wegen. Sein Freund Karl-Dieter hatte eine neue Herausforderung gesucht. Vielleicht hatte er sich auch nur von seinem einfach nicht verstummenden Kinderwunsch zu befreien versucht, wer weiß? Alle sieben Jahre muss man sich häuten, hatte er jedenfalls gesagt. Die Stelle des leitenden Bühnenbildners am Theater Erfurt war ausgeschrieben gewesen und die Wahl war auf Karl-Dieter gefallen. Ein paar Monate waren die Freunde zwischen Erfurt und Erlangen hin- und hergependelt, mit dem ICE durch den durchlöcherten Thüringer Wald, dann waren sie die Reiserei mit der chronisch unpünktlichen Bahn leid geworden und Mütze hatte sich ebenfalls in Erfurt beworben. Nun war er da und hatte seinen ersten Mordfall. Und was für einen!

»Bist du sicher, Braunkärsch, ich meine, wir haben dem Toten ins Gesicht gesehen. Auch wenn es ziemlich zermatscht gewesen ist, die Ähnlichkeit ist doch wirklich nur eine sehr entfernte. Zudem haben wir keinerlei Papiere gefunden.«

Braunkärschs Augen blitzten. »Mensch, mach de Glotzen uff!« Er vergrößerte die Fotografie auf seinem Tablet so weit, dass der kleine Ohrring, der das linke Läppchen zierte, zu einem Türklopfer heranwuchs. »So einen Ohrring gibt es nur einmal in Erfurt, da kannste Gift drauf nehmen!«

Mütze kniff die Augen zusammen. Der Ohrring war offensichtlich ein handgeschmiedetes Unikat. Er zeigte ein stilisiertes Mühlrad. Genau dieser Ohrring hatte in der Nierenschale neben dem Seziertisch gelegen.

Insgeheim hatte sich Mütze auf Erfurt und das neue Umfeld gefreut, auch wenn er das Karl-Dieter gegenüber nie zugeben würde. Ewig seinem Lebenspartner hinterherzureisen, war das nicht etwas würdelos? Der Umzug von Dortmund nach Erlangen war echt hart gewesen, vom fröhlich mordenden Ruhrpott in eine Stadt, die keine Universität hatte, sondern eine war. Das Leben in Erlangen glitt einfach zu friedlich übers Pflaster. Lauter Akademiker, die meinten, jeden, aber wirklich jeden Streit friedlich lösen zu müssen. Was blieb da für einen Kommissar übrig? Der einzige Grund, die Ärmel hochzukrempeln, war das Schäufele am Sonntag. Der aktuelle Umzug versprach beruflich eine deutliche Verbesserung. Erfurt war zwar nicht als Thüringens Antwort auf die Bronx verschrien und doch durfte man sich als hungriger Kriminalkommissar mehr erwarten als Klöße und Rostbratwürste. Und hungrig war Mütze immer noch, auch wenn er bereits einen 50. Geburtstag hatte erdulden müssen. Nach wie vor scharrte er mit den Hufen und suchte die berufliche Herausforderung. Und nun, nach nur vier Wochen, steckte er schon mittendrin in seinem ersten Erfurter Fall. War das nicht wunderbar? Zumal eines klar war: Dieser Fall war keiner von der Stange. Mord mit ’ner Glocke! Wumm-bum! »Den Mörder muss ein unglaublicher Hass getrieben haben. Wozu sonst der Aufwand?«

»Oder wir haben es mit seinem Sadisten zu tun, mit einem Psychopathen«, gab Braunkärsch zu bedenken.

Mütze verzog sein Gesicht, um sein Grinsen zu verbergen. Die Thüringer sprachen das P so zärtlich aus wie die Franken, weich wie ihre Klöße war auch ihre Art zu sprechen. Dialektmäßig betrachtet hatte der Umzug keine Probleme bereitet. Aber klar, Braunkärsch war nicht zu widersprechen, auch ein Psychopath kam in Betracht.

»Und zwar einer von der geschmacklosen Sorte«, fügte der Kollege hinzu, »unsere Gloriosa als Mordwaffe zu missbrauchen, welch bodenlose Frechheit!«

Geschmacklos, ja direkt widerlich fand auch Karl-Dieter das Verbrechen. Die Freunde saßen zusammen in ihrer schicken Wohnung im Brühl, dem Stadtteil, der sich zwischen das Theater und den Petersberg kuschelte. Das Brühl ist ehemals eine Schmuddelecke gewesen, verschiedene Gewerbebetriebe hatten sich hier angesiedelt. Lange her. Mittlerweile hatte man das ehemalige Werksgelände zu Büros und Wohnungen umgebaut, hohe Räume mit französischen Fenstern im Industriedesign, sehr stylisch. Am schicksten war das *Dompalais* in der Peterstraße, in dem sich die Wohnung von Karl-Dieter und Mütze befand. Von der Dachterrasse hatte man einen Blick auf einen kleinen Grünstreifen, den ein Bächlein wässerte, auf der gegenüberliegenden Seite sah man zum Domberg hinauf. Einfach malerisch!

Karl-Dieter musste erst am Nachmittag zur Probe und hatte anlässlich des Osterfestes butterzarte Lammlachse gebrutzelt. Dazu gab es Rosmarinkartoffeln, schön kross, wie Mütze sie liebte, grüne Speckbohnen und als Osterwein einen Bio-Primitivo von einem kleinen Familienweingut aus Apulien.

»Wie ist der Täter denn auf den Turm hinaufgelangt? Ich meine, da ist doch sicher immer abgesperrt.«

»Man muss links um den Dom zur Hochterrasse, dort geht's zu den Türmen. Das Türschloss war unversehrt, der Täter muss einen Schlüssel gehabt haben.«

»Und wie hat er sein Opfer überzeugt, mit ihm auf den Turm zu steigen?«

»Vielleicht so.« Unvermittelt sprang Mütze auf, setzte Karl-Dieter das Steakmesser auf die Brust und zischte: »Komm mit auf den Turm, wenn dir dein Leben lieb ist!«

Entsetzt wich Karl-Dieter zurück: »Mensch, Mütze, hör doch auf mit dem Scheiß!«

Lachend setzte sich Mütze wieder, um sich eine weitere Scheibe vom Lamm hinunterzusäbeln. »Vielleicht hat der Täter aber auch einen Trick gebraucht, vielleicht hat er seinem Opfer erzählt, in der Glockenstube sei ein Schatz verborgen.«

»Ganz genau, Mütze. Und oben angekommen hat er dann zu ihm gesagt, halt mal schön still, den Schatz kannst du besser betrachten, wenn ich dich mit den Füßen in der Glocke aufhänge.«

»Hast schon recht, Knuffi, er wird ihm natürlich vorher was auf die Glocke gegeben haben.«

»Mütze!«, sagte Karl-Dieter pikiert.

Zugegeben, das Wortspiel war etwas daneben. Und doch könnte es so gewesen sein. Und kein Rechtsmediziner der Welt würde herausfinden, ob Sternbergs Schädel vor dem Glockenschlag bereits ein anderer Gegenstand getroffen hatte, nicht mal Professor Hahnemann, und das wollte etwas heißen.

»Keine Angehörigen?«

»Nur eine senile Tante, die in einem Arnstädter Altenheim ihr Leben fristet«, sagte Braunkärsch. »Sternberg lebte allein. Keine Frau, keine Kinder, nicht mal einen Wellensittich. Eigentlich stammt er aus Nordhausen, seine Eltern sind beide schon verstorben.«

Die beiden Kommissare hatten die Trommsdorffstraße erreicht, die von der Altstadt kommend in die südöstlichen Vororte führte. Mütze trat auf die Bremse und schwang seinen Manta auf den Bürgersteig. Sternbergs Wohnung befand sich im zweiten Stock eines unscheinbaren Mietshauses vis-à-vis dem Ursulinenkloster, also noch innerhalb des Altstadtringes, den man nach Juri Gagarin benannt und nach der Wende nicht in Neil-Armstrong-Ring verwestlicht hatte. Die Spusi war schon bei der Arbeit, als die Kommissare eintrafen. Sternbergs Wohnung war äußerst zweckmäßig eingerichtet. Nichts Überflüssiges stand herum.

»Schon was Verwertbares gefunden?«, fragte Mütze den Oberspurensicherer, einen fülligen Mann namens Wullkopf, der in seinem Ganzkörperanzug aussah wie ein zu groß geratener Bruder des Sams.

»Ich wünschte, alle Wohnungen wären so aufgeräumt wie diese«, scherzte Wullkopf. Dann zog er aus einer Schublade eine runde Blechdose mit dem Aufdruck *Cottbuser Buttergebäck* hervor und öffnete scheppernd den Deckel.

Mütze pfiff durch die Zähne: »Nicht schlecht, Herr Specht!«

»Über 80.000 Piepen! Mehr als 160.000 Mark!« Braunkärsch hatte die Angewohnheit beibehalten, alle Geldbeträge umzurechnen, als wäre die Währungsreform spurlos an ihm vorübergegangen. »Überleg doch mal, Sternberg war ein einfacher Stadtgärtner. Woher hatte er die Knete?«

Die beiden Kommissare hatten einen Kaffeestopp eingelegt und standen am Bistrotisch einer Bäckereifiliale nahe der Hauptpost, gleich ums Eck von Sternbergs Wohnung. Ein Käffchen war schon okay, gegen ein erstes Bierchen und eine Bratwurst hätte Mütze jedoch gleichfalls nichts einzuwenden gehabt. »Ich muss sehen, wie ich meinen Fleischbedarf stille«, pflegte er zu scherzen. Je älter Karl-Dieter wurde, desto vegetarischer kochte er. Wenn das so weiterging, wucherte bald nur noch Grünzeug auf ihren Tellern. Das Lamm heute war eine echte Ausnahme gewesen. Weil Ostern war.

»Die meisten Scheine sahen ziemlich verwuselt aus, das Geld hat sich Sternberg nicht frisch aus dem Automaten gezapft, das hat er sich mühsam zusammengespart.«

»Magst recht haben«, sagte Braunkärsch, »dennoch, als Gärtner! Was wird er schon verdient haben? Und selbst wenn er sich das Geld von den Rippen abgespart hat, warum hat er die Scheine nicht zur Bank getragen?«

»Wozu? Seit die Zinsen verdraghisiert sind, kriegst du doch keinen Cent mehr.«

»Dennoch, 80.000 Euro! Die verwahrt man nicht in einer Keksdose auf.«

»Ich weiß nicht, was du meinst. Die Dose war doch recht hübsch. Oder hast du was gegen die Stadtansicht von Cottbus?«

»Willst du mich verkackeiern?«

»Quatsch, Braunkärsch, im Ernst, du hast natürlich recht, hast ja immer recht. Keksdosen taugen vielleicht für die Skatkasse, nicht aber für 80.000 Euro.«

»Eben. Wenn es der Täter aber auf die Knete abgesehen hatte, warum ist dann alles noch an Ort und Stelle?«

Mütze sah Braunkärsch an und in seinen Augen blitzte es: »Vielleicht, weil er ohnehin alles erbt.«

»Dafür der Aufwand mit der Glocke?«

»Das ist ja das Raffinierte! Er will uns in die Irre führen, aber nicht mit uns!«

Notar Michael von Gleichen war ein höchst bedächtiger Mann. Nur weil zwei Kommissare an seiner Haustür standen, die Auskunft von ihm verlangten, fing er nicht gleich an zu springen. Das war ja gerade das Erfolgsgeheimnis des deutschen Notarwesens, seine ausgesprochen geringe Sprungfreudigkeit. Beim Notar ging alles seinen geordneten Gang, man arbeitete mit Terminen und Fristen, jede Form von Spontaneität war dem Notar fremd, ja suspekt. Mindestens ebenso wichtig wie die Einhaltung formaler Ordnungen aber war dem deutschen Notar die Verschwiegenheit. Bloß weil er im Telefonbuch eines Mordopfers auftauchte, musste er doch nicht in beruflicher Verbindung mit dem Mann stehen. Von Gleichens Empörung speiste sich vor allem aus dem Faktum, dass man sich erdreistete, ihn privat aufzusuchen. Bei dienstlichen Angelegenheiten, und um eine solche handelte es sich zweifelsohne, war er es gewohnt, dass alles über sein Vorzimmer lief. Wie Wasser, das über mehrere Reinigungsstufen geklärt wurde, so wurde jeder Vorgang zunächst durch seine Damen (er sprach immer von seinen Damen, wenn er seine Angestellten meinte) vorbereitet, aufgearbeitet und in eine bekömmliche Form gebracht. Erst dann beschäftigte er sich selbst mit der Sache. Einfach so überfallen zu werden, an der Haustür seines privaten Anwesens, ohne jede Vorankündigung, war ziemlich ungeheuerlich. Noch dazu am Ostersonntag. Nicht, dass er sich in seinem religiösen Empfinden gestört hätte, jedes religiöse Empfinden war von Gleichen fremd, gerne bezeichnete er sich als Freigeist. Ein Feiertag aber war nun mal ein Feiertag.

»Hören Sie, Herr von Gleichen, wir stören wirklich nur ungern, aber wir ermitteln in einem Mordfall. Wer ist der Erbe von Adam Sternberg?«

Der Notar hatte dankend abgelehnt, in den Manta zu steigen. Wenn man ihn schon nötigte, an einem Feiertag in seine Kanzlei zu fahren, dann nahm er selbstverständlich sein eigenes Auto, einen schwarzen Porsche 911. Sein Sohn, der soeben sein zweites Studium abgebrochen hatte, um sich in Ruhe einem dritten widmen zu können, hatte ihn naserümpfend gefragt, wie man sich in der heutigen Zeit nur eine solche Kiste (er hatte tatsächlich »Kiste« gesagt) kaufen könne. Ob er nichts von der Klimakatastrophe gehört habe. So ein Rotzlöffel! »Mit dem Kauf eines Porsches leiste ich meinen Teil gegen die Wegwerfgesellschaft«, hatte von Gleichen seinen Sohn zurechtgewiesen. Kein Auto, das werthaltiger sei. Ein Porsche würde nämlich niemals verschrottet und fände nach 50 Jahren noch seinen Liebhaber. Aber so war die Jugend. Wusste alles besser. Wenn man jedoch einer neuen Freundin imponieren wollte, spielte das Klima plötzlich keine Rolle mehr, dann war Papas Porsche plötzlich genau der richtige Schlitten.

Von Gleichens Notariat befand sich im ersten Stock eines grün gestrichenen Altbaus am Fischmarkt, oberhalb eines italienischen Restaurants, in dem von Gleichen gerne zu Mittag speiste. Wenn er aus seinem stuckverzierten Arbeitszimmer schaute, fiel sein Blick auf den neogotischen Bau des Rathauses und auf die prächtigen Häuser zum *Roten Ochsen* und zur *Güldenen Krone*, Renaissancekunst vom Feinsten. Noch reicher verziert war die Fassade des Hauses zum *Breiten Herd*, ein Anblick, der von Gleichen stets einen schmerzlichen Stich versetzte. Wie gerne wäre er mit seinem Notariat dort eingezogen, ein Konkurrent aber war schneller gewesen. Doch auch seine Räumlichkeiten brauchten sich nicht zu verstecken und sie besaßen den Vorteil, dass man von ihnen die Renaissancefassade des *Breiten Herds* bewundern konnte, was vom *Breiten Herd* aus natürlich nicht möglich war. Von Gleichen hatte das Notariat unmittelbar nach der Wende bezogen, zum bestmöglichen Zeitpunkt. Erfurt als Landeshauptstadt boomte, Immobilien wanderten hin und her, schnell war er zu Geld gekommen und seit sich seine Frau darum kümmerte, seine Damen auszuwählen, lief das Notariat wie auf Schienen. Ein dummer Fehltritt, viele Jahre her und zum Glück schon fast vergessen, hatte den Ausschlag gegeben, dass seine Frau von einem Tag auf den anderen die Einstellungsgespräche übernommen hatte. Sie hatte das Notariat an einem Sonntag aufgesucht, um Kopien für einen Benefiznachmittag ihres rotarischen Inner-Wheel-Circles zu machen, als sie im Auswurfschacht des Kopierers den nackten Hintern von Susi gefunden hatte, seiner jungen Chefsekretärin, die ihn am Freitag zuvor, nachdem alle gegangen waren, noch zu einem Quickie verführt hatte. Blöderweise muss von ihnen beiden unbemerkt der Kopierer angesprungen sein, was das Ende ihrer Arbeitsbeziehung bedeutet hatte.

Aufgrund der fantastischen Ordnung, die mit der neuen Personalpolitik Einzug gehalten hatte, fand der

Notar Sternbergs Testament auch ohne bürokommunikative Hilfe. Ganz wie er es gewohnt war, händigte er das Dokument jedoch nicht aus, sondern begann, es vorzulesen: »Hiermit bestimme ich, Adam Sternberg, im Falle meines Ablebens, Herrn Kevin Wieland, geboren am 17. April 1996 in Weimar, derzeit wohnhaft im Pegasusweg 32 in Erfurt-Bindersleben, zu meinem alleinigen Erben. Erfurt, den 8. August 2018, gezeichnet Adam Sternberg.«

Bindersleben klebte wie ein Schwalbennest an Erfurts westlichem Rand. Mütze ließ den Manta fröhlich aufheulen. Vorbei ging's an den Berufsschulen, am Hauptfriedhof mit seinem munter rauchenden Krematorium, immer die Binderslebener Landstraße entlang Richtung Flughafen. Natürlich leistete sich Erfurt einen Flughafen. Schließlich war man Landeshauptstadt und was wäre eine Landeshauptstadt ohne Fluglärm? Vor einigen Jahren hatte man ihn in »Flughafen Erfurt-Weimar« umbenannt. Der krampfhafte Versuch, mit der benachbarten Goethe- und Schillerstadt zu punkten, hatte in Erfurt viel Kopfschütteln hervorgerufen. Mann! Was war denn das für ein Selbstbewusstsein?

Während Mütze Gummi gab, wischte Braunkärsch auf seinem Smartphone herum.

Mütze grinste. »Und? Heute was dabei?«

»Ach, hör uff.«

Seit mehr als drei Jahren schon war Braunkärsch Single. Viel zu lange hatte er seiner Sylvia hinterhergetrauert, hatte vergeblich auf eine zweite Chance gehofft. Nun versuchte er es mit Tinder, konnte sich aber nicht entschließen, eine der Frauen auf die rechte Seite zu wischen.

Die einen waren zu attraktiv, vor denen fürchtete er sich, und die anderen, na ja, die anderen wollte er nicht.

»Du musst von der Attraktivität mindestens fünf Punkte abziehen«, lachte Mütze, »weißt schon, wegen Photoshop und so.«

Braunkärsch brummte nur einen unverständlichen Kommentar. Auch verriet er nicht, wer ihn auf Tinder gebracht hatte. Oder wusste es Mütze etwa schon?

Rechts erhob sich lustlos der Tower. Bindersleben war erreicht. Statt zu den Terminals abzubiegen, ließ Mütze seinen Manta in eine südlich gelegene Siedlung rollen. Alle Straßen des Viertels hatte man nach Sternbildern und Sternen benannt, vielleicht als Referenz an die letzten noch abhebenden Flieger: Orion, Capella, Pegasus … Das Haus mit der Nummer 32 war eines dieser freundlich-nichtssagenden Reihenhäuser, wie sie auch in den Weichbildern von Castrop-Rauxel und Buxtehude herumlümmelten.

»Hier könntest du mich nacksch über den Zaun hängen«, sagte Braunkärsch, der zum überzeugten Innenstadtkäfer mutiert war.

Mütze lächelte und drückte die Klingel. Nichts rührte sich. Mütze klingelte ein zweites Mal. Kevin Wieland schien nicht zu Hause zu sein.

»Schönes Wetter heute, nicht wahr?«

Eine ältere Nachbarin mit blumenübersätem Strohhut besprenkelte ihre Osterglocken und grüßte zugleich freundlich über die wellenförmig beschnittene Tujenhecke.

»Mütze, Kriminalpolizei, mein Kollege, Hauptkommissar Stulpenpilz. Können Sie uns sagen, wo Herr Wieland steckt?«

»Kriminalpolizei?« Erschrocken ließ die Frau ihre Gießkanne sinken. »Ist was passiert?«

Statt auf die Frage einzugehen, kramte Mütze ein Foto des Toten aus der Tasche, das er aus dessen Wohnung mitgenommen hatte. »Kennen Sie diesen Herrn?«

Die Frau fingerte nach ihrer Brille, die an einem silbernen Kettchen vor ihrer Gartenschürze baumelte. »Ja, gewiss, der Herr ist mir bekannt. Er hat den jungen Herrn Wieland immer mal besucht. Ich glaube, die beiden sind Kollegen. Herr Wieland ist Gärtner, wissen Sie. Was ist denn mit dem Herrn auf dem Foto?«

»Er ist von hinnen, und zwar nicht ganz freiwillig.«

»Um Himmels willen! Und Sie glauben, dass Herr Wieland …? Nein, niemals! Der junge Mann ist der freundlichste Mensch der Welt, er gibt mir so viele gute Tipps für unseren Garten, der tut keiner Fliege was zuleide.«

»Haben Sie vielleicht mitbekommen, dass die beiden sich einmal gestritten hätten?«

»Nein, nein! Wie kommen Sie darauf? Die zwei sind gute Freunde gewesen.«

»Wo arbeitet Herr Wieland denn?«

»Bei der Stadtgärtnerei. Die haben doch jetzt so viel zu tun, Sie wissen schon, unsere Gartenschau. Aber sagen Sie, der Mann da auf dem Foto, der Freund von Herrn Wieland, das ist doch nicht etwa der Ärmste, den die Gloriosa erschlagen hat?«

Erfurt verstand das Kunststück, Hauptstadt zu sein und zugleich ein Dorf. Noch bevor die Presse über den Mordfall berichten konnte, wussten alle längst Bescheid. Erfurt kam prächtig ohne digitale Netzwerke zurecht, ohne soziale und unsoziale. Von Mund zu Mund lief die Neuigkeit weiter, von Haus zu Haus, von Straße zu Straße. Der Glockenwart des Mariendoms, der wegen des grausamen Glockenklangs auf den Turm geeilt war, hatte den schockierenden Grund in der Sakristei berichtet, so hatten es die Besucher des Ostergottesdienstes erfahren, hatten schnell ihr Kreuzzeichen gemacht, um sich vor der Domtür auszutauschen und dann die Handys zu zücken und Verwandte und Freunde zu informieren. »Es heißt, er habe in der Gloriosa gehangen.« »Kann man's glauben?« »Er sei total zerklöppelt worden.« »Nein, wie furchtbar!« »So ein Verbrechen!« »Das hätte es früher nicht gegeben.«

Auch am Theater schüttelte jeder ungläubig den Kopf. Zwar kannte man sich in der Bühnenwelt mit blutigen Mordfällen bestens aus, eine solche Moritat aber wäre selbst Shakespeare nicht eingefallen. Viel Zeit für langes Rühren in der Gerüchteküche blieb allerdings nicht, steckte man doch in den finalen Vorbereitungen für die Premieren anlässlich der angelaufenen Gartenschau. Diese sollte ein Erfurter Gesamtkunstwerk werden, nicht allein auf die Präsentation hübscher Blümchen wollte man sich beschränken, alle Bürger der Stadt und erst recht die Kulturschaffenden sollten sich einbringen, das war der Plan. Der Intendant des Erfurter Theaters hatte sich etwas ganz Besonderes einfallen lassen. Sebastian Bächlein, der Erfurter Hauskomponist, hatte *Les Fleurs du Mal*, die Blumen des Bösen, für das Ballett eingerichtet, eine Auswahl von sechs Gedichten Baudelaires, vertont mithilfe assoziativer Klänge. Grandios war das Bühnenbild gelungen, das Karl-Dieter entworfen hatte. Baumhohe Blumen wuchsen aus der Bühne, helle, freundliche Margeriten, welche im Laufe des Stückes allmählich zu schwarzen Monstern welkten, eine technisch schwierige Aufgabe, die Karl-Dieter mit Bravour gelöst hatte, auch wenn er, bescheiden und selbstkritisch, wie er war, alle Vorschlusslorbeeren von sich wies. Morgen war Premiere, das Publikum sollte staunen. Bei der Generalprobe am heutigen Nachmittag war die Öffentlichkeit nicht zugelassen. Nichts sollte nach außen dringen. Das junge Ballettensemble war hoch motiviert und ging bis an die Grenzen seiner körperlichen Leistungsfähigkeit. Besonders gefiel Karl-Dieter ein dunkelhaariger Spanier, Eduardo Contés mit Namen, der sich durch eine große Ernsthaftigkeit auszeichnete. In jeder seiner Bewegungen spürte man, wie er in seiner Rolle aufging, jeder Sprung, jede Drehung war Ausdruck einer enormen inneren Energie, einer völligen Verschmelzung mit der Musik, ja, in manchen Momenten schien es, als würde nicht der Dirigent im Graben, sondern der Körper des jungen Mannes das Orchester leiten. Wenn Eduardo am Ende des Stücks erschöpft auf der Bühne stand, atemlos und schweißgebadet, fühlte Karl-Dieter bei aller Begeisterung eine leichte Sorge in sich aufsteigen. Das konnte auf die Dauer nicht gut gehen. Bei aller Professionalität – und Karl-Dieter liebte Professionalität –, die Gefahr schien nicht gering, dass der junge Mann seinen enormen, ja schon fast übermenschlichen Einsatz bald bitter bezahlen musste.

Wer hatte etwas gesehen? Wer hatte eine Beobachtung gemacht? Wer war in der Nacht zuvor oder am frühen Morgen am Domberg gewesen und hatte mitbekommen, wie jemand die Tür zu den Türmen geöffnet hat?

Der Erfurter Domberg war das Zentrum der Stadt, sein Panorama weltweit einzigartig. Selbst der abgebrühteste Atheist verspürte einen Moment der Ergriffenheit angesichts des Ensembles, zu dem der Hohe Dom und die Severikirche verschmolzen. Ihre sechs Türme bildeten die Krone der Stadt. Die freie Treppe mit ihren 70 Stufen, einst »Graden« genannt, führte genau auf das seitlich angebrachte Triangelportal zu, eine raffinierte architektonische Lösung, betrat man gotische Kirchen doch zumeist durch das Westportal, welches sich in Erfurt jedoch an der stadtabgewandten Seite des Domes befand. Die breite Freitreppe verschmälerte sich nach oben zusehends, was den Eindruck der Steilheit des Berges noch hervorhob.

Angesichts der besonderen Umstände des Falls war Mütze sehr damit einverstanden, frühzeitig an die Öffentlichkeit heranzutreten, ja, er selbst hatte ihren Chef, den sie heimlich *das Brot* nannten, darum gebeten. Seinen Spitznamen trug der Leiter des Kommissariats, weil er mindestens so missmutig dreinschaute, wie *Bernd das Brot*, ja, der depressive Brotlaib war verglichen mit dem Kriminalbeamten eine echte Stimmungskanone. Nur der alte Pförtner behauptete, beim Brot einmal den Anflug eines Lächelns bemerkt zu haben, gute 20 Jahre her, zumindest habe ein Mundwinkel für einen Sekundenbruchteil die Andeutung einer Verlängerung gemacht, er könne sich jedoch auch täuschen. Winfried Mühlhauser, so der bürgerliche Name des Leiters der Erfurter Kriminalpolizei, stand kurz vor der Pensionierung, in der er sich ganz seinem Hobby, der Erfurter Stadtgeschichte, widmen wollte. Der Tod in der Glocke hatte auch ihn schockiert. Das Attentat am Gutenberg-Gymnasium ausgenommen, war ihm in seinem ganzen Arbeitsleben ein solch brutales Verbrechen noch nicht vorgekommen.

»Das schlimmste Unglück in der Domgeschichte seit dem Erfurter Latrinensturz.«

»Latrinensturz?«

»1184. Der Landgraf von Thüringen und der Bischof von Mainz hatten sich in den Haaren gelegen, wer das Sagen im Lande hat. Kaiser Heinrich war eigens angereist, den Streit zu schlichten. Das ganze Gefolge hatte sich in der Dompropstei versammelt, auf dem zweiten Geschoss, als der Boden nachgab und alles in die Abtrittgrube fiel. 60 Tote soll es gegeben haben, darunter auch der Burggraf von der Wartburg, alle in der Scheiße ertrunken.«

»Prost Mahlzeit!«

»Mütze, Sie haben mein vollstes Vertrauen. Gehen Sie an die Öffentlichkeit, ich sag Linda Bescheid, wir stellen es sogleich auf unsere Facebookseite.«

Linda Bleibtreu war ihre Pressereferentin. Fast hätte Mütze es bedauert, schwul zu sein, in die hübsche Sächsin mit den lustigen Augen hätte er sich sofort verliebt.

»Ich bin keine Sächsin, ich bin Thüringerin«, hatte sie ihm mit gespielter Empörung erwidert.

»Warum sächseln Sie dann?«

»Mein Gott, Mütze, stellen Sie mal die Lauscher auf, ich komme aus Gotha!«

Der Abend war bereits angebrochen, als die beiden Kommissare auf dem Domplatz eintrafen. Sie hatten sich ein zweites Mal mit Udo Binge verabredet, dem Glockenwart des Mariendoms. Der Mittvierziger sah immer noch reichlich mitgenommen aus, das bartlose Gesicht war blass wie ein Blumenkohl, fahrig der Blick.

»Wissen Sie, Herr Kommissar, es ist alles so unwirklich, wie in einem schlechten Horrorfilm. In dem Moment, in dem ich das scheußliche Läuten gehört habe, wusste ich gleich, dass etwas Schlimmes passiert sein musste. So schnell bin ich noch nie auf dem Turm gewesen. Wie ich oben ankomme, stockte mir der Atem. Ich konnte nicht glauben, was ich mit ansehen musste. Der schwingende Körper in der Glocke, der Klöppel, der abwechselnd gegen den armen Mann und gegen die Gloriosa schlug, und dann das Blut, all das viele Blut. Am schlimmsten aber war das Bersten, als der Kopf des Mannes zwischen Klöppel und Glocke geriet, dieses furchtbare Bersten, es will nicht mehr aus meinen Ohren hinaus. Kennen Sie das Geräusch, das entsteht, wenn man eine Kokosnuss fallen lässt? Furchtbar, einfach furchtbar! Ich hatte noch versucht dazwischenzugehen, aber die Macht der Glocke ist ungeheuer, ich hatte keine Chance, nicht den Hauch einer Chance. Ich konnte nur zuschauen, bis die Gloriosa endlich, endlich zum Stillstand kam.«

Mütze nickte mitfühlend und dankte Udo Binge, dass er dennoch gekommen war und ihnen nicht nur aufschloss, sondern sich sogar bereit erklärt hatte, erneut mit auf den Turm zu steigen.

»Keine Ursache, Herr Kommissar, ich hab zu meiner Gabi gesagt, man soll nicht davonlaufen, sonst wird alles nur noch schlimmer. Wenn ein Kind von einer Schaukel fällt, setzt man es doch sofort wieder darauf, verstehen Sie? Vielleicht verarbeite ich dann alles besser.«

»Und Sie sind sich sicher, dass der Turm tatsächlich abgeschlossen gewesen ist?«, fragte Mütze.

»Hundertprozentig, Herr Kommissar. Die letzte Turmführung habe ich selbst betreut, Samstag, um

16 Uhr, danach hab ich die Tür unten versperrt, ziemlich genau gegen halb fünf, dann bin ich heim zu meiner Gabi.«

»Und sonntags finden wohl keine Führungen statt?«

»Erst später, nach dem Hochamt, das heißt, heute natürlich nicht.«

»Also muss der Täter mit seinem Opfer zwischen Samstag halb fünf und dem Sonntagsgeläut auf dem Turm gewesen sein.«

»Ganz genau. Und er muss auch wieder abgeschlossen haben, die Tür ist nämlich versperrt gewesen, als ich am Sonntag das Geläut anstellen wollte. Wissen Sie, das ist das Schlimmste daran, dass ich es gewesen bin, der die Gloriosa in Gang gesetzt hat. Verstehen Sie, ich hab den armen Kerl auf dem Gewissen, ich hab ihn umgebracht.«

»Aber Sie konnten doch nicht wissen, dass ein Mensch in der Glocke hängt. Sie sind unschuldig, vollkommen unschuldig, genau wie die Glocke.«

»Ich weiß, ich weiß, wissen Sie, wie oft mir das meine Gabi schon gesagt hat? Und dennoch …« Udo Binge griff in die Tasche und zog einen altertümlichen Schlüssel hervor.

»Darf ich mal?«, fragte Mütze, nahm den Schlüssel in die Hand und betrachtete ihn. Auf dem verschnörkelten Griff war eine Glocke zu sehen.

»Schön, nicht? Eine Idee unseres Herrn Bischofs, die Turmschlüssel mit dem Bild der Gloriosa zu verzieren.«

»Wer besitzt denn alles einen Turmschlüssel?«

»In unserem Pfarrbüro hängt einer, außerdem besitzt natürlich der Herr Bischof einen, auch ein paar der anderen Domgeistlichen, natürlich die Turmführer, ja, und auch die Feuerwehr hat einen.«

»Hat jemand seinen Schlüssel als vermisst gemeldet?«
»Nicht, dass ich wüsste.«
»Braunkärsch, könntest du das überprüfen?«
»Aber klar doch.«
»Okay, gehen wir!«

147 Stufen waren geschafft, 30 fehlten noch. Dem Glockenwart merkte man die Anstrengung trotz seines elenden Zustandes kaum an, er war das Treppensteigen gewohnt, auch Mütze war trainiert. Während Karl-Dieter die Frühstückseier briet, joggte er jeden Morgen am Ufer der Gera aus der Stadt hinaus und durch den Steigerwald wieder zurück. Einzig Braunkärsch, der gemütliche Typ aus den Thüringer Wäldern, kam ziemlich ins Keuchen. Sie waren ein Stockwerk unterhalb der Gloriosa angelangt, wo die Turmuhr hing.

»Das ist noch das Originaluhrwerk aus dem Jahre 1853, feinste Mechanik«, sagte der Glockenwart und deutete auf Drahtseile, die mehrere Meter lang waren, und ein langsam schwingendes Pendel. »Die Uhr stammt aus Weimar, aus der Werkstatt des Großherzoglichen Hofuhrmeisters Jacob Auch. Sein Präzisionsinstrument funktionierte zuverlässig bis 1920, musste aber jeden Tag per Hand aufgezogen werden und wurde deshalb von einem elektrischen Laufwerk abgelöst. Heute wird die Turmuhr per Funk aus Braunschweig gesteuert, von der Physikalisch-Technischen Bundesanstalt. Wir haben das mechanische Uhrwerk wieder restaurieren lassen, sehen Sie, ist das nicht wundervoll?«

Mütze nickte. Das alles tat zwar nichts zur Sache, dennoch konnte er den Glockenwart verstehen. Viele geschockte Menschen hielten krampfhaft an etwas

Gewohntem fest, als könnten sie das aus den Fugen geratene Leben wieder zusammenleimen. Der Leim des Glockenwarts war offensichtlich die Historie des Glockenturms und alles, was damit zusammenhing. Bei allem Verständnis für die Psychologie des Mannes drängte Mütze weiter. Er war schließlich kein Historiker, er musste einen Mörder fangen, und zwar möglichst bald. Bei solch einem spektakulären Fall war der öffentliche Druck enorm.

Eine Minute später standen sie vor der Gloriosa. Erneute staunte Mütze über die riesige Glocke und deren Aufhängung. Links und rechts waren zwei große Schwungräder zu sehen, mit deren Hilfe die Glocke in Gang gesetzt wurde. Durch die Fensteröffnungen sah man auf das Dächermeer von Erfurt hinab und weiter zu den blauen Höhen des Thüringer Waldes, auf dessen höchsten Gipfeln noch der Schnee glitzerte. Den Tatortreiniger hatte man offensichtlich auf die Schnelle nicht von der Ostereiersuche loseisen können, überall klebte noch das angetrocknete Blut. Schwer atmend sank der Glockenwart in die Hocke, während sich Mütze niederkniete, um das Innere der Glocke zu inspizieren.

»Warten Sie, ich mach Licht«, sagte der Glockenwart und drückte einen versteckten Knopf. Aus einem nach oben gerichteten Scheinwerfer flutete es hell in die Glocke hinein.

»Danke!«, sagte Mütze.

Die beiden Kommissare betrachteten die Aufhängung des Klöppels genauer. Um einen Strick darum legen zu können, musste man entweder am Klöppel hinaufklettern, was unwahrscheinlich erschien, oder einen Stuhl benutzen. Ein vergleichbarer Gegenstand kam natürlich auch infrage.

»Nur ein Riese käme aus dem Stand an die Aufhängung heran«, sagte Braunkärsch und blickte sich um. »Was ist mit dem Ding da vorne?«

Unter einem Balken stand eine verstaubte Holzkiste mit dem Aufdruck *Leihverpackung DGS*.

»Manchmal will ein Kind aus der Besuchergruppe den Klöppel anfassen«, sagte der Glockenwart, »dann ziehen wir die Kiste heran.«

Mütze pfiff durch die Zähne. Er schob die Kiste mit dem Fuß unter die Gloriosa und stellte sich darauf. Aus dem Inneren der Glocke dröhnte seine Stimme auf unheimliche Weise.

»Der Täter schlägt Sternberg nieder, bindet dessen Füße mit einem Strick zusammen, steigt auf die Kiste, fädelt den Strick durch die Öse, steigt vom Hocker wieder herunter und zieht sein bewusstloses Opfer langsam hinauf, bis sich dessen Kopf genau auf der Höhe der Klöppelverdickung befindet.«

»Dem Ballen«, korrigierte der Glockenwart.

»Dem was?«

»Dem Klöppelballen. So nennt man das, was Sie Verdickung nennen.«

»Okay. Dann steigt der Täter erneut auf den Hocker und bindet den Strick oben zusammen«, ergänzte Braunkärsch.

»Und muss nur noch darauf warten, dass die Gloriosa zu schwingen beginnt, exakt um 10.45 Uhr, eine Viertelstunde vor Beginn des Ostergottesdienstes.«

»So wie es in der Zeitung wie üblich angekündigt worden ist.«

»Entschuldigen Sie, wenn ich mich erneut einmische«, sagte der Glockenwart, »aber die Gloriosa hat bereits vorher zu schwingen begonnen. Exakt um 10.42 Uhr und 30 Sekunden habe ich unten auf den Knopf gedrückt.«

Mütze sprang von der Kiste herab und sah den Glockenwart mit großen Augen an.

»Es dauert«, sagte Udo Binge. »Was meinen Sie, welchen Anlauf solch eine Glocke benötigt, bis sie auf den Klöppel trifft? Bei kleineren Glocken geht das Läuten natürlich viel schneller, bei der Gloriosa aber dauert es exakt zweieinhalb Minuten, bis ihr erster Ton erschallt.«

»Das heißt, auch der Mann in der Glocke wurde zweieinhalb Minuten hin und her geschaukelt, bis ihn die Gloriosa traf?«

»Nein, nein, umgekehrt. Der Klöppel bewegt sich ja nicht, also nicht aktiv, die Glocke schwingt und trifft dann, wenn sie genug Schwung aufgenommen hat, auf den Klöppel. Aber das dauert eben seine Zeit, zweieinhalb Minuten.«

»Okay, verstehe«, sagte Mütze, »es kann also sein, dass das Opfer von dem einsetzenden Schwingen nichts mitbekommen hat, bis ihn die Glocke mit voller Wucht gegen den Kopf traf.«

»Mit voller Wucht nicht unbedingt, wie gesagt, sie schwingt sich ja zunächst ein«, sagte der Glockenwart, »auch hängt vieles davon ab, wo genau sich sein Kopf befunden hat. Vielleicht hat die Glocke zunächst auch den Klöppel getroffen, weil der Kopf des Mannes in dessen Schatten lag.«

Mütze trat vor, zog Einmalhandschuhe über und umfasste den Klöppelballen mit beiden Händen.

»Wie schwer ist der Klöppel?«

»Genau 366 Kilogramm.«

»Okay. Dann dürfte das auf das Gleiche hinauslaufen«, sagte Mütze, »jedenfalls ist Sternberg nicht gleich tot gewesen, ist aufgewacht und hat sich zu wehren versucht.«

Er musste an die zerquetschten Hände des Toten denken und was ihm der Professor dazu gesagt hatte. Mütze packte den Klöppel mit beiden Händen und stemmte sich dagegen, sodass das blutverschmierte Eisen leicht zu schwingen begann. Was würde er selbst machen, wenn man ihn in die Glocke hängen würde? Vielleicht nach dem Klöppel greifen und versuchen, sich an ihm hochzuziehen? Konnte das gelingen? Zumindest war es einen Versuch wert, sich vom Klöppel in die entgegengesetzte Richtung abzustoßen, wenn die Glocke auf einen zukam. Der Todeskampf jedenfalls wird sich hingezogen haben.

»Haben Sie denn niemanden schreien gehört?«

»Schreien gehört? Wenn die Gloriosa läutet?« Der Glockenwart schüttelte verständnislos den Kopf.

Mütze verstand. Sein Blick fiel auf den Boden, wo noch das Muster der Blutspuren zu sehen war, Schlingen und Schleifen wie gemalt. Die Nelke war nicht mehr zu sehen.

Es war schon gegen zehn, als Wullkopf, der Chef der Spurensicherung, im Kommissariat eintraf. Mütze sprang auf und bot ihm einen Stuhl an. Auch Braunkärsch und *das Brot* saßen mit am Tisch. Wullkopf setzte sich dankend. Viel hatte er nicht zu berichten.

»Alle Blutspuren, die wir bislang untersucht haben, stammen eindeutig von Sternberg. Auch die Haarpartikel am Klöppel und an den Rändern der Gloriosa sind dem Opfer zuzuordnen. Den Strick untersuchen wir noch auf Anhaftungen, bislang negativ. Fingerabdrücke an der Tür zum Turm haben wir genügend gefunden, der Abgleich mit der Datenbank ergab keinen Treffer, vielleicht haben wir es mit einem neuen Kunden zu tun.«

Mütze verzog die Mundwinkel. Dass man Fingerabdrücke an der Tür gefunden hatte, hieß überhaupt nichts. Wer wird die Klinke nicht alles in die Hand genommen haben? Hunderte von Touristen besuchten den Glockenturm jeden Tag, das hatte ihnen der Glockenwart erzählt.

»Was ist mit der Nelke?«

»Gehörte dem Toten. Hatte er in einem Knopfloch getragen, winzige Pflanzenfasern am Anzug stimmen mit der Nelke überein.«

Der schnieke Anzug, die Nelke. Alles sprach dafür, dass sich Sternberg zu einem Rendezvous verabredet hatte. Das Treffen muss eine Falle gewesen sein. Diejenige Person, die sich mit ihm verabredet hatte, musste mit dem Mörder identisch sein oder doch zumindest mit ihm unter einer Decke stecken. Dass man Sternberg auf dem Weg zu seiner Verabredung abgepasst und auf den Turm gelockt hat, war nahezu auszuschließen.

»Sonst hätte sich die Dame seines Herzens doch sicher Sorgen gemacht und sich an uns gewandt«, sagte Braunkärsch.

»Kann sein, muss nicht sein«, gab Mütze zu bedenken, »wie viele Damen müssen sich damit abfinden, sitzen gelassen zu werden? Wenn jede von ihnen zu uns rennen würde, hätten wir viel zu tun.«

»Mensch, Mütze. Du ein Frauenversteher?«

»Kannste mal sehen. Im Ernst, morgen steht Sternbergs Name in allen Zeitungen, dann werden wir ja mitbekommen, ob sich jemand meldet, der sich die Augen ausgeweint hat.«

»Vielleicht, vielleicht auch nicht. In der heutigen Zeit sind Blind Dates schwer in Mode.«

»Blind Dates?« Der Leiter des Kommissariats schaute verwirrt, soweit das sein trauriger Dackelblick zuließ.

»Verabredungen, ohne viel von dem anderen zu wissen, nicht mal den wirklichen Namen.«

Weder einen Geldbeutel noch ein Handy hatten sie gefunden, nicht bei der Leiche und nicht in Sternbergs Wohnung. Dieses Faktum schloss zwar einen Raubmord nicht aus, die Durchführung der Tat dafür umso mehr. Welcher gewöhnliche Räuber würde einen solchen Aufwand betreiben, um an ein Handy und ein bisschen Kohle zu kommen? Die Entwendung aller persönlichen Gegenstände konnte nur einen Grund haben: Der Täter fürchtete sich vor Spuren, die auf ihn hindeuteten.

»Wir haben einen Anschluss ermitteln können, der auf Sternbergs Namen läuft. Der Anschluss ist tot, das Handy muss ausgeschaltet worden sein und mehr als das, vermutlich hat man den Akku entfernt oder das Handy komplett zerstört«, sagte Wullkopf.

»Das Bewegungsprofil vor der Tat?«

»Sind wir noch drüber. Die Telefongesellschaft ist kontaktiert.«

»Gut.«

Ein Bewegungsprofil von Sternberg, seine letzten Wege vor seinem Tod, konnte sehr aufschlussreich sein. Wo war Sternberg losgelaufen? Wann war er am Dom eingetroffen? Welche anderen Handys hatten sich zur gleichen Zeit am selben Ort eingeloggt? Mit etwas Glück kamen sie auf diesem Weg weiter.

Mützes Handy schlug an. Es war die Pforte, ein Anruf für ihn, ein gewisser Kevin Wieland wolle ihn sprechen.

»Stellen Sie durch! – Herr Wieland? Sind Sie zu Hause? Bleiben Sie, wo Sie sind. Wir kommen vorbei.«

Das Wetter war umgeschlagen. Ein übler Nordwest trieb fette Wolken gegen die Höhen des Thüringer Waldes, es fing kräftig an zu plästern. Die Wischblätter des Mantas taten, was sie konnten. Der Verkehrsbericht warnte vor Neuschnee auf dem Rennsteig. Nicht ungewöhnlich für diese Jahreszeit, meinte Braunkärsch, der aus Ilmenau stammte.

»Im Grunde gibt es nur zwei Monate, die dort oben garantiert schneefrei sind, Juni und Juli. Selbst Ende August hat es schon geschneit.«

Braunkärschs Gesicht trübte sich ein, während er das sagte. Für kein Geld der Welt würde er mehr einen Fuß in die alte Heimat setzen. Nicht, dass er keine glücklichen Erinnerungen an seine Kindheit gehabt hätte, im Gegenteil. Seine Kindheit war ihm als einziger Traum erschienen, ein kleines Paradies voller Geheimnisse und Geborgenheit. Die ungezwungenen Spiele mit seinen Kameraden an den Ufern der Ilm, die nahen Wälder mit ihren Verstecken, die unbegrenzten Freiheiten ihrer kleinen Welt, der Duft des Pflaumenkuchens am Gartentisch seiner Großmutter. Seine größte Freude aber war es gewesen, nach Spuren von Unfällen zu fahnden. An einer gefährlichen Kurve am Ortseingang, nicht weit von seinem Elternhaus, hatte es immer mal wieder ein Auto gegen einen Alleebaum geschleudert. Sofort war er los und hatte im Straßengraben nach Spuren des Unfalls gesucht. Wie groß war seine Freude gewesen, wenn er etwas gefunden hatte, einen abgerissenen Autospiegel, ein zerbrochenes Blinkerglas, einmal sogar einen kompletten Kotflügel. Mithilfe seiner Schätze hatte er versucht, den Unfallhergang zu rekonstruieren.

Seit er sich erinnern konnte, war es sein größter Wunsch gewesen, eine Ausbildung zum Polizisten zu absolvieren und dann in seine Heimatstadt zurückzukehren. Doch wehe, wenn sich Wünsche erfüllen! Die Rückkehr nach Ilmenau sollte zu seinem größten Albtraum werden. Was er dort hatte erleben müssen, ließ ihn nicht mehr los. Am Schlimmsten war diese Stimme, die Stimme der Mutter. Sie verfolgte ihn bis in die Nächte hinein. Oft konnte er darauf nicht weiterschlafen, ja, wollte nicht weiterschlafen, um nicht erneut diesen Traum zu träumen. Dann stand er auf, erschöpft und todmüde, setzte sich an den Tisch und wartete, wartete darauf, dass endlich der Morgen graute. Nein, nie wieder wollte er nach Ilmenau zurück.

Erfurt tat ihm gut, die Geräusche der Stadt, das quirlige Leben, all das beruhigte ihn. Nie hätte er sich das früher vorstellen können. Wenn spätabends das Rattern der nahen Straßenbahn an sein Ohr drang, empfand er das als süßen Trost und er schlief leichter, wenn es gelang, sogar bis zum nächsten Morgen.

Braunkärsch betrachtete melancholisch den schmalen Silberring an seiner linken Hand. Um wie viel mehr hatte er Erfurt genossen, als Sylvia noch bei ihm gewesen war. Sie hatte den Schmerz seiner Verwundungen gelindert und ihm dann eine neue Wunde zugefügt. Drei Jahre war das jetzt her. Warum ihn Sylvia verlassen hatte, verstand er bis heute nicht. Es hatte keinen Streit gegeben, keine heftigen Diskussionen, nichts. Eines Tages hatte sie die Koffer gepackt und war davon. Ein kleiner Zettel auf dem Tisch mit einem kurzen Abschiedsgruß, das war alles gewesen. Auch diese Wunde wollte nicht heilen.

Bindersleben war erreicht. Einer der seltenen Flieger kämpfte sich zum Wolkengrau hinauf, aus dem ein heftiger Guss niederging. Kurz nach dem Ortsschild bog Mütze links ab. Im Pegasusweg 32 waren die Vorhänge zugezogen, dahinter schimmerte Licht. Mit hochgezogenen Mantelkrägen eilten die Kommissare zur Eingangstür und drückten die Klingel. Ein junger durchtrainierter Mann in Jogginganzug und Sportschlappen öffnete auf das Klingeln so rasch, als hätte er hinter der Tür gewartet. Seine braunen Haare trug er an den Scheiteln ausrasiert, der Schopf hing ihm tief über die Stirn, wie es jetzt bei jungen Leuten Mode war.

»Herr Wieland?«

»Jawohl, Kevin Wieland.«

Die Kommissare traten ein, Kevin Wieland schloss die Haustür schnell wieder, denn ein heftiger Regenschauer jagte ihnen hinterher. Zusammen gingen sie in die Wohnküche.

»Meine Frau Lisa.«

Am Küchentisch saß eine schlanke Frau mit blonder Kurzhaarfrisur.

»Ich geh nach oben«, sagte sie.

»Nein, nein, bleib doch ruhig, Schatz, wenn es die Herren nicht stört«, erwiderte ihr Mann.

Mütze und Braunkärsch hatten keine Einwände und setzten sich dazu.

»Meine Nachbarin hat mir einen Zettel an die Tür geklebt, dass die Polizei bei uns gewesen ist. Waren Sie das? Wir haben meine Schwiegereltern in Arnstadt besucht und sind eben erst nach Hause gekommen. Was ist denn passiert?«

»Herr Wieland, kannten Sie Herrn Sternberg?«

»Sternberg? Moment, Sie meinen Adam Sternberg? Na klar, kenne ich Adam! Aber wieso *kannten*? Was ist mit Adam?«

»Er ist tot.«

Lisa Wieland schlug sich auf den Mund, dennoch entfuhr ihr ein unterdrückter Schrei. Entsetzt starrte sie Mütze an und auch ihr Mann war sprachlos.

»Tot? Warum denn tot?«, fragte er stotternd.

»Wir müssen davon ausgehen, dass er getötet worden ist«, sagte Mütze.

»Um Himmels willen, wer war das? Wer hat Adam umgebracht?«

»Woher kannten Sie Herrn Sternberg?«

»Adam ist ein guter Freund, wir sind Kollegen, arbeiten zusammen bei der Stadt als Gärtner.«

»Wann haben Sie Adam Sternberg das letzte Mal gesehen?«

»Am Donnerstag. Karfreitag hatten wir beide frei, da musste nur der Notdienst ran. Wir sind beide oben am Petersberg eingesetzt worden, letzte Arbeiten an den Tulpenbeeten, Sie wissen schon, die Gartenschau. Alles etwas hektisch im Moment.«

»Ist Ihnen etwas an Ihrem Kollegen aufgefallen? Hat er von seinen Plänen für die Ostertage erzählt?«

»Adam? Nein, kann mich nicht erinnern. Wir haben nur wenig Privates ausgetauscht.«

»Aber Sie waren doch befreundet. Ihre Nachbarin hat erzählt, er hätte Sie immer mal besucht.«

»Ja, schon. Zum Grillen und so. Wir haben uns wirklich gut verstanden, aber es ging doch immer um den Job oder um Fußball und so.«

»Hat er Ihnen nicht erzählt, dass er ein Rendezvous hatte?«

»Ein Rendezvous? Adam, tatsächlich? Nein, davon weiß ich nichts.«

»Aber dass Sie als Erbe eingesetzt worden sind, das wissen Sie vermutlich.«

Bei diesen Worten nahm Mütze den Gärtner scharf in den Blick. Täuschte er sich oder hatte dessen linkes Auge für einen kurzen Moment gezuckt? Und diese Bewegung zum Hals, dieses unsichere Kratzen, was hatte es zu bedeuten?

»Also was jetzt? Wissen Sie es oder nicht?«

Die beiden Eheleute sahen sich kurz an, dann nickte der Gärtner stumm.

»Ist das ein Ja?«

Wieder nickte Wieland.

»Ungewöhnlich, oder? Einen Kollegen als Erben einzusetzen?«

Wieland sagte nichts darauf.

»Herr Wieland, wo waren Sie in der Zeit zwischen Samstag, 16.30 Uhr und Sonntag, 11.45 Uhr?«

»Wie gesagt, heute sind wir zum Osterbrunch bei meinen Schwiegereltern in Arnstadt gewesen.«

»Wann sind Sie dorthin aufgebrochen?«

»So gegen neun.«

»Und von gestern Nachmittag bis heute um neun, wo sind Sie da gewesen?«

»Zu Hause bei meiner Frau.«

»Das können Sie sicher bestätigen, Frau Wieland.«

Lisa Wieland griff nach der Hand ihres Mannes und

sagte mit fester Stimme: »Genauso ist es, Herr Kommissar.«

*

Wie gut das tut, endlich von dem schrecklichen Blut befreit zu werden. Wie dankbar ich ihm bin, dem Mann in dem weißen Anzug. Mitten in der Nacht ist er noch zu mir hinaufgestiegen. Er gibt sich redliche Mühe, die hässlichen Spuren zu beseitigen. Wie behutsam er mit dem Lappen über meine Kanten fährt, mit einer einfachen Seifenlauge hat er ihn getränkt, nicht mit scharfen Chemikalien. Wieder und wieder taucht er den Lappen in seinen Eimer, wringt ihn aus, sodass es rot in den Behälter tropft. Mit jedem Mal aber wird das Rot heller, bis sich der Lappen nicht mehr verfärbt. Jetzt nimmt der Mann ein weiches Tuch, reibt mich trocken, gibt mir meine Unschuld zurück.

Natürlich können Sie einwenden, ich hätte meine Unschuld nie verloren, ich wäre doch unschuldig an dem, was passiert ist, und natürlich hätten Sie recht. Dennoch, mein Gefühl ist ein anderes. Auch wenn ich nichts dafür konnte! Der arme Mensch, den man in mich hineingehängt hat, was hätte ich gegeben, wenn ich ihm hätte ausweichen können. Er kam einfach auf mich zu, kam näher und näher, mit dem Kopf dicht am Klöppel hängend, bis ich ihn erwischt habe. Wie hat er geschrien, wie hat das Echo widergehallt! Doch meine Stimme war lauter, bedeutend lauter, sein Schrei ging unter, während ich immer fester zu schwingen begann, schwingen musste, so wie es von mir verlangt wird. Wie hat er mich angesehen, mit weit aufgerissen Augen, wie hat er mir seine

Hände entgegengestreckt. Ach, der Tor! Hat er wirklich geglaubt, mein Schwingen stoppen zu können? Als ich seine Arme mühelos weggedrückt habe, hat er versucht, die Hände schützend vor seinen Kopf zu legen, auch das vergebens. Geriet sein Schädel zwischen den Klöppel und mich, krachte er zum Steinerweichen, ein furchtbares, grausames Geräusch. Dann sanken seine Arme hinab, es war vorbei mit ihm, endlich vorbei. Ich aber musste weitermachen, immer noch weitermachen, bis man mich endlich ausschwingen ließ. So schlimm hat meine Stimme nie zuvor geklungen.

Wie dankbar bin ich dem Mann in dem weißen Anzug. Jetzt reinigt er noch meinen Klöppel, reinigt ihn mit der gleichen Liebe und Umsicht wie zuvor mich selbst. Dass es schon nach Mitternacht ist, scheint ihm nichts auszumachen. Wenn alle Menschen so wären, nichts Böses gäbe es auf dieser Welt.

OSTERMONTAG

Fulgus arcens et demones malignos

*(Ich wehre die Blitze und die bösen Geister –
Inschrift der Gloriosa)*

Karl-Dieter war früher auf als gewöhnlich. Das musste am Lampenfieber liegen. Es war verrückt, selbst nach all den Jahren am Theater ließ es ihn nicht los. Bei der gestrigen Generalprobe hatte bei einer der Blumen der Welkmechanismus versagt, bis spätabends hat er noch an ihr herumgeschraubt. Wenn das heute bei der Premiere passieren sollte!

Auf die Idee mit den Blumen war er bei einer Urlaubsreise durch die Dordogne gekommen. Es war bereits Ende September gewesen, Spätsommer. Bei einer Überlandfahrt hatten sie ein Sonnenblumenfeld passiert, das man vergessen hatte zu ernten. Unwillkürlich hatte er »Stopp!« gerufen und Mütze war in die Bremsen getreten. Was für ein unsäglich trauriger Anblick war das gewesen! Alle Sonnenblumen, vom Sommer verbrannt und vertrocknet, hatten ihre schwarzen Köpfe hängen lassen, alle in die gleiche Himmelsrichtung. Wie Gefangene, die auf ihre Hinrichtung warten, war es Karl-Dieter durch den Kopf geschossen. Schnell hatte er ein Foto gemacht, dann waren sie weitergefahren. Dieses Bild hatte in ihm weitergewirkt, nun hatte er versucht, es auf der Bühne nachzubauen: *Les Fleurs du Mal.*

Karl-Dieter holte das Müsli aus dem Kühlschrank. Wie üblich hatte er es über Nacht quellen lassen, er liebte die schmeichelnd-weiche Konsistenz der Haferflocken. Ein paar frische Früchte darüber, ein paar Körner aus dem Reformhaus und das Frühstück war perfekt. Mütze durfte er nicht mit Müsli kommen. Mütze freute sich auf seine immer gleiche Audi-Schnitte, ein Toast mit vier Scheiben Aldi-Salami, die wie die Audi-Ringe übereinanderlappten. Mütze war und blieb eben ein Prolet, dachte Karl-Dieter, als er mit spitzen Fingern nach der Wurst griff. Man ist, was man isst, hatte er mit Ludwig Feuerbach einmal kritisch anzumerken gewagt, worauf Mütze spöttisch gefragt hatte, ob Karl-Dieter gern ein aufgequollenes Müsli wäre. So foppten sie sich gelegentlich, im Grunde aber waren sie noch immer ein Superteam, fand Karl-Dieter, meistens jedenfalls, solange er das Babythema ausklammerte. Ohne gewisse Kompromisse konnte keine Beziehung funktionieren. Was hätte er zum Beispiel drum gegeben, beim Frühstück seinen rosaroten Seidenmorgenmantel zu tragen, das geile Teil mit den weißen Spitzen am Kragen. Das hatte überhaupt nichts mit tuntig zu tun, der Fummel war einfach nur schick. Einen ähnlichen Morgenmantel hatte Heidi Klum während ihrer letzten Flitterwochen getragen, und wer verstand mehr von Mode? Mütze und seine antiquierten Ansichten. War es etwa geschmackvoller, in den immer gleichen Shorts und dem immer gleichen schwarzen T-Shirt am Frühstückstisch herumzulümmeln?

Zischend verkündete die Kaffeemaschine, dass sie ihren Job getan hatte. Wo Mütze nur blieb? Mit leichter Besorgnis sah Karl-Dieter zum Fenster hinaus. Die morgendliche Joggingrunde musste doch längst zu Ende sein. Im selben Moment sah er den Freund um die Ecke biegen, mit leichtem Schritt, die Bäckertüte in der Hand. Kein Morgen verging, an dem Mütze ihm beim Joggen nicht eine Nussecke besorgte. Gerührt und erleichtert fischte Karl-Dieter noch rasch eine Essiggurke aus dem Glas, schnitt aus dieser eine dünne Scheibe heraus und aus der Gurkenscheibe wiederum ein Herzchen, das er liebevoll auf die Audi-Ringe legte. Jetzt war das Frühstück perfekt!

Mütze hatte gerade krachend in den Toast gebissen, als sein Handy fröhlich zu musizieren begann.

»Braunkärsch, was gibt's? … Wie bitte, was sagst du? … Du weißt, von wem der Schlüssel stammt? Mensch, super! Magst du nicht vorbeikommen und es mir verraten? … Nein, du störst überhaupt nicht«, sagte Mütze schmatzend und blinzelte Karl-Dieter zu, »bekommst sogar noch was vom Frühstück ab.«

Karl-Dieter hatte nichts dagegen. Bei jedem anderen vielleicht, aber nicht bei Thomas. Er redete ihn immer bei seinem Vornamen an und nie mit seinem Spitznamen. Braunkärsch! Wie blöd klang das denn! Man durfte doch einen Menschen nicht wie ein Gemüse nennen. »Wieso nicht?«, hatte Mütze fröhlich geantwortet. »Was hältst du davon, wenn ich künftig ›mein süßes Blumenkohlröschen‹ zu dir sage, klingt das nicht reizend?« Gleich in seiner ersten Erfurtwoche hatte Mütze ihm seinen neuen Kollegen vorgestellt und Karl-Dieter war ihm dankbar dafür gewesen. Wenn man in eine neue Stadt kam, was gab es da Wichtigeres, als neue Freunde zu finden? Und Thomas war wirklich ein feiner Kerl, auf Anhieb hatte er sich mit ihm verstanden. Karl-Dieter ist es auch gewesen, der Thomas ermuntert hatte, es bei Tinder zu versuchen. »Geht ganz einfach, sollst sehen!« Der Kommissar hatte zunächst skeptisch das Gesicht verzogen. Liebe übers Internet, wo bliebe denn da die Romantik? »Die kommt eben später«, hatte Karl-Dieter gesagt und sich zu ihm aufs Sofa gesetzt. »Komm, Thomas, lass uns einfach mal anfangen.«

Es war doch nicht normal, dass ein Mann Mitte 40 allein durchs Leben lief. Und nach drei Jahren konnte man auch nicht mehr von Trauerarbeit sprechen, dann lief man nur Gefahr, ein Hagestolz zu werden. Thomas hatte vergeblich versucht, ihm zu erklären, warum die Beziehung zu Sylvia in die Brüche gegangen war. Wie hätte er das auch anstellen können, verstand er es doch selber nicht. Und so hatte es auch Karl-Dieter nicht verstehen können, musste er ja auch nicht. Was er aber verstand, war, dass Thomas dringend eine neue Freundin brauchte. Manche Dinge durfte man einfach nicht auf die lange Bank schieben, man verhärtete innerlich und alles wurde nur umso schwieriger. Auch begann man, sich gewisse Macken zuzulegen, man wurde unflexibler im Umgang mit anderen, vielleicht auch unwilliger, Kompromisse einzugehen, eine gefährliche Entwicklung, weil sie sich schleichend vollzog, sodass der Betroffene sie leicht übersehen konnte.

Rasch stand Karl-Dieter auf und entschuldigte sich. Es wäre ihm peinlich, Thomas im Morgenmantel zu begrüßen. So ging er in die Ankleide, um sich etwas Vernünftiges überzuziehen. Auf seine Ankleide würde er niemals mehr verzichten. In Erfurt hatten sie sich zum ersten Mal den Luxus eines begehbaren Kleiderschranks gegönnt, das heißt, natürlich war es Karl-Dieters Idee gewesen, Mütze zog seine sieben Sachen weiter aus der alten Kommode, einem Erbstück von Tante Dörte. Seit einiger Zeit war es Karl-Dieter lieber, wenn ihm niemand beim Anziehen zusah. Ob das eine Frage des Alters war? »Auch Tiere gehen zum Sterben gerne in die Einsamkeit«, hatte Mütze trocken bemerkt. Manchmal konnte man ihn glatt gegen die Wand donnern!

Vom Dom war es nicht weit zu ihrer Wohnung im Brühl. Nichts war wirklich weit in Erfurt. Im Grunde kam man prima ohne Auto aus. Aber klar, ein Kommissar konnte schlecht zu Fuß durch die Stadt schlurfen. Erstens musste er immer damit rechnen, einen Ganoven verfolgen zu müssen, und zweitens und überhaupt: Wie sah denn das aus? Braunkärsch stellte seinen Moskwitsch 412, »das robusteste Auto der Welt«, wie er gerne behauptete, mitten in die schönste Anwohnerparkzone. Das waren die kleinen Vorteile eines Bullenlebens, zumindest brauchte man sich nie wieder Parkplatzsorgen zu machen.

Als Braunkärsch klingelte, stand ein drittes Gedeck schon bereit. Braunkärsch behauptete zwar, bereits gefrühstückt zu haben, bediente sich aber kräftig am Rührei, das Karl-Dieter noch auf die Schnelle gezaubert hatte. Der Kollege behauptete, es sei das beste Rührei, das er je gegessen habe, ein Kompliment, das Karl-Dieter natürlich freute. Er gab immer einen Schuss frische Milch hinzu und auch eine kleine Prise Puderzucker, so wie er es beim Erlanger Hausfrauenbund gelernt hatte.

Und, klar, etwas frischer Schnittlauch gehörte auch darüber gestreut, Brunnenkresse hätte er in diesem Fall noch lieber genommen, nur hatte er leider gerade keine im Gemüsefach.

»Nun aber raus mit der Sprache, Braunkärsch, wer vermisst seinen Schlüssel?« Mütze konnte seine Neugier nicht länger verbergen.

»Monsignore van Ackeren.«

»Wer, zum Teufel?«

»Mütze!« Karl-Dieter legte tadelnd die Stirn in Falten.

»Einer der Domgeistlichen«, sagte Braunkärsch rasch. »Ich bin noch vor der Frühmesse in die Sakristei, der Monsignore war gerade dabei, sich sein Messgewand überzustreifen, da hab ich ihn nach seinem Turmschlüssel gefragt. Verblüfft hat er in seine Manteltasche gegriffen, seinen Schlüsselbund herausgezogen und nachgesehen. Dann wurde er ganz blass. Es ist seiner, sein Turmschlüssel fehlt!«

»Wann hat er ihn denn zum letzten Mal benutzt?«

»Das hab ich ihn natürlich auch gefragt, das wusste er nicht mehr genau. Ewig lang sei er nicht mehr auf den Türmen gewesen, wegen seines Rheumas meide er jede Anstrengung. Wann er den Schlüssel denn zuletzt an seinem Schlüsselbund bemerkt hat, hab ich ihn gefragt, auch das konnte er mir nicht beantworten. Jemand muss ihn gestohlen haben.«

»Und dieser Jemand ist …«

»Der Täter!«

Karl-Dieter sah ihnen aus dem Fenster hinterher, beobachtete, wie sie zusammen in Mützes Manta stiegen. Vielleicht sollte er selbst mal jemanden einladen, jemand aus dem Theater am besten. Wie wäre es mit Eduardo, dem begabten Tänzer? Er könnte ja gerne auch eine Freundin mitbringen oder einen Freund, wenngleich nichts danach aussah, dass der junge Spanier verpartnert war. Nach den Proben, wenn die anderen noch gemeinsam loszogen, um etwas in der Stadt zu erleben, ging Eduardo stets allein nach Haus. Vielleicht war er einsam. Ein besonderes Talent konnte leicht in die Einsamkeit führen. Der Junge brauchte jemanden, der sich um ihn kümmerte. Karl-Dieter spürte das.

Ronny Kapsack war kein Mann der großen Worte. Auf Mützes Bitte hatte er die ganze Mannschaft zusammengetrommelt, Feiertag hin oder her. Schließlich galt es, der Polizei dabei zu helfen, den Tod von Adam aufzuklären. Man traf sich oben auf dem Petersberg, im hinteren Teil der Defensionskaserne, eine der Hauptbauten aus Erfurts preußischer Zeit. Der Raum diente als Sozialraum für die Gärtner vor und während der Bundesgartenschau.

»Der Schurke gehört für immer weggesperrt«, begrüßte der Chef der Gartenbrigade die Kriminalkommissare, »legen Sie los mit Ihren Fragen, meine Mannschaft steht zu Ihrer Verfügung!«

An der Biertischgarnitur saßen fünf Männer und drei Frauen unterschiedlichen Alters. Alle trugen sie grüne Arbeitslatzhosen und Gummistiefel, auch wenn heute nur wenige im Einsatz sein konnten. Offensichtlich hatte ihr Chef ihnen das professionelle Outfit befohlen. Auch Kevin Wieland war mit dabei. Mütze hatte ausdrücklich darauf bestanden. Der junge Mann saß ganz außen, neben einer hennaroten Kollegin mit jeder Menge Piercings in den Ohren. Mütze nahm Wieland immer wieder in den Blick. Täuschte er sich oder wirkte es nur so, dass er nicht ganz dazugehörte?

Ronny Kapsack, der Obergärtner, hatte sich in einen Plastikstuhl fallen lassen. Mütze überließ Braunkärsch das Wort. Etwas Thüringisch konnte nicht schaden, das lockerte die sichtlich angespannte Atmosphäre vielleicht etwas auf.

»Nun, ich will mich kurzfassen«, begann Braunkärsch, der kein großer Redner war, »wie ihr wisst, ermitteln wir in Sachen Tod von Adam Sternberg. Wer von euch hat eine verdächtige Beobachtung gemacht?«

Schweigen. Die versammelte Gärtnermannschaft sah Braunkärsch nur regungslos an.

»Hat Adam Sternberg vielleicht jemandem erzählt, was er Ostern vorhatte? Es gibt Hinweise, dass er zu einem Rendezvous unterwegs war.«

Einige der Gärtner schauten Richtung Kevin Wieland, was diesem offensichtlich unangenehm war.

»Was glotzt ihr mich denn so an? Ich hab den Herren Kommissaren schon erzählt, dass ich nichts weiß.«

»Okay«, sagte Braunkärsch, der sich zusehends unwohler in seiner Haut fühlte, »ich verteile jetzt unsere Autogrammkarten. Wem noch ein sachdienlicher Hinweis einfällt, der möge sich bitte an uns wenden.«

Ronny Kapsack entließ seine Mannschaft mit knappen Worten.

»Tja, tut mir leid, die Herren.«

»Kein Thema«, sagte Mütze, »Ihre Meinung würde mich noch interessieren. Was war Adam Sternberg für ein Mensch?«

»Für ein Mensch?« Die Frage schien Kapsack zu verblüffen. »Nun, Adam war ein guter Arbeiter, fleißiger

Mann, vielleicht nicht mehr ganz so leistungsfähig wie früher, aber wer von uns ist das schon, nicht wahr, Herr Kommissar? Entschuldigung, verstehen Sie mich nicht falsch, ich meine, über Tote nur Gutes.«

»Über Tote nur die Wahrheit.«

»Wie bitte?«

»So lautet die tiefergründende Übersetzung des lateinischen Zitats. De mortuis nil nisi bene – Über Tote nichts als die Wahrheit, und das in fairer Weise.« In Latein machte Mütze so schnell keiner was vor.

»Gut, gut, Herr Kommissar, ich habe verstanden, also, ich will fair sein, an Adam Sternberg lässt sich nichts aussetzen.«

»Was wissen Sie über sein Privatleben?«

»Nichts, er war Single.«

»Auch ein Single hat ein Privatleben, gerade ein Single! Herr Kapsack, denken Sie noch mal nach. Adam Sternberg ist doch ein attraktiver Mann gewesen, da lief doch sicher mal was. Vielleicht mal eine Affäre mit einer Kollegin? Vielleicht mit der Rothaarigen?«

»Mit Rita? Nie im Leben! Rita ist lesbisch.«

»Okay, ich meine ja nur. Und was ist mit dem jungen Wieland, wie hat er sich mit dem verstanden?«

»Mit Kevin? Gut, sehr gut sogar. Die beiden waren befreundet.«

»Na also, Herr Kapsack, so was interessiert uns. Müssen wir Ihnen denn jeden Krümel aus der Nase kratzen?«

»Herr Kommissar!«

»Entschuldigung, aber ist doch wahr. Also gut, Wieland und Sternberg sind also eng befreundet gewesen. Auch Freunde können sich mal streiten. Hatten Kevin

Wieland und Adam Sternberg vielleicht mal Stress miteinander?«

»Nicht, dass ich wüsste.«

»Und Sie? Hatten Sie vielleicht mal Stress mit Herrn Sternberg gehabt?«

»Ganz im Gegenteil. Wir haben uns immer blendend verstanden.«

Mützes Handy jodelte los. Es war Professor Hahnemann, der Rechtsmediziner.

»Mütze? Haben Sie Zeit vorbeizukommen? Ja, jetzt gleich. Es gibt interessante Neuigkeiten!«

Theaterleute sind abergläubischer als Hintervorarlberger Sennerinnen. Ein jeder hat seinen speziellen Tick vor einer Premiere. Bevor er das Theater betrat, drehte Karl-Dieter immer dreimal an seinem Verlobungsring, den ihm Mütze vor vielen Jahren einmal während eines Bodenseeurlaubs geschenkt hatte. Eigentlich ist es nur ein Freundschaftsring gewesen, Karl-Dieter aber betrachtete ihn gerne als Verlobungsring. Freundschaftsring oder Verlobungsring war ja im Grunde egal, der Ring jedenfalls war ein Zeichen ihrer Liebe, und darauf allein kam es doch an. Was hätte er darum gegeben, wenn Mütze heute im Publikum sitzen würde! Aber klar, Mordermittlungen gingen natürlich vor. Was würden die Leute auch denken, wenn sich der neue Kriminalhauptkommissar entspannt eine Ballettaufführung ansehen würde, noch dazu im Schatten des Domes, in dessen Glockenstube vor einem Tag eine grausam verstümmelte Leiche gebaumelt hatte.

Karl-Dieter betrat die Oper durch das Foyer. Es erfüllte ihn mit nicht geringem Stolz, für dieses schöne

Haus arbeiten zu dürfen. Welche Transparenz, welche Leichtigkeit, welche Eleganz! Glas und schlanke Betonsäulen strahlten lichte Offenheit aus, wie eine Kapsel schien der Publikumsraum in dem klar strukturierten Gebäude zu schweben. Das Markgrafentheater in Erlangen war ebenfalls ein besonderes Haus, doch das Theater Erfurt öffnete sich mit seiner Schauseite zur Stadt und verströmte dadurch einen geradezu urbanen Glanz.

Karl-Dieter grüßte eine quirlige Garderobenfrau. Sie stammte aus Berlin, war aber schon ewig beim Erfurter Theater angestellt. Als sie den Bühnenbildner sah, kam sie eilig auf ihn zugestürmt.

»Sagen Sie, Karl-Dieter, Ihr Freund ist doch bei der Kripo, nicht wahr?«

»Ja, wieso?«

»Den Toten aus dem Dom, den kenne ik, glob ik.«

»Tatsächlich?«, fragte Karl-Dieter erstaunt.

»Bin mir ziemlich sicher, hab sein Foto auf der Polizeiseite gesehen. Der war öfters bei uns zu Gast. Ist immer alleene gekommen, gegangen aber ist er stets in Begleitung.«

Ohne etwas zu verraten, eilte Professor Hahnemann den Kommissaren voraus die Treppen hinunter zum Keller seines Instituts, öffnete eine Stahltür und ließ die Neonröhren des Sektionssaals aufflammen.

»Nachschub?«, fragte Mütze und deutete auf den Untersuchungstisch. Auch Braunkärsch trat näher und zog die Stirn kraus. Ein merkwürdiger Anblick bot sich den Kommissaren. Auf dem nackten Körper einer älteren Frau standen lauter umgestülpte Gläser, in denen zahlreiche Fliegen herumbrummten. Viele krabbelten auch an den Innenseiten der Gefäße herum oder auf der Haut der Toten, ein makabres Gewusel.

Professor Hahnemann grinste. »Kein Fall für Sie. Wir wollen uns nur den Vermehrungszyklus von gewöhnlichen Stubenfliegen anschauen, die ihre Eier auf frischen Leichen ablegen. Damit hoffen wir, den Todeszeitpunkt künftig noch genauer bestimmen zu können. Die Dame hat sich der Wissenschaft zur Verfügung gestellt.«

»Sehr ehrenhaft«, sagte Mütze und räusperte sich, während Braunkärsch seinen Blick rasch abwandte.

»Kommen Sie«, sagte der Professor und ging zum Kopf des Saales, wo sich ein tiefer Schrank mit zahlreichen Schubladen befand. Lächelnd zeigte der Professor auf das angebrachte Logo, einen Eskimo mit einer Eiskristallfahne in der Hand.

»Kennen Sie die Firma? VEB DKK-Scharfenstein, unverwüstliche Spezialanfertigung aus dem Erzgebirge. Eine Top-Kühlanlage aus DDR-Produktion. Nicht ganz FCKW-frei, verraten Sie mich bitte nicht, dafür aber absolut zuverlässig.«

Darauf zog der Professor die rechte untere Schublade auf, Adam Sternberg glitt ans Licht.

Neben seinem zerschmetterten Schädel stand ein Einmachglas, in dem es trübe schwappte. Der Rechtsmediziner nahm das Glas heraus und hielt es gegen das Licht.

»Im Körper haben wir sie nicht nachweisen können, wohl aber im Rotkäppchensekt.«

»Rotkäppchensekt?«

»Der Mageninhalt. Adam Sternberg hat kurz vor seinem Tod noch Rotkäppchensekt getrunken. Der Sekt wird ihn nicht umgehauen haben, wohl aber die Gamma-Hydroxybuttersäure, mit der der Sekt gewürzt worden ist.«

»Gamma-Hydroxybuttersäure? K.-o.-Tropfen? Sind Sie sicher?«

»Hundertprozentig.«

»Das heißt, Sternberg wurde betäubt und dann aufgehängt?«

»Sieht alles danach aus.«

»Aber die Abwehrreaktionen an den Händen, die Wunden durch den Klöppel?«

»Das Opfer wird durch den ersten Glockenschlag aufgeweckt worden sein. Bedauerlicherweise jedoch zu spät.«

Es war schon nach elf, Mütze und Braunkärsch saßen immer noch am Küchentisch von Karl-Dieters und Mützes loftartiger Wohnung. Sechs geleerte Fläschchen Köstritzer standen stumm Parade, zwei weitere befanden sich im fortgeschrittenen Entleerungszustand. Die beiden Kommissare waren über die Tischplatte gebeugt, auf der etliche vollgekritzelte und nummerierte Zettel lagen. Braunkärsch klopfte mit dem stumpfen Bleistiftende energisch auf der Nummer drei herum.

»Assistierter Suizid. Meiner Meinung nach könnte es sich durchaus um einen assistierten Suizid handeln.«

»Aber Braunkärsch, für einen assistierten Suizid solch ein Aufwand?«

»Wir kennen die Hintergründe eben zu wenig. Adam Sternberg muss eine besondere Beziehung zum Dom gehabt haben, wollte dort sterben, und nur dort. Da hat er einen Freund gebeten, ihm dabei zu helfen.«

»Muss ein ziemlich guter Freund gewesen sein.«

»Dieser Wieland zum Beispiel.«

»Und der Anzug, die Nelke?«

»Eben! Sterben mit Stil. Wir hatten mal einen Bauern in Ilmenau, der hat sich extra einen Smoking schneidern lassen, nur um sich darin aufzuhängen.«

»Aber warum hat es Sternberg nicht allein gemacht? Assistierte Suizide gibt's doch in der Regel nur bei Schwerkranken, bei Menschen, die zu schwach sind, um eigenhändig Schluss zu machen. Adam Sternberg war ein kräftiger Gärtner.«

»Er wollte eben in der Glocke sterben und ohne Schmerzen. Wie sollte er das alleine anstellen?«

»Ohne Schmerzen? Hast du gesehen, wie er sich gegen die Glocke gewehrt hat? Hast du seine Hände vergessen, den ganzen Todeskampf?«

»War nicht eingeplant. Die K.-o.-Tropfen sind zu schwach gewesen.«

»Ich weiß nicht.« Mütze ploppte eine weitere Flasche Köstritzer auf. »Magst du auch noch ein Fläschchen?«

In diesem Augenblick klopfte es. Noch bevor Mütze aufstehen konnte, wurde die Wohnungstür geöffnet. Es war Karl-Dieter. Er war nicht allein. Neben ihm stand eine kleine energische Frau.

»Noch mal langsam zum Mitschreiben«, sagte Mütze, »Sie sagen, Sie hätten Adam Sternberg des Öfteren im Theater gesehen.«

»Janz jenau, Herr Kommissar.«

»Und er ist immer alleine gekommen.«

»Genau. Immer alleene, immer im Anzug, oft mit 'ner Blume im Knopfloch, elegante Erscheinung, so einer von der alten Schule, wenn Sie verstehen, wat ik meene.«

»Er wäre aber nach der Vorstellung nie allein aus dem Theater gegangen.«

»Dat hab ik nüscht jesagt, Herr Kommissar, nur, datt er oft mit 'ner Dame am Arm davon is.«

»Immer mal mit 'ner anderen.«

»Janz jenau. Ik hab's beobachten können, in der Pause ist er uff sein Zielobjekt los, hat es angesprochen und hat die Dame dann zu einem Sekt eingeladen.«

»Kannten Sie vielleicht eine der Damen?«

»Iwo, Herr Kommissar. Wo denken Sie hin? Ik bin doch nur 'ne einfache Garderobenfrau, ik kenn doch die feine Gesellschaft nicht, nur deren Mäntel.«

*

Alles glaubte ich schon erlebt zu haben und ich sage Ihnen, in fünfhundert Jahren erlebt man eine Menge. Sie können sich nicht vorstellen, was für ein erhebender Moment es gewesen ist, als man mich mit Feuer getauft hat. Ganz Erfurt kam zusammengelaufen, im Juli 1497. Auf dem Hof von St. Severi hatte mein Meister die Form errichtet, Gerhard van Wou aus Kampen. Ein unglaubliches Feuer schmolz das Metall, um zehn Uhr abends war die Speise flüssig, die perfekte Mischung aus Bronze und Zinn. In einer feierlichen Prozession zogen die Stiftsherren nun zum Gussort. Wie die meisten Menschenkinder, so sollte auch ich in tiefer Nacht das Licht der Welt erblicken. Um 1.00 Uhr in der Früh schlug Meister Gerhard den ersten Zapfen aus, gleich darauf den zweiten. Glühend heiß strömte es in die Form hinein, um 2.00 Uhr war der Guss vollendet und man stimmte dankbar das Tedeum an. Doch noch fast zwei Jahre sollte es dauern, bis man mich zum Klingen brachte. Im Frühling 1499 zog man mich endlich in den Turm hinauf, alle Zwischengeschosse hatte man aufbrechen müssen, anders wäre es nicht gegangen. Dann kam der 19. Mai. Am 19. Mai 1499 ließ ich zum ersten Mal meine Stimme ertönen und ganz Erfurt hielt den Atem an. Mancher mochte dabei meiner Vorgängerinnen gedacht haben, ich bin bereits die sechste Glocke mit dem Namen Gloriosa. Einigen meiner Ahninnen ist wegen handwerklicher Mängel kein langes Leben gegönnt worden, zwei sind Bränden zum Opfer gefallen. Auch mich hätte dieses Schicksal fast ereilt, im Jahr 1717, ein furchtbarer Tag. Der Himmel hatte Blitz und Donner hinabgesandt, hatte den Glockenturm getroffen und in Brand gesetzt. Hilflos musste ich zusehen, wie alle meine Schwestern zerstört wurden. Mich haben die Gewölbe gerettet, die man eigens zu meinem Schutz eingezogen hat. Blitz und Feuer habe ich überstanden, alles glaubte ich, schon erlebt zu haben, alle Schrecknisse der Welt. Und nun das. Ich weiß, wer an dem Verbrechen die Schuld trägt, ich hab schließlich alles mitbekommen. Ich habe nicht nur den Schädel des Mannes zertrümmert, ich bin auch die einzige Zeugin der Tat gewesen, eine Zeugin jedoch, deren Stimme niemand versteht.

DIENSTAG

Sacra templis a populo sonanda Carmine pulso

(Ich läute zur Messe, im Dom aber singe das Volk –
Inschrift der Gloriosa)

Ein verdammt trauriger Anblick, so ein herrenloses Rad, umgestürzt auf dem Bürgersteig, die Briefe verstreut daneben, klitschnass vom strömenden Regen. Ida Erdmann, die wie jeden Morgen ihren Dackel an der Salzstraße ausführte, dort, wo sie in die Friedrich-Engels-Straße abknickte, wusste sofort, dass etwas Schlimmes passiert war. Welcher Postbote wirft schon freiwillig sein Rad weg und macht sich mir nichts, dir nichts auf und davon? Erst recht nicht der ihre, der Erwin, der käme niemals auf eine solch absonderliche Idee. Ob heute eine Aushilfe unterwegs gewesen war? Jemand, dem das Sauwetter zu viel geworden war? Ratlos stand die Rentnerin vor dem umgestürzten Rad, während ihr Dackel begann, in den Briefen herumzuschnüffeln. Was war zu tun? Ihr Handy hatte Ida Erdmann daheim in ihrer Garderobe liegen. Sollte sie rasch nach Hause laufen und die Polizei informieren? Das ging nicht, jedenfalls nicht sofort! Es regnete ja weiter, regnete wie verrückt, die Briefe würden dann endgültig hinüber sein, das konnte sie doch nicht zulassen! Mühsam ging die Rentnerin in die Knie und begann, die nasse Post aufzusammeln, um sie in ihren Einkaufsbeutel zu stopfen, was sich als schwierig erwies, denn sie musste ja zugleich noch die Leine und den Regenschirm halten. Ihren Dackel hingegen schien die Abwechslung zu freuen, er biss nach einem der größeren Umschläge und hielt ihn seinem Frauchen schwanzwedelnd hin. »Wichtel!«, sagte sie tadelnd und griff nach dem Umschlag, was der Dackel jedoch falsch verstand. Was für ein lustiges Spiel! Er biss noch fester zu und begann, seinen Kopf hin und her zu bewegen, bis der Umschlag in zwei Teile zerriss. »Wichtel«, sagte Ida Erdmann mit zitternder Stimme, »was machst du denn! Jetzt haben wir den Salat.«

Endlich war der Einkaufsbeutel gefüllt und der letzte Brief gesichert. Was aber mit dem Rad? Das konnte man doch nicht einfach so liegen lassen, quer über dem Bürgersteig. Mühsam klemmte sich Ida Erdmann die Träger des Einkaufsbeutels zwischen die Zähne, nahm Regenschirm und Leine in die linke Hand und versuchte mit der Rechten, das schwere Postrad aufzurichten, da sprang ihr Dackel hoch und verbiss sich in den Einkaufsbeutel, es tat einen Schlag und der Ärmsten riss es das Gebiss heraus. Im Schwall ergossen sich die Briefe auf die Straße.

Zum Glück kam in diesem Moment ein junger Mann daher. Er schnalzte rhythmisch zu den Bässen seiner Ohrhörer, sodass die blaue Haartolle über seiner Stirn fröhlich wippte. Gegen den Regen hatte er sich die Kapuze seines schwarzen Pullis übergezogen, auf dessen Rücken die Konzerttermine von Rammstein notiert waren. Als er sah, in welchen Kalamitäten sich die arme Frau befand, griff er, ohne groß zu fragen, beherzt zu. Energisch stopfte er die durchnässten Briefe in den Beutel zurück, fischte sodann die dritten Zähne aus dem Rinnstein und reichte sie der völlig verdatterten Rentnerin. Zum Schluss griff er sich das Rad und lehnte es an einen Laternenpfosten, dann wollte er weiterziehen.

»Dank und Gottes Segen«, sagte Ida Erdmann, nachdem sie sich die Zähne wieder in den Mund geschoben hatte.

»Dank ist okay«, sagte die Blautolle, »aber an den lieben Gott glaube ich nicht.«

»Das ist nicht weiter schlimm«, sagte die Rentnerin, »wichtig ist allein, dass er an Sie glaubt. Und das tut er, wie ich sehe.«

»Was Neues?«, fragte Mütze, als er das Büro betrat.

»Ein Briefträger wird vermisst«, antwortete Braunkärsch.

»Briefträger? Gibt es noch Briefträger?«

»Gibt es noch, Mütze, gibt es noch. Auch wenn du deinen letzten Brief an Fred Feuerstein geschrieben hast.«

Mütze ließ seine Schimanskijacke auf seinen Bürostuhl segeln. Das Ding sah unglaublich verranzt aus. Karl-Dieter hatte ihm schon vor Ewigkeiten eine neue schenken wollen, was Mütze aber vehement abgelehnt hatte.

»Also, was ist mit dem Briefträger?

»Man hat sein Dienstrad gefunden, mitten im strömenden Regen. Lag einfach so auf einem Bürgersteig am Rand des Johannesviertels, weißt schon, unsere schickste Plattenbausiedlung, gleich gegenüber dem Legohaus lag das Rad.«

»Legohaus?«

»Ein Graffiti an einer Brandmauer, eine Stadtlandschaft, wie aus Legosteinen gebaut. Die Anwohnerin, die gegen halb elf bei uns angerufen hat, ist völlig aufgelöst gewesen. Vom Postboten keine Spur.«

»Vielleicht ein Unfall? Oder ein Herzinfarkt? Habt ihr schon in den Krankenhäusern angerufen?«

»Haben wir. Fehlanzeige.«

»Sonst noch was von Belang?«

»Frau Wieland hat angerufen. Sie will sich mit uns treffen. Ohne ihren Mann.«

Mütze pfiff durch die Zähne. Das klang schon interessanter.

»Und die Beerdigung von Sternberg ist bereits für heute angesetzt, um 14.00 Uhr auf dem Hauptfriedhof.«

»Da müssen wir hin! Erst aber rufe ich Wielands Frau an. Wie ist ihre Nummer?«

Gerade hatte Mütze sein Handy gezückt, da steckte die Chefsekretärin ihren Kopf durch die Tür. Der Chef wolle sie sprechen, Mütze und Braunkärsch. Die beiden Kommissare rollten die Augen, ausgerechnet jetzt, wo sie alle Hände voll zu tun hatten.

»Okay, bringen wir es hinter uns«, seufzte Mütze.

Das Büro des Leiters der Erfurter Kripo konnte man sich trüber nicht denken. Ein einfacher Resopalschreibtisch stand verloren in der Mitte des Raumes, ein grauer Büroschrank mit Rollverschluss an der Stirnseite des Tisches. Auf dem Schreibtisch stand ein simples Telefon mit Wahlscheibe, auf der Tischunterlage lagen der Größe nach geordnet zehn Bleistifte neben einer Bleistiftkurbelmaschine und parallel daneben ein Füllfederhalter aus DDR-Produktion, ein Heiko Primus, den *das Brot* zur bestandenen Polizeiprüfung erhalten hatte und auf dessen Verlässlichkeit er schwor. Mütze hatte mal von einem Mann gelesen, der sich schon zu Lebzeiten einen Sarg bestellt hatte, um daneben zu schlafen. Unwillkürlich ertappte sich Mütze, wie er im Zimmer des Chefs nach einem Sarg Ausschau hielt. Das Einzige, was bei großzügiger Auslegung eine Spur von Frische in das Zimmer brachte, war ein einsamer Kaktus auf dem Fensterbrett. Allerdings behauptete Braunkärsch steif und fest, das Ding sei garantiert aus Plastik, jedenfalls sei das Stachelgewächs in den letzten zehn Jahren um keinen Millimeter gewachsen.

»Nehmen Sie doch Platz, meine Herren«, sagte Winfried Mühlhauser.

Der Leiter der Kripo Erfurt sprach mit einer Stimme, bei der selbst das Wort Monotonie eine massive Untertreibung gewesen wäre. Bernd das Brot, bekanntester Vertreter der Gattung *Homo Brotus Depressivus*, war ein echter Muntermacher dagegen.

»Ich weiß, Sie haben im Augenblick genug zu tun, dennoch muss ich Sie bitten, sich zugleich um die Sache mit dem verschwundenen Postboten zu kümmern.«

Mütze und Braunkärsch wechselten einen kurzen Blick, sagten aber nichts.

»Osterzeit, Urlaubszeit«, seufzte der Chef. »Wie Sie wissen, sind unsere beiden Nachwuchskommissare mit ihren Familien auf Mallorca. Ich kann sie schlecht zurückbeordern, das werden Sie verstehen.«

Die Mienen der Kommissare hellten sich nicht auf. Und Jena?, lag es Braunkärsch auf der Zunge, er verbiss sich jedoch die Bemerkung. Eigentlich war in einer solchen Situation vorgesehen, dass man sich gegenseitig Amtshilfe leistete. Das Problem nur war, der Leiter der Kripo Jena war ein überzeugter Carl-Zeiss-Jena-Fan, für *das Brot* aber gab es nur Rot-Weiß Erfurt. Und niemals würde ein Rot-Weißer einen Blauen um Hilfe bitten! Es half alles nichts, sie mussten da durch. Der Chef griff zum Telefon.

»Marga? Polizeimeisteranwärter Fröbel bitte.«

Patrick Fröbel war ein junger Mann, der sich sichtlich Mühe gab, vor den erfahrenen Kollegen professionell aufzutreten. Eindrucksvoll waren sein Bizeps und der aufgepumpte Oberkörper. Mütze schmunzelte. Gingen jetzt all die jungen Kollegen in die Muckibude? Und wieso eigentlich? 20 Klimmzüge und 30 Liegestütze auf dem heimischen Teppich brachten doch den gleichen Effekt und man lief nicht Gefahr, den Erstickungstod zu erleiden. Dass die Hygieneämter den Betrieb von Fitnessstudios noch gestatteten, wunderte Mütze. Jedes Lokal hätte man bei diesen Ausdünstungen längst stillgelegt.

»Kollege Fröbel, schildern Sie uns bitte kurz Ihre Ermittlungsergebnisse.«

»Sehr gerne, Chef. Um 10.25 Uhr ging der Anruf der Zeugin Ida Erdmann ein, wohnhaft Friedrich-Engels-Straße 54. Um 10.43 Uhr traf ich sie in ihrer Wohnung an, Plattenbau, 4. Stock. Zeugin Erdmann überreichte mir einen Beutel durchnässter Briefe und wies mich auf die Fundstelle hin, die wir sogleich in Augenschein nahmen. Das Dienstrad des Postboten Erwin – Zeugin Edelmann konnte nur seinen Vornamen angeben – lehnte noch an dem Laternenpfahl, wo es der bislang unbekannte Zeuge, ein junger Mann mit blau gefärbtem Haupthaar, hingestellt hat, gleich gegenüber dem Haus mit der auffälligen Legobemalung.«

»Gab es irgendwelche Besonderheiten an dem Rad? Ich meine, war es beschädigt oder war es weiter fahrtüchtig?«

»Äußere Beschädigungen waren keine zu erkennen.«

»Nichts, was auf einen Sturz hindeuten würde?«

»Nichts. Keine auffälligen Dellen oder Kratzer, nur das Übliche. Ich telefonierte natürlich gleich mit der Rettungsleitstelle, dort wusste man von nichts. Auch in den Kliniken Fehlanzeige. Nirgendwo ein Frischverletzter mit Vornamen Erwin.«

»Auch nicht im Johannes-Thal-Klinikum?«

»Auch dort nicht.«

»Polizeimeisteranwärter Fröbel, ich danke Ihnen! Noch Fragen, die Herren Kommissare?«

»Wo ist das Fahrrad jetzt?«, wollte Mütze wissen.

»Ich habe es sicherstellen lassen. Es steht in unserem Hof, wenn Sie es sehen wollen …«

»Danke. Im Moment nicht. Reife Leistung, Herr Kollege!«

Mit teils stolz- und teils muskelgeschwelltem Oberkörper verließ der Polizeimeisteranwärter das Büro.

»Also, meine Herren, an die Arbeit!«

»Wer erledigt was?«

»Wollen wir Schnick-Schnack-Schnuck spielen?«

»Sei nicht albern, Braunkärsch.«

»Okay, Mütze, verstanden. Ich spiel die Christel von der Post.«

»Bist ein Schatz, Christel.«
»Das köstet dich ein Kostritzer.«

Lisa Wieland hatte darum gebeten, sich in der Stadt zu treffen. In der Nähe ihres Arbeitsplatzes gebe es ein kleines Café. Mütze sagte der Name was. Das Café Flo befand sich in der Nähe des Domplatzes, in der *Großen Arche*, einem historischen Haus mit freundlichem gelben Fachwerk und blauen Fensterrahmen. Unmittelbar neben dem Café befand sich das Geschäft eines Hochzeitsfotografen, an dem Karl-Dieter nie vorbeigehen konnte, ohne die Fotos zu betrachten. Lisa Wieland saß bereits an einem Fenstertisch, eine Latte macchiato vor sich, als Mütze das Café betrat. Es duftete verführerisch nach frischen Waffeln, er konnte nicht widerstehen und bestellte sich eine.

»Und?«, fragte er, als sich die Kellnerin wieder entfernt hatte. »Was wollen Sie uns mitteilen?«

Lisa Wieland sah sich scheu um, als fürchte sie, beobachtet zu werden.

»Versprechen Sie mir, Herr Kommissar, dass Sie meinem Mann nichts von unserem Gespräch erzählen?«

»Ich bin kein geschwätziger Mensch«, sagte Mütze ausweichend.

»Sie haben ihn in Verdacht, nicht wahr? Aber er war es nicht, ganz bestimmt war er es nicht.«

»Er kann es ja gar nicht gewesen sein«, sagte Mütze, »Sie sind doch während der Tatzeit ständig beisammen gewesen oder etwa nicht?«

Lisa Wieland schwieg und nahm einen Schluck von ihrer Latte.

»Sie sind nicht ständig beisammen gewesen«, stellte

Mütze fest und versuchte, so neutral wie möglich zu klingen.

»Was würden Sie tun, wenn Sie einem Menschen ein Versprechen gegeben haben, an das Sie sich gebunden fühlen, und dieser Mensch plötzlich stirbt?«

»Ich weiß es nicht«, sagte Mütze vorsichtig, »aber ich weiß, dass es Situationen gibt, bei denen es wichtiger ist zu reden, als zu schweigen.«

»Kevin und Adam hatten ein gemeinsames Projekt, ach was, ein Projekt, einen Traum.«

»Was für einen Traum?«

»Das ist nicht so wichtig. Jedenfalls haben sie sich versprochen, alles für diesen Traum zu tun. Und wenn nur noch einer übrig bleiben sollte, dann sollte der andere weitermachen.«

»Verstehe. Deshalb das Testament.«

Lisa Wieland nickte.

»Hat Ihr Mann Adam Sternberg ebenfalls testamentarisch bedacht?«

Lisa Wieland sah zum Fenster hinaus.

»Frau Wieland, würden Sie bitte meine Frage beantworten?«

Lisa Wieland strich sich durch das Haar und nickte erneut.

»Tatsächlich? Und Sie? Ich meine, Sie sind die Ehefrau. Was haben Sie dazu gesagt?«

»Ich sorge für mich selbst«, sagte sie hastig, legte einen Fünfeuroschein auf den Tisch und verließ das Café, ohne sich noch einmal umzublicken. Durch das Fenster sah Mütze sie davoneilen. Täuschte er sich oder wirkte ihr Gesicht verhärmt? Hätte Mütze einen Blick in den hinteren, den versteckten Teil des Cafés geworfen, wäre ihm ein alter Bekannter aufgefallen. Michael von Gleichen saß dort, der Notar vom Fischmarkt. Er schien auf jemanden zu warten. Der Platz an seiner Seite war leer.

Schlag eins fuhr Mütze vor dem Eingang des Cafés gegenüber dem Hauptfriedhof vor. Für einen kurzen Moment hörte es auf zu regnen, die Wolkenbänder rissen auf, gleißend hell brach die Sonne durch und brachte den Schriftzug auf dem Dach zum Glänzen, der an den Besuch eines deutschen Bundeskanzlers zu DDR-Zeiten erinnerte: *Willy Brandt ans Fenster*. Zum Ärger der Partei hatte sich das Volk versammelt und mit rhythmischen »Willy-Willy«-Rufen den Bundeskanzler ans Fenster gelockt. Die spontane Sympathiekundgebung hatte sich tief ins kollektive Gedächtnis der Stadt gebrannt.

Durch die verregnete Windschutzscheibe sah Mütze Braunkärsch auf sich zusteuern, zwei Bratwürste in den Händen. Mütze warf die Beifahrertür auf und Braunkärsch stieg mit den dampfenden Würsten ein. Augenblicklich begann die Windschutzscheibe zu beschlagen. »Auch 'ne Rstbrtwrst?«

»'ne was?«

»'ne Rstbrtwrst?«

»Sprich deutlich, was soll das Genuschel?«

»Na, 'ne Rostbratwurst. Die Dinger werden in den Arkaden ohne Vokale gebraten, schmecken aber trotzdem.«

»Na, dann, hr dmt!«

Beide Kommissare fingen herzhaft an zu mampfen.

»Und?«, sagte Mütze kauend, wobei er sich den Senf aus den Mundwinkeln wischte. »Ist der Postbote wiederaufgetaucht?«

»Nicht das kleinste Härchen von ihm«, bedauerte Braunkärsch, »das Ganze bleibt ein Rätsel. Hab versucht, seine letzten Wege zu recherchieren, hab überall geschellt, um zu sehen, welches das letzte Haus gewesen ist, das er noch beliefert hat. Er muss ziemlich konfus gewesen sein. Manche Nachbarn hatten Post im Kasten, die gar nicht für sie bestimmt war, jeder schwört jedoch, dass Erwin Kowalski, so heißt der Postbote, ein Muster an Zuverlässigkeit gewesen ist. Irgendetwas muss ihm passiert sein, das ihn völlig verwirrt hat.«

»Was wissen wir über ihn?«

»53 Jahre, alleinstehend, wohnt in Daberstedt. Kowalski ist kein unbeschriebenes Blatt. War Mitarbeiter der Stasi und hat für den Verein ziemlich unsaubere Sachen erledigt, wirklich unsaubere Sachen, musste deshalb nach der Wende sogar für einige Monate in der Knastkantine futtern. Danach hat er bei der Post angefangen, arbeitet dort als einfacher Zusteller, seit Jahren im selben Bezirk.«

»Und jetzt ist er auf und davon.«

»Oder er ist entführt worden. Kann doch sein, Mütze, lach nicht! Irgendwas war heute anders, irgendwas stimmte nicht. Vielleicht hat ihn ein Auto verfolgt. Er fühlt sich bedroht, wird nervös, fahrig, unkonzentriert, wirft Briefe in Kästen, in die sie nicht hineingehören. Dann zieht man ihn ins Auto, vielleicht mit vorgehaltener Waffe, und fährt mit ihm davon. Es hat geregnet wie verrückt heute Morgen, wer hat da schon was mitbekommen?«

»Und wer soll ihn entführt haben? Seine alten Stasi-Freunde?«

»Möglich. Hatten vielleicht eine alte Rechnung mit ihm offen, vielleicht hat er nach der Wende jemanden ans Messer geliefert. Oder sie haben ihm in den Tagen vor dem Mauerfall noch Dinge anvertraut, die er nicht mehr hergeben wollte, was weiß ich.«

»Hört sich an wie eine echte Räuberpistole.« Mütze war nicht überzeugt. »Ist nicht viel wahrscheinlicher, dass er die Schnauze voll hatte von der ewigen Briefzustellerei? Tagaus, tagein den Leuten die immer gleichen sinnlosen Sachen in den Schlitz werfen, muss doch furchtbar sein. 53 Jahre, Midlife-Krise. Das Sauwetter hat den Ausschlag gegeben und er hat hingeworfen. Ab in den Süden!«

»Da hätte er das Rad doch viel wirkungsvoller seinem Chef vor die Füße schmeißen können, samt der Briefe. Aber so mitten am Tag, mitten bei der Arbeit? Wo er von allen als Muster der Zuverlässigkeit beschrieben wird?«

»Hm, hast schon recht, Braunkärsch, klingt seltsam das Ganze. Was schlägst du vor?«

»Müssen wohl an die Öffentlichkeit herantreten und eine Suche starten.«

»Besprichst du das mit *dem Brot*?«

»Nichts, was ich lieber täte. Und was hast *du* herausgefunden?«

Mütze berichtete in aller Kürze von seinem Gespräch mit Lisa Wieland.

»Eigenartige Frau. Trifft sich heimlich mit uns, um zu betonen, dass ihr Mann unschuldig sei, und belastet ihn zugleich. Sein Alibi jedenfalls ist mehr als wackelig. Und dann deutet sie noch ein ominöses Projekt an, das ihr Mann und Sternberg verfolgt haben sollen. Wie hat sie sich ausgedrückt? Ein gemeinsamer Traum. Wenn's konkret wird, hüllt sie sich in Schweigen. Alles sehr nebulös.«

Mütze hasste Beerdigungen, im Gegensatz zu Karl-Dieter. Wo würde man noch echte Emotionen erleben, wenn nicht bei Begräbnissen, meinte Karl-Dieter immer. Echte Emotionen! Wenn er sich da mal nicht täuschte. Wie hieß es so schön? Nirgendwo wird so viel gelogen wie vor der Wahl und bei der Beerdigung. Dennoch, die Teilnahme an dieser Zeremonie war ein Muss, zumal sie vom Mordopfer so gut wie nichts Privates wussten.

Die Trauergemeinde, die sich in der kleinen Feierhalle zusammengefunden hatte, war sehr überschaubar. Aus den zusammengeklappten Schirmen liefen trübe Rinnsale über die Fliesen. Die beiden Kommissare setzten sich in die letzte Reihe. Sie erkannten Sternbergs Arbeitskollegen wieder, in der vordersten Bank saß Ronny Kapsack, der Chef der Gartenbrigade, wie Braunkärsch scherzhaft zu sagen pflegte. Auch Lisa Wieland war gekommen und hatte neben ihrem Mann Platz genommen. Sie trug eine dunkle Sonnenbrille und saß sehr aufrecht. Sie machte einen ausgesprochen gefassten Eindruck. Ihrem Mann merkte man ebenfalls keine Gefühle an. Wenn er tatsächlich erschüttert über den Tod seines Freundes war, so wusste er das gut zu verbergen. Außer den Gärtnern waren noch an die zehn weitere Trauergäste gekommen, Nachbarn vielleicht. Vorne stand der Sarg, ein schlichtes Modell aus Kiefernholz. Mütze hatte im Laufe seines Polizistenlebens ein Auge dafür entwickelt. Eine Menge seltsamer Sachen hatte er bei Beerdigungen erlebt. Einmal hatte eine Schalkefahne den Sarg geschmückt. In Gelsenkirchen gab es einen eigenen Friedhof für weißblaue Fans, gestaltet wie ein Fußballstadion. Die letzte Ruhestätte, eine Dauerkarte auf der Tribüne. Der Fußballgott würde milde darüber hinwegsehen.

Kirchliche Trauerfeiern sind in Thüringen eine Seltenheit geworden. Meist sprach ein professioneller Trauerredner die letzten Worte, so auch heute. Seine Ansprache erging sich in Gemeinplätzen, jedem wurde klar, dass er kein persönliches Gespräch mit einem Angehörigen, Nachbarn oder Freund geführt haben konnte. Ganz zum Schluss seiner kurzen Rede aber geschah etwas, das alle aufhorchen ließ. Erstmals nahm der Redner die Trauergemeinde in den Blick, machte eine Kunstpause und räusperte sich. Dann brach es aus ihm heraus: »Erlauben Sie mir zum Schluss noch ein paar persönliche Anmerkungen. Ich bin nun schon im 20. Jahr als Trauerredner tätig. Nie zuvor jedoch habe ich einen Menschen verabschiedet, der auf solch grausame Weise ums Leben gekommen ist. Als Gärtner hat Adam Sternberg sich stets dem Leben gewidmet, denn Gärtner zu sein, bedeutet doch nichts anderes, als sich mit Liebe und Geduld für das Leben und dessen Schönheit einzusetzen. Auch unsere Gloriosa stand immer im Dienste der Schönheit und des Lebens, des Lebens in unserem Erfurt. Egal wie man zum Glauben unserer Vorväter stehen mag, die Gloriosa war und ist mehr als eine Kirchenglocke, sie ist die personifizierte Stimme dieser wunderbaren Stadt. Diese Stimme des Lebens dafür zu missbrauchen, einen unschuldigen Gärtner auf solch widerliche Art und Weise umzubringen, ist das schlimmste Verbrechen, das in Erfurt je begangen worden ist. Hoffen wir, dass diese Tat nicht ungesühnt bleiben wird.«

Mit diesen Worten schloss die Trauerfeier. Von vier betagten Mini-Job-Sargträgern, die ihre schmale Rente mit dieser betrüblichen, aber doch unverzichtbaren Tätigkeit aufbesserten, wurde der Sarg aus der Feierhalle getragen, zögernd schloss sich die Trauergemeinde an, musste dann jedoch aufpassen, den Anschluss nicht zu verlieren, denn wegen des Regenwetters beschleunigten die Sargträger ihren gewöhnlich so gemessenen Schritt. Zügig ging es die Kastanienallee entlang, wobei jeder versuchte, den dicken Pfützen auszuweichen. Mütze und Braunkärsch bildeten den Schluss. Während Mütze seinen Schirm über Braunkärsch hielt, fing dieser an, Fotos mit seinem Smartphone zu schießen. Auch wenn Mütze die Knipserei unangenehm war, sie konnte sich noch als wertvoll herausstellen.

Sie hatten den halben Weg zum Grab zurückgelegt, als aus dem Schatten einer alten Eibe eine Frau hervortrat und sich dem Beerdigungszug anschloss. Sie trug einen dunkelroten Schirm und einen blauen Mantel. Mütze ließ sich etwas zurückfallen, sodass er sie besser beobachten konnte. Sie sah gepflegt aus, eine echte Dame. Wie alt mochte sie sein? Vielleicht Mitte 40? Bei Frauen konnte man sich da leicht täuschen. Vor zwei Jahren war Mütze zu seinem 30. Abi-Jubiläum nach Dortmund gereist. Junge, Junge, seine Schulfreunde hatten vielleicht ausgesehen! Lauter alte Knaben. Viele der alten Freundinnen aber hatten sich erstaunlich gut gehalten. Älter waren natürlich auch sie geworden, doch in deutlich abgemilderter Form. Woran lag das? An den Östrogenen? Oder gaben sie einfach mehr auf sich acht? Wie alt sie auch immer sein mochte, die Frau in dem blauen Mantel sah als Einzige so aus, als würde sie tatsächlich trauern. Ihre Augen waren gerötet, immer wieder holte sie ein Taschentuch hervor. Mützes Pupillen verengten sich. Warum war sie erst so spät hinzugestoßen? Warum hatte sie draußen im Regen gewartet?

Das Grab war erreicht. Mit routinierten Handgriffen ließen die Sargträger die Kiste hinab und warfen ihre Glacéhandschuhe hinterher. Dann zogen sie ihre Zylinder, von deren Krempen es hinabtropfte, und sprachen ein stilles Gebet bis fünfzehn. Der Trauerredner sandte dem Toten ein paar letzte Worte hinterher, anschließend trat zögerlich Ronny Kapsack vor und warf eine Schippe feuchter Erde auf den Sarg, es folgten die anderen Arbeitskollegen. Jedes Mal tönte es dumpf aus der Grube. Mütze sah vorsichtig zur Seite. Die Frau im blauen Mantel hielt sich im Hintergrund. Sie schien abwarten zu wollen, bis sie allein war. Der Regen steigerte sich nochmals zu einem unangenehmen Prasseln, eilig strebten die Menschen fort und liefen über die Kastanienallee zurück dem Ausgang entgegen.

Die Kommissare schlossen sich an. Mütze klappte unwirsch den Kragen seiner Schimanskijacke hoch. Er hatte die Frau im blauen Mantel am Grab noch ansprechen wollen, war schon einen Schritt vorgetreten, als er plötzlich meinte, Karl-Dieters Stimme in sich zu vernehmen. Tadelnd hatte der Freund den Kopf geschüttelt. Einem trauernden Menschen nicht mal fünf Minuten zu gönnen, um sich zu verabschieden, was war das für eine Welt? Also gab Mütze Braunkärsch einen Wink, und sie taten so, als würden sie den Friedhof verlassen. Nach gut 50 Metern aber stellten sie sich unter das Blätterdach einer Kastanie. Hier wollten sie warten, um die Dame abzupassen.

Immer wieder streckte Mütze den Kopf vor und lugte am Stamm vorbei. Die Dame schien tatsächlich etwas für den Toten empfunden zu haben. Unbewegt stand sie am Grab und schien stille Zwiesprache zu halten. Verdammt, wann wurde sie endlich damit fertig? Mütze hatte schon den Beschluss gefasst, das Ganze abzukürzen und zum Grab zurückzugehen, als auf seinem Handy eine Nachricht aufploppte, eine WhatsApp von Karl-Dieter: »Lust auf ein Abendessen mit Freunden? Bring doch Thomas mit!« Mensch, Karl-Dieter! Mütze runzelte die Stirn. Sie steckten mitten in den Ermittlungen und sein Freund kam mit einem Abendessen daher. Kopfschüttelnd ließ Mütze das Handy zurück in seine Jacke gleiten und schaute erneut ums Eck. Verflucht, was war das? Die Frau mit dem blauen Mantel, sie war verschwunden. Wie war das möglich? Warum war sie nicht an ihnen vorbeigekommen? Hier ging's doch zum Ausgang.

»Wo ist sie hin?«, zischte Mütze.

»Komm!«, rief Braunkärsch. »Es gibt einen Nebenausgang.«

Augenblicklich spurteten die beiden los. Sie liefen am sogenannten Hamburger Block vorbei und bogen dann in die Ulmenallee in Richtung Sowjetischem Ehrenhain. Am Ende der Allee sahen sie einen blauen Mantel aufleuchten. Die Dame hatte sich auf ein Fahrrad geschwungen und fuhr davon, den Schirm schützend über sich gespannt.

Mütze war ein trainierter Läufer. So schnell er konnte, rannte er hinterher. Doch obwohl er sich anstrengte, er konnte den Abstand um keinen Meter verringern. Die Frau schien ein E-Bike zu fahren und verließ in flottem Tempo durch einen Nebenausgang den Friedhof. Keuchend erreichte Mütze die Nebenpforte und sah ihr nach. Er konnte gerade noch erkennen, wie sie den Knick der Straße erreichte, dann war sie endgültig verschwunden.

»Verdammter Mist«, fluchte Mütze. Es war seine Schuld. Warum nur hatte er auf Karl-Dieters Stimme gehört? Scheiß Pietät! Mensch, Karl-Dieter! Immer musste sich der Kerl in alles einmischen.

Karl-Dieter war nervös wie ein Pennäler vor dem ersten Rendezvous. Nach einer Premiere die Tageszeitungen aufzuschlagen, trieb seinen ohnehin nicht erfreulichen Blutdruck in astronomische Höhen. Auch wenn der jubelnde Beifall sich noch einmal gesteigert, ja fast überschlagen hatte, nachdem er am Ende der Vorführung von dem Tanzensemble klatschend auf die Bühne gebeten worden war, so war doch die Furcht vor den Kritikern einfach nicht kleinzukriegen. Wie's der Zufall wollte, hatte am Ende einer der schreibenden Herrschaften vor Jahren einmal bei einer Schüleraufführung in Wittstock/Dosse oder in Pasewalk welkende Blumen erlebt und strich das nun seinen Lesern genüsslich aufs Butterbrot. Die letzte schmerzende Kritik hatte es vor drei Jahren gegeben. Damals hatte Karl-Dieter in Erlangen zu Shakespeares *Sturm* ein solch realistisch sich bewegendes Wellenbild konstruiert, dass sich die Hälfte der Zuschauer seekrank in den Sitzen gekrümmt hatte. »Ein solches Bühnenbild darf nur zugelassen werden, wenn zugleich Kotztüten verteilt werden«, hatte der Feuilletonist gespottet. Wie hatte sich Karl-Dieter über diese flapsige Bemerkung geärgert.

Mit dem Stapel aller verfügbaren Tageszeitungen hatte sich Karl-Dieter ins hinterste Eck des *Double B* zurückgezogen, in die Mutter aller Frühstückskneipen in der Marbacher Gasse. Seine Sorgen sollten sich in kürzester Zeit in Luft auflösen, einhellig lobte man die gelungene Inszenierung. Und wenn das Lob seines Bühnenbildes hin und wieder etwas kurz geriet, dann nur deshalb, weil ausführlich von der magischen Tanzkunst Eduardos geschwärmt wurde. Karl-Dieter verspürte deshalb nicht den geringsten Neid, im Gegenteil, er freute sich aus ganzem Herzen mit dem jungen Tänzer. »A star is born!« überschrieb die FAZ ihren Artikel. Diesem Urteil war absolut recht zu geben. Und doch spürte Karl-Dieter wieder diese beunruhigende Sorge in sich aufsteigen. Was machte das alles mit dem jungen Mann? Wie schnell schlug die Freude am Lob um in die Last der Erwartung. Kritik konnte wehtun, kein Zweifel, Lob aber konnte vergiftet sein, o ja, Lob auszuhalten, war verflucht schwer, vielleicht sogar das Schwerste. Man musste innerlich gefestigt sein, damit umgehen zu können. Wie aber sollte ein so junger Mann schon über eine solch gereifte Persönlichkeit verfügen? Zu oft hatte Karl-Dieter junge Schauspieler oder Tänzer erlebt, die von der ersten Glückswelle getragen in wirbelnde Abgründe geworfen worden waren, ja, manche waren sogar daran zugrunde gegangen. Eduardo schien ihm in besonderer Weise gefährdet. Schon jetzt ging der hübsche junge Bursche über seine eigenen Grenzen, schonte sich in keiner Weise, gab alles für seine Kunst und wirkte zugleich labil und etwas zu empfindsam für diese Welt. Das konnte auf Dauer nicht gut gehen. Jeder Mensch brauchte einen Reservetank. Bei Autos hatte man früher einen Schalter umlegen müssen, vernünftige Sache, heute gab es diesen warnenden Piepton. Karl-Dieter beschloss, Eduardos Piepton zu sein.

Sorgfältig legte er die Zeitungen wieder zusammen, in der richtigen Reihenfolge und auf Kante. Heute Abend war spielfrei, erst am Donnerstag standen *Die Blumen des Bösen* wieder auf dem Programm. Bei der Premierenfeier hatte er seinen ganzen Mut zusammengenommen und Eduardo in einem unbeobachteten Moment gefragt, ob er vielleicht Lust auf ein Abendessen habe, und Eduardo hatte ja gesagt. Sofort und ohne Zögern! Karl-Dieter hätte jubeln können!

Nun musste er sich um die Einkäufe kümmern, es sollte schließlich etwas Besonderes geben. Er wollte dem jungen Spanier beweisen, dass die deutsche Küche durchaus auch mit mediterraner Leichtigkeit daherkommen konnte. Tänzer achteten ja stets auf gesunde Küche, schließlich war ihr Körper ihr Kapital. Ach, Eduardo! Wie er die letzte sterbende Blume umtanzt hatte, wie er versucht hatte, sie durch die Bewegungen seines jungen, begnadeten Körpers am Welken zu hindern, wie er nach ihrem Tod zur Erde gesunken war, um sich mit der Geliebten im Sterben zu vereinen, all das hatte einen unauslöschlichen Eindruck bei Karl-Dieter hinterlassen. Und heute Abend würde Eduardo bei ihnen am Tisch sitzen und mit ihnen speisen. Was für ein Tag!

Eine der Sachen, die Karl-Dieter an Erfurt besonders gefiel, war der Wochenmarkt auf dem Domplatz. Gerne ließ er sich von dem frischen Gemüse, dem Obst und den Kräutern inspirieren. Ganz Erfurt schien tatsächlich ein Gemüsegarten zu sein, unglaublich, wie gut hier alles gedieh. Lag das am Klima oder am Boden? Oder an dem grünen Daumen der Erfurter? Beim Erlanger Hausfrauenbund hatte Karl-Dieter mal ein Seminar besucht: *Gehe auf den Markt und folge deinen Sinnen*, seitdem liebte er diese Form der Küche. Nicht mit einem fertigen Rezept im Kopf einkaufen zu gehen, nicht mit einem säuberlich beschrifteten Zettel, auf dem alle Zutaten aus dem Kochbuch abgeschrieben standen, sondern sich stattdessen mit offenen Augen anregen zu lassen. »Nicht du suchst die Zutaten aus, die Zutaten suchen dich aus!«, hieß das Motto. Sich von den Schätzen des Marktes anlachen zu lassen, das zu wählen, was gerade besonders frisch, besonders reif war, das war die Kunst. Alles andere, die weitere Zubereitung, kam dann völlig von allein.

An allen Ständen wurde bereits der erste Spargel angeboten, Karl-Dieter schien er noch zu zeitig zu sein. Auch war Spargel nicht jedermanns Sache, aß man Spargel in Spanien? Stattdessen wählte er einen Bund Löwenzahn, aus dem sich ein hervorragender Salat zaubern ließ, eine Tüte Bamberger Hörnchen, wie die seltsam geformten, aber äußerst schmackhaften Kartoffeln hießen, und zwei Sträußchen Brunnenkresse, falls auch Thomas Zeit hatte, was Karl-Dieter sehr hoffte. Ein Essen zu viert war einem Essen zu dritt unbedingt vorzuziehen. Wenn man der Gefahr widerstand, in Zweiergespräche zu versinken, ergab sich einfach die bessere Kommunikation. Außerdem war es Karl-Dieter deutlich lieber, bei dem ersten privaten Treffen mit Eduardo nicht in zu kleinem Zirkel beisammenzusitzen. Ein weiterer Freund machte alles viel unbefangener. Und Thomas und Eduardo, das würde schon harmonieren. Ach, Karl-Dieter, schalt er sich selbst wegen der Gedanken, die er sich machte. Es sollte einfach ein netter Abend werden, was grübelte er da wegen der Details hin und her?

Am südlichen Ende des Domplatzes, gleich hinter dem Minervabrunnen, bot die Bauernfamilie Dalberg aus Töttleben ihre Produkte an. In einer großen Kiste leuchtete ein Berg von Puffbohnen in der Sonne, die den Regen für heute endgültig besiegt zu haben schien. Puffbohnen! Diese Erfurter Spezialität musste Eduardo kennenlernen. Sein junger Freund würde staunen. Aus den Puffbohnen ließ sich nämlich ein prima Fava zaubern. Zwiebeln hatte er daheim, feines Olivenöl auch, genau wie eine Zitrone. Dill zum Garnieren würde er sich besorgen. Auf südliche Art pürierte Puffbohnen, eine Delikatesse.

»Der junge Mann wünschen?«

»Ein Pfund Puffbohnen, bitte!«

»Aber gerne!«

Die Bäuerin wollte mit ihrer Blechschaufel in gewohnt herzhafter Weise in die Puffbohnen stechen, als sie auf unerwarteten Widerstand stieß. Sie versuchte es ein zweites Mal, wieder wollte die Schaufel nicht recht vorwärtskommen.

»Nanu«, wunderte sich die Bäuerin und begann, mit der Schaufel die Puffbohnen beiseite zu kratzen, und erblasste. Was da zum Vorschein kam, war eine menschliche Hand.

Wo eine Hand ist, ist der Arm nicht weit. Diese Erkenntnis bewahrheitete sich auch in diesem Fall, weshalb Mütze, den Karl-Dieter sofort herbeitelefoniert hatte, nicht sonderlich erstaunt war, als er an der Hand des Toten zog. Geistesgegenwärtig hatte die Bäuerin die Markisen ihres Standes heruntergeklappt, sodass Mütze und Braunkärsch blickgeschützt im rot-weiß gestreiften Licht standen, während sie die Leiche aus den Puffbohnen gruben. Sie konzentrierten sich auf den Bereich, in dem sie den Kopf des Toten vermuteten. Dass es sich um einen Mann handelte, war bereits an den Händen unschwer zu erkennen, auch die andere, die rechte, war bald zum Vorschein gekommen.

»Fass mal mit an«, sagte Mütze, dem das Wegschaufeln der Puffbohnen zu umständlich erschien, zumal ständig welche hinterherkullerten.

Die Kommissare zogen vorsichtig jeder an einer Hand. Langsam richtete sich der behaarte Oberkörper der offensichtlich völlig nackten Leiche auf, endlich kam auch der Kopf zum Vorschein.

»Ich werd nich mehr«, sagte Braunkärsch, »das is er!«

»Wer?«, fragte Mütze.

»Der Postbote!«

Eine letzte Puffbohne rollte aus dem linken Nasenloch und purzelte die Brust hinunter durch das Gewirr der Haare, um schließlich im Bauchnabel zu landen. Behutsam ließen die Kommissare den Oberkörper mitsamt dem Kopf wieder in sein grünes Bett sinken.

Die Bauernfamilie war völlig verstört, verständlich, kam es doch nicht alle Tage vor, dass sich ein nackter Postbote in ihrem Gemüse fand, noch dazu in totem Zustand.

»Noch mal langsam zum Mitschreiben. Sie sagen, die Kiste mit den frischen Puffbohnen hätten Sie erst kurz zuvor von Ihrem Hof geholt?«, fragte Mütze.

Alle drei Dalbergs nickten, Vater, Mutter und Sohn.

»Heute war ein verrückter Puffbohnentag«, sagte Mutter Dalberg, »wohl wegen Ostern.«

»Jedes Jahr um Ostern das Gleiche«, ergänzte Vater Dalberg, ein stämmiger Mann mit dem gesunden Gesicht eines Menschen, der sich viel im Freien aufhielt.

»Wegen des Lammbratens«, sagte Mutter Dalberg. »Lamm schreit nun mal nach Puffbohnen und unsere sind die besten.«

»Um halb drei war die letzte Bohne weg«, sagte Vater Dalberg, »da bin ich mit unserem Sohn nach Töttleben zurück und hab Nachschub geholt.«

»Die Kiste hier?«, fragte Mütze.

Die Bauernfamilie nickte.

»Wer lebt noch auf Ihrem Hof?«

»Niemand«, sagte Vater Dalberg.

»Nur Mischa«, ergänzte der Sohn, ein Riese von Mensch, aber von sichtlich einfachem Gemüt.

»Unser Kater«, erklärte Mutter Dalberg.

»Und zu den Bohnen hat jeder Zugang?«

Vater Dalberg nickte verlegen.

»Töttleben? Heißt der Ort tatsächlich so?«, fragte Mütze seinen Kollegen, als sie hinter dem Lieferwagen der Dalbergs aus der Erfurter Innenstadt herauszuckelten.

Braunkärsch nickte: »Liegt zwischen Kerspleben und Kleinmölsen.«

»Töttleben«, murmelte Mütze und schüttelte den Kopf. »Klingt seltsam paradox.«

»Oder wie eine Aufforderung«, grinste Braunkärsch.

Etwas Galgenhumor tat gut. Zwei Mordfälle innerhalb von 48 Stunden waren mindestens einer zu viel. Heftig hatten sie miteinander diskutiert. Handelte es sich um einen Serientäter? Oder hatten die Taten nichts miteinander zu tun? Fest stand, ganz Erfurt war in Aufruhr und nicht nur Erfurt. Schon der Tote in der Gloriosa hatte international für Aufsehen gesorgt, selbst ein paar

Kameraleute aus China waren aufgekreuzt und hatten im Glockenturm filmen wollen. Empört waren sie wieder abgezogen, als man ihnen den Wunsch verweigert hatte. Und jetzt das!

»Bin gespannt, was Professor Hahnemann rausfindet«, brummte Mütze.

Was nur hatte den Täter angetrieben? Wie hatte sich alles abgespielt? Der Überfall auf den Postboten muss gegen 10.00 Uhr passiert sein, gegen kurz nach zehn hatte die Dame, die sein Dienstrad gefunden hatte, bei ihnen angerufen. Lange hatte das Rad mit den Briefen noch nicht auf dem Bürgersteig gelegen haben können. Die Kiste mit den frischen Puffbohnen hatten die Dalbergs gegen 15.00 Uhr von ihrem Hof geholt. Innerhalb dieser Zeitspanne muss der Mord passiert sein. Warum aber hatte der Täter die Leiche unter den Puffbohnen versteckt? Viele Kilometer außerhalb Erfurts? Warum ein solcher Aufwand? Dafür gab es nur eine vernünftige Erklärung. Das Ganze sollte eine Botschaft sein, die Botschaft eines verdrehten Gehirns. Was aber sollte die Botschaft aussagen und an wen war sie gerichtet?

»Riecht alles nach einem Psychopathen oder es ist ein verrückter Racheakt«, sagte Braunkärsch, während Mütze eine rote Ampel ignorierte, um den Lieferwagen nicht zu verlieren. »Genauso wie der Mord in der Gloriosa. Man will die Morde sprichwörtlich an die große Glocke hängen. Wobei es sich nicht zwangsläufig um denselben Täter handeln muss. Auch folgende Variante ist denkbar: Erwin Kowalski, der Postbote, war in den Mord an Adam Sternberg verwickelt, wofür er nun büßen musste. Vielleicht haben wir es mit zwei Gangs zu tun, die sich blutig bekriegen.«

»Nicht auszuschließen«, sagte Mütze, »Gangs lieben spektakuläre Liquidationen.«

In Dortmund hatte eine Libanesen-Gang einen Abtrünnigen vor Jahren an einer Brücke über dem Ruhrschnellweg aufgeknüpft. Vor Einsetzen des Berufsverkehrs. Hunderte, vielleicht Tausende von Autofahrern hatten unter dem Erhängten durchfahren müssen. Wenn sie es tatsächlich mit rivalisierenden Gangs zu tun hatten, welches Geschäft könnten sie betreiben? Drogen, Zuhälterei, Menschenhandel waren die Klassiker, die Kernkompetenzen des organisierten Verbrechens. Aber nichts sprach dafür, dass einer der beiden Toten mafiös angehaucht gewesen wäre. Adam Sternberg war der fleißige, allgemein geschätzte Gärtner, Erwin Kowalski der zuverlässige Postbote. Gut, er hatte wegen seiner Stasi-Tätigkeit Probleme gehabt, doch das war ewig her.

»Was genau hat er denn für die Stasi angestellt?«, wollte Mütze wissen.

»Er hat die Familien von Republikflüchtlingen terrorisiert.«

»Hm«, brummte Mütze, »keine appetitliche Sache. Ob eines seiner Opfer mit seinen Rachegelüsten nicht fertig geworden ist?«

»Ich gehe der Sache nach. Hab schon alle verfügbaren Unterlagen der VEB Horch und Guck angefordert.«

Töttleben war erreicht. Der Transporter vor ihnen setzte den Blinker. Durch die Felder ging es über einen Schotterweg zu einem einsamen Gehöft.

Wie gerne hätte er die Einladung wieder abgesagt. Zerstreut sortierte Karl-Dieter seine Einkäufe im Kühlschrank. Wie sollte man nach diesem schockierenden Erlebnis abends beisammensitzen und Small Talk halten? Auf der anderen Seite, Normalität war jetzt wichtig, um sein inneres Gleichgewicht wiederzufinden, und nichts half dabei so gut, wie den Kochlöffel zu schwingen. Auch hätte er es nicht übers Herz gebracht, Eduardo wieder auszuladen. So war das Leben eben. Auf einen Höhepunkt konnte sogleich der nächste Nackenschlag folgen. Man durfte sich davon nicht zu sehr beeindrucken lassen, von den Triumphen nicht und erst recht nicht von den Tiefschlägen. Die Mitte zu halten, das war die wahre Lebenskunst.

Karl-Dieter schloss das Gemüsefach. Fava würde es keines geben. Allein wenn er an Puffbohnen dachte, wurde ihm übel. Es würde ihm gelingen, aus den anderen Sachen leckere Speisen zu zaubern. Als Letztes zog er die Brunnenkresse aus dem Einkaufsbeutel und stellte sie in ein Wasserglas. Hoffentlich konnten Mütze und Thomas am Abend mit dabei sein. Bei dem Gedanken, allein mit Eduardo in der Wohnung zu sitzen, wurde ihm etwas mulmig. Ach, zumindest Mütze würde kommen. Auch Mordermittler mussten mal was essen.

Auf dem Bauernhof der Dalbergs herrschte das fröhliche Chaos. Ein unglaubliches Durcheinander aus alten Gerätschaften, Leitern und Sensen lehnte außen an der alten Scheune, ein rostroter Traktor mit gelben Felgen und altertümlichen Kulleraugenlampen stand quer davor, ein RS 09, angeschraubt ein langer Mähbalken.

»Bitte nichts anfassen!«, sagte Mütze zu den Dalbergs, die etwas verloren neben ihrem Lieferwagen standen. Mütze hatte seinen Manta direkt daneben geparkt. Die

Leute von der Spurensicherung waren informiert und würden sicher bald kommen.

»Wo hat die Bohnenkiste gestanden?«

Vater Dalberg deutete auf die alte Scheune. »Direkt rechts, gleich neben dem Tor.«

»Und das Tor war nicht versperrt?«

Die Bauernfamilie zuckte verlegen mit den Schultern und schüttelte verneinend den Kopf.

Mütze und Braunkärsch holten die Einmalhandschuhe hervor und zogen am Tor, das sich meckernd öffnete. An der Seite stand Kiste an Kiste, gefüllt mit den unterschiedlichsten Gemüsesorten. Karl-Dieter hätte sie sicher alle benennen können, Mütze kannte gerade mal den Unterschied zwischen einer Kartoffel und einer Möhre. Der rechte äußere Platz war leer. Hier muss die Puffbohnenkiste gestanden haben. Auf der Erde, dicht an der Bretterwand, lag ein kleiner gelber Zettel. Mütze bückte sich. Mit Druckbuchstaben war ein Satz darauf notiert: »Dieses war der zweite Streich, doch der dritte folgt sogleich.«

Fieberhaft hämmerte es in Mützes Hirn, als er Braunkärsch beim Kommissariat rausließ. Dankenswerterweise wollte es der Freund übernehmen, *das Brot* zu informieren, außerdem waren die Stasi-Unterlagen von Erwin Kowalski eingetroffen, die Braunkärsch sofort sichten wollte. Mütze verabschiedete sich und ließ die Reifen quietschen. Professor Hahnemann hatte ihn angerufen, erste interessante Ergebnisse lägen vor.

»Dieses war der zweite Streich …«

Ärgerlich hupte Mütze einen Mopedfahrer zur Seite. Jetzt war es raus. Der Täter spielte ein Spielchen mit ihnen. Warum sonst die Drohung?

»… und der dritte folgt sogleich.«

Wie sicher fühlte sich der Kerl! Die Arroganz dieser Zeilen war unerträglich. Glaubte der Mensch tatsächlich, dass er ihnen entkommen würde? Glaubte er, er könne weitermorden, wie er wollte? Und warum zitierte er aus Max und Moritz? Noch auf der Fahrt aus Töttleben heraus hatte Mütze Karl-Dieter angerufen, den größeren Literaturkenner von ihnen beiden. Karl-Dieter hatte sofort Bescheid gewusst. Fünf Streiche hatten Max und Moritz, die berühmten Lausbuben, erfolgreich durchgeführt, beim sechsten, beim Bäcker, seien sie gescheitert. Was, wenn der Täter sich tatsächlich Max und Moritz zum Vorbild nahm?

»Dieses war der zweite Streich, doch der dritte folgt sogleich.«

Sogleich, was hieß sogleich? Hieß das: morgen oder übermorgen? Oder hieß das: bereits heute? Hatten sie die Pflicht, die Bevölkerung zu warnen? Wovor und vor wem? Mit Braunkärsch ist er sich einig gewesen, dass ein Herantreten an die Öffentlichkeit nichts brachte und nur Panik schüren würde. Der Topf war ohnehin schon am Überkochen. Gingen sie nicht an die Öffentlichkeit und der angekündigte dritte Streich erwies sich nicht als heiße Luft, wie stünden sie da? Letztlich musste *das Brot* entscheiden, zusammen mit der Staatsanwaltschaft. Mütze mochte nicht in der Haut des Chefs stecken, er war heilfroh, dass Braunkärsch den Übermittler spielte. Lieber erneut in die Rechtsmedizin, als den depressiven Dackelblick des Chefs ertragen zu müssen.

Professor Hahnemann begrüßte Mütze mit ausgesprochener Herzlichkeit.

»Wenn das so weitergeht, muss ich Ihnen ja bald ein eigenes Büro bei uns einrichten lassen«, sagte er, als er Mütze hinunter in den Keller führte.

Im Sektionssaal waren zwei Tische belegt. Auf dem einen lag weiter die alte Frau mit den summenden Einmachgläsern auf dem Körper, auf dem anderen war über die Leiche ein weißes Tuch gezogen, das Hahnemann schwungvoll wie ein Torero beiseitezog.

»Wir haben uns sofort an die Arbeit gemacht, dachte mir, dass die Sache eilt«, sagte der Rechtsmediziner.

Mütze nickte und betrachtete den nackten Körper. Die professionellen Schnittwunden des Skalpells stachen unangenehm ins Auge, sonst fielen keine Verletzungsanzeichen auf.

»Sie liegen völlig richtig«, sagte der Professor, als könne er Mützes Gedanken lesen, »der Tod ist nicht durch äußere Gewalteinwirkung erfolgt. Der Postbote ist weder erschlagen noch erstickt worden, nicht erstochen oder erschossen. Der Schlüssel zur Lösung des Falls liegt hier.«

Bei diesen Worten zog Hahnemann eine Kühlschranktür auf und holte ein Glas hervor, das Mütze entfernt an die Weckgläser seiner Großmutter erinnerte.

»Hier, schauen Sie«, sagte der Professor, öffnete den Deckel und hielt Mütze das Glas hin, »seine Henkersmahlzeit.«

Mütze war wirklich nicht zartbesaitet, aber der Duft, den der grünliche Brei aussonderte, war nicht auszuhalten.

»Sie mögen wohl keine Puffbohnen«, sagte Hahnemann und ein feines Lächeln umspielte seine Augenwinkel.

»Puffbohnen?« Mütze war verblüfft.

»Unsere Erfurter Spezialität, manche nennen sogar uns Erfurter liebevoll Puffbohnen. Sehr gesundes Gemüse, gewöhnlich jedenfalls, wenn man sie nicht mit dem falschen Gewürz zubereitet.«

»K.-o.-Tropfen?«

»Dieses Mal nicht, dieses Mal handelt es sich um Arsen.«

»Eine Arsenvergiftung?«

»Zweifelsohne«, sagte der Professor und deutete auf einen kleinen Zettel, der an dem Glas angebracht worden war. Auf ihm waren alle möglichen chemischen Kürzel und Zahlen notiert.

»Arsen ist nicht so schlecht wie sein Ruf«, sagte Hahnemann, »man nimmt sogar an, dass bestimmte Mengen des Spurenelements für den Menschen notwendig sind. Auch eine regelrechte Arsensucht ist beschrieben. In bestimmten Gegenden der Alpen nahmen es die Bauern zur Stärkung ihrer Leistungsfähigkeit. Was aber sagt der Mediziner? Die Menge macht das Gift. Und diese Menge hier in dem Puffbohnenbrei hätte selbst einen Thüringer Ochsen umgebracht.« Dabei klopfte er mit seinem Skalpell munter auf das Glas, es begann, hell zu klirren.

»Lässt sich schon sagen, wann der Tod eingetreten ist?«, fragte Mütze.

»Nicht sofort, nicht während des Essens«, antwortete der Professor, »bei einer Arsenvergiftung nicht untypisch. An Arsen stirbt man gewöhnlich langsam. Es zerlegt die Nieren, man verblutet innerlich. Der Exitus kann sich durchaus über Stunden hinziehen.«

»Und in diesem Falle?«

»Auch in diesem Fall ist es kein Sekundentod gewesen, trotz der extrem hohen Dosis.«

»Was macht Sie da so sicher?«

»Das hier«, sagte der Professor und öffnete mit beiden Händen den am Brustbein aufgeschnittenen Oberkörper. Er klemmte eine Art Spreizgabel hinein und leuchtete mit einer Spotlampe in den Brustkorb. Zum Vorschein kamen Herz und Lunge. Mit geschicktem Griff umfasste der Professor die Hauptbronchien und glitt dann mit seinen Fingern weiter abwärts, um an einer Verzweigung innezuhalten. »Sehen Sie diese Stelle hier, Herr Kommissar?«

Mütze beugte sich vor. Meinte Hahnemann den kleinen knorpeligen Knubbel?

Rasch machte der Professor mit seinem Skalpell einen kleinen Schnitt durch die Verzweigung der Luftröhren. Zum Vorschein kam eine Puffbohne.

»Ungekocht, im Gegensatz zu dem Bohnenbrei im Magen. Der Mann muss noch gelebt haben, als man ihn in der Puffbohnenkiste vergraben hat. Er hat etliche Bohnen eingeatmet.«

Mütze schüttelte langsam den Kopf. Er verstand immer weniger. Hat man den Postboten denn gewaltsam in die Puffbohnenkiste gedrückt? Ihn untergetaucht? War das möglich? »Gibt es denn keine Zeichen, dass er sich gewehrt hat?«

»Nullkommanull«, sagte der Professor, »mit höchster Wahrscheinlichkeit wird er durch das Arsen ins Koma gefallen sein und ist danach in der Kiste an den Bohnen erstickt, bevor ihn das Gift endgültig dahinraffen konnte.«

Mütze nickte. Nun ergab das Ganze ein Bild, zugleich jedoch taten sich jede Menge Fragen auf. Wo hatte der Postbote seinen Puffbohnenbrei gelöffelt? Mitten auf seiner Tour durch das Plattenbauviertel? Und vor allem natürlich, wer hatte das Arsen hineingerührt? Mütze wollte sich schnell verabschieden, um zur Inspektion zu fahren, als der Professor ihn zurückhielt.

»Wir haben da noch etwas gefunden, was man gewöhnlich nicht im Puffbohnenbrei findet.«

»Nämlich?«

»Sildenafil.«

»Zu Deutsch?«

»Viagra.«

Bevor er sich ans Kochen machte, beschloss Karl-Dieter noch ein Beruhigungsbad zu nehmen. So sehr er seine Ankleide liebte und auch die moderne Wohnküche, das Bad war eindeutig das Beste an ihrer Wohnung. Die bodentiefe Dusche, vor allem aber die Badewanne mit den pfiffigen Whirlpooldüsen und dem breiten Porzellanrand, auf den man neben einem Glas Sekt eine Reihe von Duftkerzen stellen konnte. Und dieser wunderbare Spiegel, der einem immer zurief, wie schlank man sei. Über der Badewanne stand auf einem anthrazitfarbenen Brett eine Auswahl an zehn Badesalzen. Alle waren in zierliche Flakons aus geschliffenem Glas gefüllt und sorgfältig mit der Hand beschriftet. Karl-Dieter überlegte kurz und öffnete dann den zweiten Flakon von rechts, um daran zu schnuppern. Ein Duft von Lavendel, Passionsblume, Melisse und Nadeln von nepalesischen Bergkiefern entströmte dem Fläschchen. Dazu als Basis pazifisches Meersalz aus Honolulu. Karl-Dieter nickte, nichts half besser gegen Stress. Als er den Flakon zurückstellte, achtete er darauf, dass das Etikett wieder exakt nach vorne zeigte und der Abstand zu den benachbarten Behältnissen auf den Millimeter derselbe war. Alles andere würde ihn wahnsinnig machen. Mütze mokierte sich über diese Eigenheit und warf ihm vor, ein Zwängler zu sein. Ein Zwängler? So ein Quatsch! Der typische Vorwurf aus dem Munde eines Mannes, für den Ordnung nur eine lästige Einschränkung seiner Freiheit bedeutete. Es sah einfach blöd aus, wenn in einer Reihe von Flakons ungleiche Abstände herrschten, das sah doch jeder ein, das hatte nichts mit zwängeln zu tun.

Als das Wasser die Whirlpooldüsen umspülte, drehte Karl-Dieter den Hahn wieder zu. Wie schön die Armaturen blitzten! Er war ihrer netten Nachbarin so dankbar, einer älteren Dame, die sich noch einmal zu einem Wohnungswechsel entschlossen hatte. Sie hatte ihm zur Pflege von Metallteilen *Elsterglanz* empfohlen, ein bewährtes Mittel aus DDR-Zeiten, das man in Spezialgeschäften erwerben konnte. Nicht alles war damals schlecht gewesen, dachte sich Karl-Dieter, als er in die Wanne stieg. Den Abend heute wollte er voll und ganz genießen. Er rückte seine Nackenstütze zurecht, ließ seinen Kopf zurücksinken und schloss die Augen. Wie furchtbar musste es sein, sein letztes Bad in harten Bohnen nehmen zu müssen, wie schön war es hingegen, im dampfenden Wasser eines Verwöhnbades zu liegen. Alle Scheußlichkeiten der Welt, in den Wohlgerüchen lösten sie sich auf.

Auf dem Kommissariat herrschte Krisenstimmung. Ganz gegen seine üblichen Gepflogenheiten – er war ein überzeugter Sesselsitzer – schritt der Chef in seinem Zimmer unruhig auf und ab. Im Kreis um den Resopalschreibtisch saßen Braunkärsch, die Staatsanwältin und auch Linda Bleibtreu, die hübsche Pressesprecherin. Mütze, der verspätet hinzugestoßen war, hatte etwas abseits Platz genommen.

»Es könnte sich auch um eine falsche Fährte handeln«, gab er zu bedenken, »um die Tat eines Trittbrettfahrers. Mit dem Zettel will er uns einreden, dass wir es mit einem Serientäter zu tun haben.«

»Und wenn nicht?« Der Chef blieb stehen und blickte ihn düster an.

Mütze schwieg. Sie hatten nichts in der Hand, konnten weder das eine noch das andere beweisen. Zu blöd aber auch, dass er die Frau im blauen Mantel hatte entwischen lassen. Sein Bauchgefühl sagte ihm, sie war eine wichtige Zeugin. Vielleicht war sie eine jener Damen, an die sich Sternberg in der Oper rangeschmissen hatte.

»Nun«, fuhr der Chef fort, »wer hat noch einen Vorschlag zu machen?«

Niemand meldete sich.

»Also dann, Frau Bleibtreu, bereiten Sie einen Pressetext vor. Ich erwarte ihn in einer halben Stunde.«

Als er die Augen wieder öffnete und auf die Uhr blickte, stellte er fest, dass genügend Zeit für ein kleines Lesevergnügen blieb. Badewanne und ein gutes Buch gehörten für Karl-Dieter einfach zusammen. Als *Homme de Culture*, wie ihn Mütze manchmal scherzhaft nannte, schätzte Karl-Dieter alles, was ihm seine neue Heimat näherbrachte. Seine Kollegen hatten ihm zum Einstand ein wunderbar antiquiertes Buch über Erfurt geschenkt, mit Beschreibungen, wie man sie in der heutigen, nüchternen Zeit nicht mehr findet. Gerne versank Karl-Dieter während der geschilderten Stadtspaziergänge in eine Zeit, die hundert Jahre zurücklag. Er schlug das Kapitel vom Domberg auf: *Dann steht man plötzlich vor einem Bilde, dessen Monumentalität überrascht und überwältigt. Kleine Häuser säumen zwei Seiten des Platzes ein, darunter an der Südseite das schöne durch Luther und Gustav Adolf denkwürdige Renaissancehaus zur Hohen Lilie von 1539, im Norden und Nordwesten die grünen Abhänge des Petersberges und das vorgelagerte Landgerichtsgebäude, im Mittelpunkt aber, im Westen, das ganze Bild beherrschend, auf einem kleinen Hügel die gewaltige Gruppe des Domes und der Severikirche. Leicht und doch kraftvoll, ruhig und von strömendem Leben erfüllt, formklar und fließend und malerisch reizvoll, breit und wuchtig gelagert und doch gelöst emporstrebend, so ragt klar und geheimnisvoll zugleich dieser steingewordene Traum mittelalterlicher Kunst, mittelalterlicher Religiosität in unsere verwandelte Welt hinein …*

Unsere verwandelte Welt! Erneut schloss Karl-Dieter die Augen. Warum konnte die Zeit nicht einfach mal innehalten? Warum musste sich alles verändern und wandeln? Was wurde schon besser dadurch? Wieder schoss ihm das Bild von der Leichenhand durch den Sinn, der Tote vom Markt. Was war ein Wandel wert, der solche Verbrechen mit sich brachte?

»Theoretisch ja, praktisch nein.«

Es war schon sieben durch. Die beiden Kommissare saßen nach der Besprechung mit dem *Brot* zusammen in ihrem Büro und leerten eine Dose Kekse. Das Abendessen bei Karl-Dieter konnten sie vergessen. Mütze hatte eine kurze WhatsApp abgesetzt und prompt einen dieser Emojis dafür kassiert, deren Mundwinkel nicht steiler nach unten tropfen konnten.

»Überleg doch mal«, fuhr Mütze vor, »wenn Kowalski den Puffbohnenbrei tatsächlich mitgenommen hat, um ihn unterwegs zu essen, wieso ist er dann nicht neben seinem Rad aufgefunden worden? Bei einer Arsenvergiftung kotzt man oder man kollabiert und fällt ins Koma. Wenn der Täter ihm heimlich etwas in den Proviant gerührt haben sollte, wie du annimmst, konnte er doch nicht damit rechnen, sein Opfer unterwegs unerkannt aufzulesen. Kowalski hätte zudem in jedem Hausflur umkippen können.«

Braunkärsch nickte. »Du hast recht, wir müssen nur jede Möglichkeit durchdiskutieren. Sein Rad lag jedenfalls auf der Straße, als wäre er dort gestürzt.«

»Die Leiche hat aber keinerlei Schürfwunden aufgewiesen.«

Sie konnten alles noch weitere hundert Mal miteinander durchgehen, der Tathergang blieb mysteriös.

»Übel ist Kowalski aber offensichtlich schon vor dem Sturz geworden, denk an die falsch eingeworfene Post. Vielleicht hat das Gift bei ihm etwas länger gebraucht, bis es wirkte.«

»Dann haben wir wieder das Problem, auf welche Weise er verschwunden ist.«

Dieses Phänomen war nicht wegzudiskutieren. Es blieb im Grunde nur folgende Variante: Der Täter hatte Kowalski den Puffbohnenbrei in der Wohnung serviert, um ihn zu erledigen. Der Postbote war wider Erwarten nicht auf der Stelle umgekippt. Er war nach der Teufelsmahlzeit wieder los, seine Arbeit zu machen. Der Täter hatte daraufhin seine Pläne geändert und war ihm kaltblütig gefolgt, um ihn nach dem Sturz vom Fahrrad schnell ins Auto zu ziehen und nach Töttleben zu fahren.

»Und warum hatte er ihm Viagra in die Puffbohnen gemischt?«, fragte Braunkärsch.

»Wird Kowalski selbst eingenommen haben. Vielleicht hatte er es auf die Köchin abgesehen.«

»Oder auf den Koch.«

»Mensch, Braunkärsch, ich staune. Du bist ja in der Moderne angekommen!«

»Gleich morgen jedenfalls nehme ich mir nochmals die Nachbarschaft vor.«

»Das Haus vor dem ersten Einwurffehler ist das verdächtigste«, sagte Mütze. »Haben die Stasi-Unterlagen schon etwas ergeben?«

»Eine wirklich bewegende Geschichte ist darunter. Der Sohn einer Familie aus Arnstadt wollte über die Ostsee flüchten und ist dabei erschossen worden. Daraufhin hat man Kowalski auf die Eltern und den Bruder angesetzt. Endlose Verhöre, ununterbrochene Schikanen, die totale Überwachung. Die Mutter hat es nicht ausgehalten und sich das Leben genommen. Das könnte eine Spur sein.«

»Was machen Vater und Bruder heute?«

»Ich werd's rausfinden.«

Karl-Dieter legte etwas Parfum auf, nur ganz dezent. Zuerst hatte er *Le male* von Gaultier in der Hand gehabt, sich dann jedoch für das frischere *Nikos Sculpture* entschieden. Mit Düften konnte man viel falsch machen. Lieber die unauffälligere Variante wählen, *Le male* war eine Spur zu sinnlich. Nun war es Zeit, sich in die Küche zu begeben. Dass Mütze nicht kommen konnte, hatte Karl-Dieter nur kurz verärgert. Vielleicht hatte das ja auch sein Gutes. So konnte er sich ganz auf das Gespräch mit Eduardo einlassen, was dem scheuen jungen Mann bestimmt entgegenkam. Karl-Dieter roch an der Honigmelone. In einem vertrauten Tête-à-Tête konnte er mit Eduardo leichter über die Risiken sprechen, die ein ungezügelter Einsatz seiner kreativen Kräfte mit sich bringen konnte. Wie ein Baum ausreichend Zeit braucht, Wurzeln zu treiben, bevor er in die Höhe wächst, so braucht auch ein Mensch Zeit und Geduld, um ein solides Wurzelwerk zu bilden. Und neben Zeit und Geduld brauchte es noch etwas Wichtiges, es brauchte einen Gärtner, der sich um den jungen Baum kümmerte. Diese Vorstellung gefiel Karl-Dieter. Was für ein schöner Gedanke! Er wollte dem jungen Mann ein Gärtner sein.

Ach, Karl-Dieter! Dass ihn noch andere Motive bei seinem edlen Werk leiten könnten, verdrängte er. Ja, selbst Karl-Dieter konnte Dinge verdrängen und vielleicht musste er das auch, wie jeder andere Mensch. Wer wollte es ihm verargen?

Die sozialen Netzwerke waren wieder mal die Ersten, die die Pressemeldung aufgriffen, dicht gefolgt von den Tageszeitungen, Funk und Fernsehen: »Der oder die Täter, die sowohl den Mord auf dem Glockenturm des Erfurter Domes zu verantworten haben als auch die Tötung des Erfurter Postboten Erwin K., drohen mit einem weiteren Mordanschlag. Bei den Ermittlungen wurde eine schriftliche Nachricht des mutmaßlichen Täters mit einem entsprechenden Vermerk gefunden. Die Polizei bittet um erhöhte Vorsicht. Sachdienliche Hinweise nehmen die Polizeidirektion Erfurt sowie jede andere Polizeidienststelle entgegen.«

Mütze drehte das Autoradio aus und schüttelte missmutig den Kopf. Was sollte das? Selbst wenn man auf das

Original-Max-und-Moritz-Zitat verzichtet hatte, was sollte diese Meldung bringen? Sie war nichts anderes als ein Feigenblatt, um sich vor dem Vorwurf zu schützen, man hätte von der kruden Drohung gewusst, die Bevölkerung jedoch nicht gewarnt. Was aber sollten die Menschen mit dieser Meldung anfangen? Nicht mehr das Haus verlassen? Sich in den Wohnungen verbarrikadieren? Man machte doch alle nur unnötig kirre. Wenn es sich tatsächlich um ein und denselben Täter handelte, so verfolgte der Unbekannte allen Verrücktheiten seiner Taten zum Trotz einen genauen Plan. Die Opfer, sie waren nicht zufällig ausgewählt, es schien sich eindeutig um Beziehungstaten zu handeln, davon war Mütze überzeugt. Auch wenn sie die Zusammenhänge noch nicht durchschauten, so waren diese Zusammenhänge dennoch vorhanden. Wenn es wirklich ein Täter war, wenn er *den dritten Streich* tatsächlich plante, dann würde er auch sein nächstes Opfer ganz gezielt aussuchen. Nicht die Bevölkerung im Allgemeinen war in Gefahr, sondern bestimmte, sehr konkrete Personen, maximal sechs, wenn Max und Moritz das Vorbild waren. Und diese Personen würden jetzt schon gewarnt sein, wenn sie eins und eins zusammenzählen konnten. Das war ihre Chance, dass eines der potenziellen Opfer kalte Füße bekam und sich Hilfe suchend an die Polizei wandte. Allenfalls diesem Zweck konnte die aktivistische Pressemeldung dienen, die Füße des nächsten Opfers noch kälter werden zu lassen. Der Ermittlungsdruck jedenfalls war durch die Pressemeldung gewachsen, die Zeit lief ihnen davon.

Mütze hielt seinen Manta am nördlichen Stadtrand. Es hatte erneut zu regnen begonnen. Durch die nasse

Scheibe sah er den beleuchteten Petersberg glänzen. Schmerzlich wurde Mütze sein Versagen bei der Beerdigung bewusst. Ob es am Alter lag? Früher wäre ihm das nicht passiert, da hätte er sich die Zeugin selbst während des Vaterunsers zur Brust genommen. Alles Lamentieren half nichts. Nun kam es darauf an, den Fehler wieder auszubügeln, wenn nötig mit unorthodoxen Methoden.

Zur selben Zeit, es war kurz vor acht, richtete Karl-Dieter die letzten Kleinigkeiten im Wohnzimmer her. Eigentlich war bereits alles perfekt, dennoch zündete er noch eine zusätzliche Kerze an und dimmte das Deckenlicht ein wenig ab, um es jedoch gleich darauf schnell wieder heller zu drehen. Es sollte gemütlich sein, aber nicht schummrig. Mit einer kleinen Minestrone wollte er das Essen beginnen, der Topf stand griffbereit auf dem Herd, umwickelt mit einem weißen Handtuch zum Warmhalten. Noch einmal warf Karl-Dieter einen prüfenden Blick in den Spiegel. Er hatte sich für Jeans und ein schlichtes weißes Hemd entschieden, es sollte ja nicht zu feierlich wirken. Einfach ein gemütlicher Abend mit einem Freund vom Theater, nicht mehr und nicht weniger. Wieder sah Karl-Dieter auf die Uhr. Viertel nach acht. Obwohl er Eduardo schon sehnlichst erwartete, zuckte er dennoch zusammen, als es schellte. Schnell strich er sich noch einmal durch das Haar, dann öffnete er die Tür.

»Wenn ich wegen dir meine Stelle verliere, musst du mich künftig durchfüttern«, zischte Braunkärsch.

»Mach ich doch gerne«, erwiderte Mütze, während er auf die Räuberleiter stieg, die Braunkärsch mit seinen Händen formte.

Mit der gleichen Technik war er vor wenigen Minuten bereits auf die Friedhofsmauer geklettert. Von der Mauerkrone herab hatte er Braunkärsch sodann die Hand gereicht und ihn hinaufgezogen. Nun standen sie neben Adam Sternbergs Grab, das Holzkreuz am Ende der frischen Grube glänzte dunkel im Regen. Mütze streckte sich und versuchte, den Ast einer benachbarten Kastanie zu erwischen, was ihm dank Braunkärschs Hilfe auch gelang. Mit einem Klimmzug schwang sich Mütze hinauf. Die kleine Kamera war schnell platziert, ein kleines Haushaltsgummi hielt sie fest in Position.

»Schau mal nach, ob alles drauf ist«, rief Mütze leise.

Braunkärsch klappte erst seinen Schirm auf, dann zog er sein Handy hervor. Die entsprechende App hatten sie bereits im Auto installiert.

»Du musst dich direkt vor das Grab stellen«, klang es vom Ast hinunter.

Braunkärsch machte ein paar Schritte zur Seite. »Etwas mehr nach links mit dem Ding, also von mir aus gesehen«, knurrte er zum Baum hinauf.

Mütze korrigierte den Sitz der Kamera.

»Gut so«, brummte Braunkärsch. Es war offensichtlich, dass er mit der Aktion weiter fremdelte. »Ich nenn dir drei Gründe, warum die Sache mit der Kamera ein einziger Scheiß ist«, hatte er im Auto zu Mütze gesagt, »sie ist illegal, sie ist illegal, sie ist illegal!«

Mütze hatte alle Bedenken beiseitegewischt. Einen Antrag auf Überwachung des Grabes stellen? Das sei völlig naiv, Braunkärsch kenne doch den Amtsschimmel, bis der wiehern würde, sei Sternberg längst vermodert. Zumal, was würden sie machen, wenn man ihnen die Aktion untersagte? Trotzdem handeln? »Der Zweck heiligt die Mittel«, hatte Mütze hinzugefügt.

»Und deine Mittel beenden unseren Beamtenstatus«, hatte Braunkärsch geschimpft.

Aber was regte er sich auf? Widerspruch war zwecklos. Sie waren nun mal ein Team. Und als Team würden sie gewinnen oder gemeinsam untergehen. »Zwischen uns passt nur der Petersberg«, hatte Mütze einmal festgestellt, weil ihre beiden Wohnungen diametral gegenüber am Fuße der Festung lagen.

Mit einem Satz war Mütze wieder auf der Erde. »Sollst sehen, unsere Hübsche kommt wieder, vielleicht schon morgen. Man steht nicht zehn Minuten an einem Grab, wenn man nicht wiederkommt.«

Er warf einen Blick auf Braunkärschs Handy und rieb sich die Hände. Die Technik war wirklich nicht übel. Selbst jetzt in der verregneten Nacht waren ihre Gesichter so deutlich zu erkennen, als stünden sie bei einem Mittagsbierchen auf dem sonnigen Fischmarkt.

»Lach doch mal«, sagte Mütze und winkte in die Kamera.

»Idiot«, brummte Braunkärsch.

Die Minestrone schien Eduardo zu schmecken, herzhaft griff er zu. Karl-Dieters Herz klopfte vor Freude. Hatte in den ersten Momenten noch eine leichte Befangenheit zwischen ihnen geherrscht, so war diese bald verschwunden. Eduardo sprach ausgezeichnet deutsch, was er seiner deutschen Mutter verdankte. Vor ihrem Studium hatte sie zur Verbesserung ihrer Sprachkenntnisse als Au-pair in Madrid gearbeitet, dort hatte sie sich in einen jungen Anwalt verliebt und geheiratet.

»Du kochst so gut wie sie«, sagte der junge Tänzer zu Karl-Dieter, worauf dieser zart errötete.

Das Gespräch kreiste zunächst um die gestrige Premiere, umwerfend waren die Reaktionen des Publikums gewesen. Der Applaus hatte nicht enden wollen, ja, als Eduardo an der Hand der anderen zum Bühnenrand gelaufen war, waren sogar entzückte Schreie zu hören gewesen. Getragen von dieser Euphorie hatte man anschließend bis in die Puppen gefeiert, lange nach Mitternacht war man erschöpft, aber glücklich auseinandergegangen. Wie aber konnte es nach einer solchen Sternstunde weitergehen? Was kam danach? Karl-Dieter erzählte von einem Freund aus Dortmunder Zeiten, ebenfalls einem Tänzer, der nach einem Tag höchsten Glücks stets ein schlimmes Tief durchlaufen müsse, Stunden echter Depressionen. Der innere Vorrat an Energie, er hatte ihn vollkommen erschöpft, was sich rächte.

Eduardo nickte. »Das kenne auch ich«, sagte er leise.

»Man muss auf solche Signale achten«, sagte Karl-Dieter, bemühte sich jedoch, seine Stimme nicht zu ernst klingen zu lassen.

»Ich weiß«, antwortete Eduardo und schlug die Augen nieder.

»Dieses war der erste Streich, doch der zweite folgt sogleich.«

»Muss das wirklich sein, Mütze?«

»Ja, das muss sein.«

Gabi Binge, die Frau des Glockenwarts, eine Mittdreißigerin mit schwarzer Kleopatrafrisur und kräftigen Oberarmen, sah die Kommissare brummig an, als sie die Tür öffnete. Was wollten die beiden zu solch später Stunde noch bei ihnen?

»Ist Ihr Mann zu Hause?«

»Udo, die Polizei!«, rief sie mit resoluter Stimme in die Wohnung hinein, worauf mit müdem Feierabendgesicht ihr Mann um die Ecke geschlurft kam.

Mütze sagte, er wolle keine Umstände machen, und erbat sich lediglich den Schlüssel zu den Glockentürmen. Als der Glockenwart nachfragte und erfuhr, zu welchem Zweck sie erneut zur Gloriosa steigen wollten und dass sie nach einer Nachricht vom Täter suchten, wollte er es sich jedoch nicht nehmen lassen mitzukommen. Die Kommissare nickten dankbar. Zwar kannten sie sich im Turm bereits aus, jetzt aber war alles stockdunkel und wie sollten sie die Lichtschalter finden?

»Was soll das denn für eine ominöse Botschaft sein?«, wollte Binge noch wissen, als er sich drei Taschenlampen vom Regal griff.

»Vermutlich ein Post-it-Zettel, so ein quadratischer, gelber.«

»Aber die Spurensicherung hat doch bereits alles abgesucht.«

»Schon klar. Wir wollen lediglich auf Nummer sicher gehen.«

Der Domplatz war menschenleer. Nur ein Marder huschte eilig über das Pflaster, um sich unter einem Auto zu verstecken. Gemeinsam stiegen sie die Treppe zum Domberg hinauf und gingen zu dem Eingang, der zu den Türmen führte. Rasselnd zog der Glockenwart seinen Schlüssel hervor, dann hieß es wieder Treppensteigen. Kam es Mütze nur so vor oder dauerte der Aufstieg dieses Mal kürzer? Als sie das erste Turmgeschoss erreichten, fiel der Strahl seiner Taschenlampe auf eine Reihe von langen Eisenteilen, die nebeneinander an der Wand hingen. Wieso waren ihm die Dinger nicht schon vorher aufgefallen?

»Die historischen Klöppel«, erklärte Binge, »auch ein Klöppel hat irgendwann ausgeklöppelt.«

Mütze strich über eines der Eisen, dann stiegen sie weiter, hinauf zur Gloriosa. Groß und schwer hing die Glocke von der Decke herab. Man konnte sich kaum vorstellen, wie sich das riesige Ding in Bewegung setzen sollte. Suchend ließen die Männer den Strahl ihrer Taschenlampen kreisen.

»Was glaubt ihr, wo würdet ihr einen Post-it-Zettel hinpappen, damit er auch sicher gefunden wird?«, fragte Mütze und leuchtete langsam das Äußere der Glocke hinauf. Plötzlich ließ er den Strahl erstarren. Ein Gesicht blickte ihn an.

»Christus der Erlöser«, sagte Udo Binge und richtete den Strahl seiner Lampe in dieselbe Richtung, »in jeden der sechs Bügel hat Meister Wou einen Christuskopf hineingegossen.«

»Meister Wou? Klingt chinesisch.«

Der Glockenwart lachte kurz auf. »Meister Wou war Holländer. Aber Chinese hätte auch gepasst, schließlich sollen die Chinesen den Glockenguss erfunden haben. Schon der legendäre Gelbe Kaiser hat zwölf Glocken ertönen lassen, hübsches Weilchen her, drittes Jahrtausend vor Christus.«

Mütze ließ den Strahl seiner Taschenlampe weitergleiten. Binge war das lebende Glockenlexikon, Karl-Dieter hätte seine helle Freude an ihm. Ach, Karl-Dieter! Nun saß er dort unten allein mit seinem Tänzer am großen Esstisch und grämte sich. So war das nun mal, wenn man einen Bullen zum Partner hatte. Hätte er sich halt für einen Finanzbeamten entschieden, der war garantiert jeden Abend um sechs daheim. Mütze leuchtete noch einmal ins Innere der Glocke. Fehlanzeige. Das Einzige, was auffiel, waren die Spuren des Tatortreinigers, hell glänzte die Bronze dort, wo das Blut weggewischt worden war. Von einem Zettel nicht die geringste Spur, auch nicht auf dem Boden und im Gebälk. Gab es vielleicht gar keinen? Ist die zweite Tat vielleicht wirklich nur die eines Trittbrettfahrers gewesen?

Durch die Spalten, die die Bretter vor dem Schallloch bildeten, sah man die nächtliche Stadt liegen, die Lichter funkelten weit hinaus, um sich in der Ferne zu verlieren. Sehr friedlich sah das aus, fast idyllisch.

»Unser Erfurt ist tatsächlich eine überaus friedliche Stadt«, sagte der Glockenwart, »nur der Amoklauf damals am Gutenberg-Gymnasium, der steckt uns noch in den Knochen.«

Mütze erinnerte sich. 2001 musste das gewesen sein oder 2002. Der Täter, ein ehemaliger Schüler, hatte ein Blutbad angerichtet, viele Tote hatte es gegeben, vor allem auf die Lehrer hatte der verrückte Junge gezielt, bevor er sich selbst eine Kugel durch den Kopf gejagt hatte.

»Die Wunden, sie sind fast verheilt, und nun das«, seufzte Udo Binge und klopfte mit dem Fingerknöchel zärtlich auf den Rand der Gloriosa, »Schlagton e, verstehen Sie? Der wunderbarste aller Glockentöne. E wie Erfurt.«

Ein letztes Mal leuchtete Mütze durch die Glockenstube.

»Okay, gehen wir«, sagte er.

Als Mütze die Wohnungstür öffnete, hielt er erstaunt inne. Was war das für eine Musik? Was bewegte sich dahinten? »Strumming my pain with his fingers …« Der Flur ihrer loftartigen Wohnung ging am Ende in ihr Esszimmer über. Im sanften Kerzenlicht tanzte dort, die nackten Füßen kunstvoll auf den Parkettboden setzend, gedankenversunken ein junger Mann, »killing me softly with his song …«, er trug lediglich ein enges hautfarbenes Trikot und wiegte sich sanft hin und her, dann verschränkte er die Arme vor der Brust und beugte sich weit zurück, um in schnelle, kreisende Bewegungen zu verfallen, immer wilder und wirbelnder. Schließlich stoppte er abrupt, fiel auf ein Knie nieder und verharrte mit gesenktem Kopf, sodass seine dunklen Locken fast die Dielen berührten. » … with his song.«

Mütze war wie angewurzelt stehen geblieben, als ein warmes Händeklatschen ertönte, begleitet von einem leisen »Bravo«. Erst jetzt trat der Kommissar näher heran und blieb zögernd in der Tür zum Esszimmer stehen. Auf dem Tisch standen Gläser und eine geleerte Flasche Wein. Karl-Dieter sah erschrocken auf und lächelte ihn erstaunt, ja fast etwas verlegen an.

»Darf ich vorstellen? Eduardo. Er hat mir nur ein kleines Dankeschön getanzt.«

*

Seit Jahrhunderten wache ich über die Stadt. In allen Schreckenszeiten habe ich treu ausgehalten. Nur einmal, ein einziges Mal habe ich mein Erfurt im Stich lassen müssen. Ein Haarriss war schuld, ein kleiner blöder, mit dem Auge kaum sichtbarer Schaden. Dafür jedoch hätte man mich nicht vom Turm holen müssen. Schon früher einmal hatte ich einen Sprung bekommen, 1984 ist das gewesen, ausgerechnet am Heiligen Abend. Beim Einläuten des Weihnachtsfestes hat mein Klöppel zu fest zugeschlagen und aus war's mit dem Wohlklang. Wie grausam hab ich gescheppert! Gleich hat man den Glockendoktor gerufen und er hat einen Kollegen aus dem Westen mitgebracht. Ein gewaltiges Feuer haben die Herren in der Glockenstube angeschürt, haben frische Bronze geschmolzen, sechzig Kilo, und den Riss damit geschweißt. Gute Arbeit. Als man mich anschlug, hat es fünf Minuten gedauert, bis ich nicht mehr zu hören war, so lange klang ich nach, zwei Minuten länger als zuvor. Ganz Erfurt hat erstaunt innegehalten und gelauscht. Doch wenige Jahre später dann erneut ein zu heftiger Klöppelschlag, pardauz, und ich hatte einen Haarriss bekommen. Dieses Mal glaubte man, eine Generalsanierung an mir vornehmen zu müssen, eine Operation mit allem Pipapo. Das ging nicht mehr ambulant, dafür musste ich in die Klinik. Ein riesiger Kran fuhr neben dem Dom auf, packte mich beim Schlafittchen und ab ging's nach Schwaben, in die Stadt Nördlingen zum Glockenkrankenhaus. Die Nördlinger haben gute Arbeit gemacht. 2004 hat man mich wieder in meiner Stube aufgehängt. Der Domplatz war voller Leute, alle haben den Atem angehalten, als ich durch die Luft zum Turm hinaufschwebte. Seitdem klinge ich noch schöner, stolze sechs Minuten kann man mir gebannt lauschen, nachdem mein Klöppel längst zur Ruhe gekommen ist. Es sei denn, man kommt auf die furchtbare Idee, einen Menschen in mir aufzuhängen.

MITTWOCH

Rot wie Blut
Ist der Himmel,
Das ist nicht des Tages Glut!

(Schiller: Das Lied von der Glocke)

Früher als sonst schwang sich Mütze aus den Federn. Erstens wollte er nicht auf seinen Muntermacher verzichten, seinen morgendlichen Lauf entlang der Gera, und zweitens hatte er nicht die geringste Lust auf ein gemeinsames Frühstück mit Karl-Dieter, nicht nach der Tanzeinlage gestern Abend. Früh aufstehen musste er auch, weil er sich mit Braunkärsch verabredet hatte. Sie wollten noch vor Sonnenaufgang in Bad Berka sein, wo die Stasi-Spur um Kowalski hinführte. Leise schlüpfte er aus dem Schlafzimmer. Als er jedoch den Jutebeutel mit seinen Joggingsachen suchte, fand er ihn leer an der Garderobe baumeln. Mütze seufzte. Er wusste schon, wo er zu suchen hatte. Karl-Dieter hatte mal wieder seinen Waschzwang ausleben müssen. Tatsächlich lagen die Laufklamotten gewaschen und gebügelt in der Kommode. Wie oft habe ich ihm schon gesagt, es lohnt sich nicht, Sportsachen dauernd zu waschen, dachte sich Mütze, während er in die Hose schlüpfte. Eine halbe Stunde später war eh alles wieder verschwitzt. Seine Mutter hätte sich geweigert, die Waschmaschine unnötig zu füttern. Die alten Fußballsachen hatte sie erst gewaschen, wenn sie vor Dreck standen. Karl-Dieter hätte dabei niemals zusehen können.

Vorsichtig verschloss Mütze die Wohnungstür hinter sich. Die Stirnlampe, die ihm Karl-Dieter geschenkt hatte, damit er nicht stolperte, hatte er daheim gelassen. Mann, wie sah er denn damit aus? Wie ein Bergmann auf der Flucht. Auf der Straße fiel Mütze in einen leichten Trab. Seit Jahren joggte er immer nach demselben Rhythmus, steigerte sich erst nach einem Drittel, um das letzte Drittel dann zu spurten. Es war noch stockdunkel und kalt, aber es regnete nicht mehr. Mütze lief hinunter zum Gera-Ufer. Vereinzelt sah er neonfarbene Lichter aufleuchten, Hunde, die in aller Früh Gassi geführt wurden. In der einen Hand hielt Frauchen oder Herrchen die Leine, in der anderen baumelte ein Plastikbeutelchen im leeren oder bereits gefüllten Zustand. Ordentliche Menschen, die Erfurter.

Als Mütze an der Bäckerei vorbeikam, in der er immer eine Nussecke für Karl-Dieter besorgte, war die Verkäuferin damit beschäftigt, am Zeitungsstand den Zettel mit den neuesten Schlagzeilen zu befestigen. *Leiche im Puffbohnengrab – zweites Opfer nach dem Glockenmord. Mörder kündigt dritte Tat an. Wer schützt uns vor dem Sadisten?* Statt eine Nussecke zu kaufen, lief Mütze verärgert weiter. Wer schützt uns vor dem Sadisten? Was für eine saudumme Frage! Sie, die Polizei, taten natürlich nichts. Saßen gemütlich in den Cafés und drehten Däumchen oder kauften Nussecken und warteten gespannt, wo denn heute die nächste Leiche herumlag. Vielleicht hing eine unter der Krämerbrücke? Oder am Flutlichtmasten von Rot-Weiß Erfurt? Ganz gegen seine Gewohnheit begann Mütze bereits jetzt zu spurten. Die Bäckerei ignorierte er. Nein, heute würde es keine Nussecke geben. Wegen der blöden Schlagzeilen nicht und auch aus einem anderen Grund.

Die Qual war ungeheuer. Nichts Vergleichbares hatte Karl-Dieter je verspürt. Könnte er nur schreien, den verdammten Schmerz in die Welt hinausschleudern, vielleicht wäre dann alles leichter zu ertragen. Stattdessen presste er die Zähne zusammen, biss so heftig zu, dass seine Kaumuskeln hart hervortraten. Und doch entwich ihm ein wildes Stöhnen, der Schmerz war stärker, ein niemals zuvor verspürter Vernichtungsschmerz, der vom ganzen Körper, von der ganzen Seele, ja von der ganzen Existenz Besitz ergriff. Man spürte nichts anderes mehr, war nichts anderes mehr als Schmerz allein. Heiße Tränen schossen in Karl-Dieters Augen. Mein Gott, was hatte er verbrochen? Warum musste er so leiden?

Doch wie heißt es so schön? Wer A sagt, muss auch B sagen. Nun war das linke Bein an der Reihe. Erneut legte Karl-Dieter heißes Wachs auf und wartete mit bleichem Gesicht darauf, dass es erkaltete. Schweißperlen traten auf seine Stirn. Ängstlich blickte er auf sein Bein hinab. Nein, kein zweites Mal würde er die Tortur aushalten, dafür fehlte ihm die Kraft. Das verdammte Wachs! Er sollte, ja, er musste es auf andere Weise wieder entfernen, es erwärmen, es behutsam wieder abkratzen. Wie war er nur auf die verrückte Idee mit dieser Radikalkur gekommen? Wegen der paar Härchen? Wofür gab es denn Rasierer? Karl-Dieter kniff die Augen zusammen und griff zaudernd nach dem Ende der Wachsmatte. Weichei! Zum Teufel mit der Jammerei! Mit einem viel zu vorsichtigen Ruck riss er das Wachs ab. Es war die Hölle.

Zugleich verspürte er ein großes Glücksgefühl. Eduardo! Heute würde sein junger Freund wieder vorbeikommen, noch am Vormittag. Er hatte darauf bestanden, ihm die Grundbegriffe des Tangos beizubringen. Karl-Dieter hatte lebhaft abgelehnt, er sei ein absoluter Nicht-Tänzer, total untalentiert.

Eduardo hatte nur gemeint, dass jeder tanzen könne. »Du kannst doch auch atmen«, hatte er gesagt, »nichts anderes ist Tanzen auch, der Tanz ist der Atem unseres Körpers.«

Gegenüber Mütze hatte Karl-Dieter nichts von dem neuerlichen Treffen erwähnt. Mütze hatte gestern schon so komisch geguckt, als er zur Wohnung hereingekommen war. Ob er eifersüchtig war? Was für ein Irrsinn! Für Eifersucht gab es nicht den geringsten Anlass! Karl-Dieter musste fast darüber lachen. Es war einfach nur ein normales, freundschaftliches Verhältnis zu einem jungen Mann, ein fast väterliches, wie er sich eingestand. Von seinem eigenen Vater hat Eduardo nichts als Spott geerntet. Während seine Mutter sein Tanztalent gefördert habe, habe sein Vater nur das Gesicht verzogen. Tänzer? Das sei doch nur was für Schwule, nicht für einen echten Mann! Karl-Dieter rieb sich die geschundenen Beine mit Feuchtigkeitscreme ein. Die ewigen Klischees, sie waren nicht auszurotten. Warum war der Mensch so kompliziert? Auch Mütze gestern. Wie kurz angebunden er gewesen war, nur ein knappes »Hallo«, nicht mal ein gemeinsames Gläschen vor dem Schlafengehen. Rasch hatte er sich in sein Zimmer verzogen, er müsse noch seine Papierarbeit erledigen. War er tatsächlich eifersüchtig? Darüber konnte man doch nur den Kopf schütteln.

Über Karl-Dieters Lippen huschte jedoch zugleich ein kleines Lächeln. Und selbst wenn es so war, war das nicht großartig? Nach so vielen gemeinsamen Jahren? Dass Mütze noch eifersüchtig sein konnte, hieß das nicht, dass sein Herz weiter für ihn brannte? Ein letztes Mal strich Karl-Dieter über seine zart geröteten Beine. Glatt wie ein Babypopo fühlten sich die Schenkel nun an. Karl-Dieter war zufrieden und sah auf die Uhr. Hoffentlich passte ihm sein Gymnastikanzug noch, dann konnte es losgehen: Let's dance!

Bad Berka lag noch im Dunkeln, als sich Mütze und Braunkärsch vom Navi durch den Ort navigieren ließen. 6.30 Uhr, Mützes Lieblingszeit, um Zeugen zu vernehmen. Erstens traf man sie zu dieser frühen Uhrzeit fast immer an, ohne sich zuvor angemeldet zu haben, und zweites logen die Menschen morgens seltener als abends.

»Ist das wissenschaftlich gesichert?«, fragte Braunkärsch.

»So sicher wie unsere nächste Gehaltserhöhung.«

Ein Schild wies den Weg Richtung Ilmenau. Braunkärsch sah es und ihn beschlich ein mulmiges Gefühl. Ilmenau, was für einen Zauber hatte das Wort einst für ihn besessen, bis zu dem Tag, an dem alles anders geworden war. Sein ganzes so sorgfältig geplantes Leben war mit einem Schlag aus den Fugen geraten, für nichts auf der Welt würde er wieder einen Fuß auf den Boden der alten Heimat setzen. Es war aus und vorbei, er hatte einen Schlussstrich gezogen, hatte ihn ziehen müssen, sonst wäre er seelisch draufgegangen. Vermutlich hätte man ihn ohnehin versetzt, wenn er nicht darum gebeten hätte. Die Einsamkeit, in der Stadt war sie besser auszuhalten als auf dem Land. In der Stadt hatte man immer das Gefühl, zu einem großen Ganzen zu gehören. Wie eine Ameise in ihrem Haufen nicht einsam sein konnte, umgeben von so vielen ihrer Artgenossen. Auch wenn man sich das vielleicht nur einredete, wenn sich niemand ernstlich für einen interessierte, das tröstende Gefühl blieb. Nein, niemals mehr zurück aufs Land, erst recht nicht nach Ilmenau.

Das Haus am Ende der Schotterstraße, die am Feldrain in einen Forstweg überzugehen schien, konnte man nur eine Bruchbude nennen. Die Schiefertafeln im Giebel waren völlig verhagelt, das Dach hing durch, den Schuppen neben dem Haus verschlang der Efeu. Im Lichtkegel des Mantas blitzte neben der vergitterten Eingangstür ein rostiges Moped auf, ein Habicht aus Simsons Schmiede. Braunkärsch kannte sich mit den realsozialistischen Knatterkisten aus, die Dinger stanken grausam, hatten aber kein übles Design. Da es auf dem Weg ins Nirgendwo keine Straßenlampen gab, ließ Mütze das Abblendlicht brennen. Die Kommissare schwangen sich aus dem Wagen und gingen zur Eingangstür. Bevor sie läuteten, hob Mütze noch den Deckel der Mülltonne, alter Reflex. Es roch furchtbar, jedoch nicht nach gepufften Bohnen. An dem verrosteten Klingelknopf drückte er sich den Daumen platt, bis das Ding schließlich nachgab und ein krächzendes Geräusch ertönte, das entfernt an eine Klingel erinnerte. Eine Weile verging, dann flammte im ersten Stock ein trübes Licht auf, kurz darauf ein zweites. Schlurfende Schritte näherten sich, es klackerte an der Haustür, als würde von innen eine Kette angelegt, dann öffnete sich die Tür einen Spalt und ein gelbes Auge sah sie misstrauisch an.

»Herr Heldburg? Mütze mein Name, Kriminalpolizei. Bitte öffnen Sie.«

Die Tür schloss sich wieder, man hörte die Kette rasseln, zitternd wurde geöffnet. Vor ihnen stand ein hagerer Mann mit schütterem Haar. Er trug einen alten Trainingsanzug und blieb starr auf der Stelle stehen, ohne ein Wort zu sagen.

»Vati, was gibt's?«, hörten sie jemanden aus dem oberen Stockwerk rufen.

Ohne auf Antwort zu warten, kam ein Mann mit langem Zottelhaar die Treppe hinuntergepoltert, in der Hand einen Baseballschläger.

»Lass gut sein, Volker«, sagte sein Vater mit brüchiger Stimme, »die Herren sind von der Polizei.«

»Von der Polizei?«, sagte der Zottel und lachte höhnisch auf. »Sag ihnen, sie sollen sich lieber um die Mörder von Sascha kümmern.«

Bei der Nennung dieses Namens schien die letzte Kraft aus dem alten Herrn zu weichen. Seine Schultern sackten hinab und das Zittern nahm an Stärke zu.

»Komm, Vati«, sagte der Sohn und seine Stimme nahm einen fast zärtlichen Ton an.

Er griff seinem Vater unter den Arm und führte ihn in die benachbarte Stube, was ein Weilchen dauerte, denn der Alte konnte nur kleine Schritte machen. Mütze und Braunkärsch folgten.

Was Gerüche betraf, war Mütze wirklich nicht empfindlich, aber der Gestank in der Stube war einfach unerträglich. Am liebsten hätte er das Fenster aufgerissen, hätte er nicht befürchtet, dass es dabei aus dem Rahmen fallen würde. Das Holz war morsch, der Lack abgesprungen, das Fensterbrett von Insektenleichen übersät. Auch sonst sah es in dem Zimmer übel aus. Spinnenweben waberten in den Ecken, auf der Anrichte türmten sich aufgerissene Dosen, verschmutzte Pfannen stapelten sich daneben. Braunkärsch setzte sich zu dem seltsamen Paar auf die Eckbank, Mütze schob einen Stuhl über den verklebten Boden und setzte sich gleichfalls, wobei er versuchte, jeden Kontakt mit dem bierverschmierten Tisch zu vermeiden. Mann, was war denn das für ein Haushalt? Das konnte man nicht mehr mit Männerwirtschaft entschuldigen. Auch Karl-Dieter und er führten ja eine Männerwirtschaft und doch war bei ihnen alles picobello. Das Einzige, was aus dem ganzen Elend herausstach, war eine frische Blume, die im Rahmen eines vergilbten Fotos steckte. Die Fotografie zeigte eine glückliche Familie in einem Ruderboot, Vater, Mutter und zwei kleine Söhne.

»Und?«, fragte der Sohn, den Baseballschläger auf dem Schoß. »Was wollt ihr von uns? Haben sich die Nachbarn wieder mal beschwert?«

Die Polizisten sahen sich an. Mütze machte den Anfang. Er beschloss, in die Offensive zu gehen. »Kennen Sie einen Mann namens Erwin Kowalski?«

Der Alte riss seine gelben Augen auf und die Hand des Sohnes griff wieder nach der Keule, während er Mütze böse anfunkelte. »Bedauere. Wir kennen keinen Mann dieses Namens, wir kennen nur ein Monster, das so heißt.«

»Erwin Kowalski ist tot.«

»Tot?«

»Er ist gestern tot aufgefunden worden, in Erfurt.«

Vater und Sohn sahen sich an, sagten aber kein Wort, der Alte schüttelte nur unmerklich den Kopf, ohne dass man an seinem Gesicht hätte ablesen können, was in ihm vorging, und auch sein Sohn zeigte keinerlei Regung.

»Wo sind Sie gestern Vormittag gewesen?«, fragte Braunkärsch.

»Wo wir gewesen sind?« Volker Heldburg lachte auf. »Wo sollen wir schon gewesen sein? Wo wir immer sind, hier in unserem Schloss.«

»Allein? Ich meine, gibt es Zeugen?«

»Können Sie sich vorstellen, werter Herr Kommissar, dass bei uns jemand vorbeikommt? Wer besucht denn jemanden, der die Pest hat?«

»Die Pest?«

»Jawohl, die Pest. Ich kann Ihnen noch andere Bezeichnungen für die Seuche nennen, welche wollen Sie hören? Cholera, Ebola, AIDS? Wer will denn noch etwas mit uns zu tun haben? Was ein Freund ist, erfährst du in der Not. Unsere sauberen Freunde haben sich alle in die Hose gemacht. Wer wollte schon riskieren, mit der Familie eines Republikflüchtlings in Verbindung gebracht zu werden? Oho, hatte man vielleicht was davon gewusst? Oho, ist man womöglich gar ein Helfer gewesen? Als die Nachricht kam, als klar war, dass man Sascha mit dem Maschinengewehr niedergemäht hat, auf seinem Gummiboot auf der Ostsee, als sie uns dieses Monster auf den Hals gehetzt hatten, diesen Kowalski, da waren wir mit einem Schlag die einsamsten Menschen der Welt. Macht uns aber nichts aus, nicht wahr, Vati? Wir sind glücklich zu zweit, sehr glücklich.«

Darauf griff der Zottel nach einer billigen Flasche Schnaps und setzte sie sich an den Hals.

»Auch ein Schlückchen, die Herren? Macht 'nen guten Atem. Trinken wir auf die gute Nachricht. Endlich hat es ihn erwischt, den Schweinehund.«

»Nee, nee, nicht die beiden. Hast du gesehen, wie's in der Küche ausgesehen hat? Kannst du dir vorstellen, wie die beiden ein Puffbohnengericht hinkriegen sollen? Außerdem, wie sollen sie Kowalski den Brei verfüttert haben?« Braunkärsch hielt sich krampfhaft am Seitengriff fest, als sich der Manta in die Kurve legte.

»Man hat schon Schweine pfeifen hören«, antwortete Mütze. Das vergilbte Foto ging ihm nicht aus dem Kopf. Eine glückliche Familie, der nur eines gefehlt hatte, das Glück der Freiheit. Die Freiheit und ihr Lockruf aber können ein tückisches Gift sein. Als der ältere Sohn volljährig geworden war, hat er es nicht mehr ausgehalten. Er hatte wissen wollen, wie die Welt jenseits des Eisernen Vorhangs aussah. Das jedoch war furchtbar schiefgegangen. Als er auf der Ostsee Richtung Dänemark hatte paddeln wollen und dabei erschossen worden war, stürzte das kleine Glück wie ein Kartenhaus zusammen. Die Mutter war daran zerbrochen, vor Kummer gestorben, Vater und Bruder wurden geächtet wie Aussätzige, gehetzt von der Stasi in Person dieses Kowalskis, worauf sie in die Einsamkeit geflohen waren. Ihr ganzes Leben, das ganze kleine Glück, mit einem Schlag war es zerstört worden. Was brauchte es mehr, um einen Mord zu begehen?

»Schon richtig«, gab Braunkärsch zu, »wie aber passen dann Sternberg und die Gloriosa ins Bild?«

»Wer wird nicht von dem Glockenmord gehört haben? Die beiden unglücklichen Käuze sicher auch. Da haben sie sich aufgerafft und beschlossen, endlich ihren eigenen Plan umzusetzen und die Welt von Kowalski zu befreien. Denk an den Baseballschläger.«

»In der Einsamkeit da draußen brauchst du eine Waffe, das beweist nichts. Die beiden haben doch längst ihren eigenen Weg gefunden, mit ihrem Schicksal fertigzuwerden.«

»Rückzug von der Welt und ausreichend Fusel?«

»Genau. Ich meine, wenn sie Kowalski tatsächlich hätten abmurksen wollen, dann hätten sie's ganz anders angestellt.«

»Außer, sie wollten gerade, dass alles auf jemand anderen hindeutet. Deshalb auch der Zettel mit dem Max-und-Moritz-Spruch. Warum haben wir auf dem Kirchturm keinen gefunden? Eben! Falsche Fährte, sage ich nur.«

Wieder tauchte ein gelbes Straßenschild auf, das auf Ilmenau hinwies. Braunkärsch entfuhr ein Seufzer.

»Was ist denn, Braunkärsch?«

»Nichts, gar nichts.«

Es war noch etwas Zeit, Karl-Dieter beschloss, ein paar Stretch-Übungen zu machen, um nicht gar so ungeschickt zu wirken. Hierfür stellte er sich vor den großen Spiegel im Flur, zog den Bauch ein und begann, sich in den Hüften zu wiegen. Ob der Gymnastikanzug tatsächlich passend war? Sollte man Tango nicht im Anzug tanzen? Eduardo hatte gemeint, bequeme

Sportkleidung wäre besser. Karl-Dieter beugte sich mit gestreckten Beinen vor und versuchte, mit den Fingerspitzen seine Zehen zu berühren. Doch so sehr er sich bemühte, es fehlte locker eine Handbreit. Mist! War er über die Jahre tatsächlich eingerostet? Ach, egal, sie wollten doch Tango tanzen und keine Zirkusübungen durchführen.

Karl-Dieter ärgerte sich ein bisschen über sich selbst. Als Eduardo von der abfälligen Bemerkung seines Vaters über Tänzer erzählt hatte, hätte er ganz einfach nachfragen können. Vielleicht hatte sich Eduardo das heimlich gewünscht, so hätte er sich auf leichte Weise outen können. Diese Chance hatte er ihm genommen, vielleicht sogar nicht ganz zufällig. Ja, Karl-Dieter gestand sich ein, dass er vor einem Outing etwas Bammel hatte. Warum auch immer, er wollte gar nicht wissen, ob Eduardo schwul war. Kam es denn darauf an? Würde es irgendeinen Unterschied machen?

Karl-Dieter versuchte, den erhobenen rechten Fuß an das linke Knie zu legen, was ihm auf wacklige Weise auch gelang.

Es wurde immer wieder behauptet, Schwule würden sich sofort als solche erkennen. Was für ein Blödsinn! Eduardo konnte genauso gut hetero sein. Und das war auch gut so!

Schleppend fing es an zu dämmern. Die beiden Kommissare hatten die B 7 erreicht und waren Richtung Westen abgebogen. Über den Feldern lag noch ein zarter Nebelstreif, während sich im Rückspiegel der Himmel rötete. Es versprach, ein schöner Tag zu werden, auch wenn der Wetterbericht dagegensprach.

»Übernimm mal gerade«, sagte Mütze und ließ abrupt das Lenkrad los, woraufhin Braunkärsch vom Beifahrersitz aus erschrocken nach dem Steuer griff.

Ein kleines Tippkonzert auf seinem Smartphone und Mütze hatte, was er wollte. »Sieht doch klasse aus«, sagte er zufrieden und schob das Handy in den Halter am Armaturenbrett.

Eigentlich hatte sich Braunkärsch geschworen, keinen Blick darauf zu werfen, aber natürlich tat er es doch. Die Aufzeichnung war erstaunlich scharf. Im Halbdunkel des frühen Morgens ging der Blick über das Grab von Sternberg und den benachbarten Weg. Es war völlig einsam, kein Mensch war zu sehen.

»Kein Wunder«, sagte Mütze fröhlich, »die städtische Knochensammlung öffnet erst in einer Viertelstunde.«

Als sie den Ortseingang von Erfurt passierten, hielt Mütze spontan an einem Backladen.

»Bin gleich wieder da«, rief er Braunkärsch munter zu.

Wenig später kam er mit einer kleinen Tüte zurück.

»Frühstück für Karl-Dieter«, sagte Mütze nur knapp.

Es half nichts, die beleidigte Leberwurst zu spielen. Was konnte Karl-Dieter dafür, wenn dieser verrückte Tänzer meinte, vor ihm die Primaballerina spielen zu müssen? Schließlich war ja eigentlich ein Abendessen zu viert geplant gewesen, es hatte ja nicht an Karl-Dieter gelegen, dass alles anders gekommen war.

Mütze legte sich die Tüte auf den Schoß. Er ist zu hart mit dem Freund gewesen, vielleicht, weil er im Moment ziemlich im Stress war. Eine Versöhnungsnussecke war jetzt genau das Richtige, Ermittlungen hin, Ermittlungen her, so viel Zeit musste sein.

Als Mütze in die Peterstraße einbog, in der sich ihre Wohnung befand, trat er so abrupt auf die Bremse, dass die Nussecke von seinem Schoß in den Fußraum flog.

»Was ist denn?«, fragte Braunkärsch erschrocken.

»Nichts«, sagte Mütze unwirsch und wendete mit quietschenden Reifen.

Schnell warf er noch einen Blick in den Rückspiegel. Vor ihrer Haustür stand wartend ein junger Mann mit dunklen Locken. In der Hand hielt er einen Blumenstrauß.

In Mützes Hirn hämmerte es. Verdammt, was machte er denn da? Warum fuhr er davon? Warum stellte er den Kerl nicht zur Rede? Eine klare Ansage, vielleicht auch ein blaues Auge und der Typ würde sich nie wieder blicken lassen. Was erlaubte sich der Mensch, sich ungefragt in sein Leben zu mischen? Der Tanz gestern, dieses ganze Theater, war das nicht genug? Er hatte dem Herrn Tänzer doch ziemlich deutlich zu verstehen gegeben, was er von ihm hielt, hatte sich ohne große Worte verabschiedet. Hatte der Kerl das nicht kapiert? Vor seiner Haustür zu stehen, mit einem Strauß Blumen in der Hand, hallo, geht's noch? Hoffentlich ließ ihn Karl-Dieter nicht ein. Mützes Schläfen fingen gefährlich an zu pochen, ein böser Gedanke stieg in ihm auf. Er wollte ihn nicht denken und doch biss er sich in sein Hirn. Was, wenn Karl-Dieter den Kerl erwartete? Was dann?

Während Mütze wie vom Nashorn gekitzelt in Richtung Kommissariat brauste, läutete Braunkärschs Telefon. Er nickte lebhaft und grinste. »Gut gemacht! Wartet auf uns, wir sind in zehn Minuten bei euch.«

»Was gibt's?«, fragte Mütze.

»Die Kollegen. Friedrich-Engels-Straße 148, ein Plattenbau beim Johannesplatz, keine zehn Fußminuten von der Fundstelle des Postfahrrads entfernt. Nachbarn berichten, im Treppenhaus habe es nach Puffbohnen gerochen.«

Treppen in Mietshäusern haben etwas Eigentümliches. Mütze erinnerte sich an die Genossenschaftsbauten in der Ruhrpottsiedlung, in der er aufgewachsen war. Manchmal hatte er sich etwas Taschengeld verdient, indem er die Gewerkschaftszeitung ausgetragen hatte, neun oder zehn Jahre muss er damals gewesen sein. In nicht wenigen Treppenhäusern hatte es nach Mittagessen gerochen, nach der eigentümlichen Mischung aus Kohl und zerkochten Kartoffeln. In einem aber hatte es immer nach lecker Schnitzel und Pommes geduftet, offensichtlich hatte dort die erste Familie gewohnt, die sich eine Fritteuse hatte leisten können. An manchen Tagen war ihm ein Mädchen entgegengehüpft, eine muntere Kleine mit lustigen Augen und nussbraunem Haar. Er hatte sich immer gefreut, sie zu sehen, ja, wenn er's recht bedachte, hatte er es sich sogar herbeigewünscht, ihr zu begegnen. Ist das Treppenhaus leer gewesen, hatte es ihm stets einen schmerzlichen Stich versetzt. Konnte es sein, dass er verliebt gewesen war? In ein Mädchen? Ob es das gab, dass man erst mit der Pubertät schwul wurde?

Die Friedrich-Engels-Straße ist ehemals eine sozialistische Musterallee gewesen, hohe Punkthäuser und lange Plattenbauzeilen in buntem Wechsel. Nach der Wende hatte man die Siedlung nach und nach energetisch saniert – man sprach nun scherzhaft von Styroporplattenbauten – und den Häusern zugleich etwas Farbe spendiert. Die Kopfseite des ersten Hochhauses hatte man mit einem großen Frauenkopf verziert, den man wie durch ein Kaleidoskop betrachtet mehrfach zerbrochen hatte.

»Vielleicht eine Reklametafel für Aspirin«, spottete Braunkärsch.

Mütze verlangsamte die Fahrt. Die Schwimmhalle Johannesplatz versprach in großen Lettern Badevergnügen, dann war die Hausnummer 148 erreicht, ein fünfgeschossiger Bau in einer langen Häuserzeile. Mütze stoppte den Manta. Sie wurden bereits erwartet. Am Eingang standen zwei Kollegen in Uniform. Braunkärsch kannte die beiden, Mütze noch nicht. Man begrüßte sich kurz, dann ging man zusammen ins Haus und stieg die Treppe hinauf. Im zweiten Stock stand eine Tür offen, Frau Meisengeige streckte schon ihren Kopf heraus, als sie die Schritte hörte.

»Puffbohnen, ganz bestimmt hat jemand Puffbohnen gekocht«, sagte die Seniorin mit energischer Stimme, »ich kenne doch den Geruch, das können Sie mir glauben, ich bin schließlich selbst eine Puffbohne.«

Während sich die beiden Polizisten verabschiedeten, um weitere Nachbarn zu befragen, folgten die beiden Kommissare der rüstigen Rentnerin und setzten sich zu ihr an den Wohnzimmertisch. Überall standen Vitrinen, in denen geschliffene Pokale und Vasen ausgestellt waren, es glänzte in allen Farben des Regenbogens. Mütze legte sein Handy auf die Tischplatte und begann die Vernehmung.

»Können Sie uns etwas Genaueres sagen? Welcher Ihrer Nachbarn hat die Bohnen gekocht?«

»Wenn ich das wüsste, Herr Wachtmeister. Also die Beyerleins, das kann ich mir nicht vorstellen, die essen immer in der Kantine. Und die beiden Studentinnen oben rechts, das glaube ich auch nicht. Die jungen Leute schätzen die guten alten Gerichte ja nicht mehr. Herr Konopka, erster Stock links, hat seit Januar einen künstlichen Ausgang, dass der sich Puffbohnen kocht mit 'nem künstlichen Ausgang, also nee, ganz bestimmt nicht. Dritter Stock links, die beiden kenne ich kaum, ein junges Paar, nicht sehr gesprächig. Ich glaube, er arbeitet bei der Regierung. Und die gute Inge gegenüber von Knoblauch, die hat direkt eine Puffbohnenallergie. Beim Hoffest neulich ist ihr fast schlecht geworden, als einer den Topf mit den Puffbohnen aufgemacht hat.«

Während er zuhörte, warf Mütze einen routinemäßigen Blick auf sein Handy und erstarrte. Rasch griff er nach dem Gerät und hielt es dicht vor sich, damit die Zeugin nichts mitbekam. Verdammt, was war das? Braunkärsch sah ihn besorgt an. Alle Farbe war aus Mützes Gesicht gewichen. Vorsichtig beugte sich Braunkärsch zur Seite und versuchte, einen Blick auf den Bildschirm zu erhaschen. Die Friedhofskamera, was war mit ihr? Sie war in wilde Bewegungen geraten. Mal war das Grab zu sehen, mal sauste der Blick in die Krone des Baumes und in den Himmel, dann schnellte das Bild wieder zurück zur Erde. Kein Zweifel, da machte sich jemand an der Kamera zu schaffen. Atemlos starrten Mütze und Braunkärsch auf das Handy. Plötzlich machte die Kamera einen weiteren Schwenk, nun glotzten sie zwei Augen an. Ein Eichhörnchen! Ein verfluchtes Eichhörnchen saß auf dem Zweig, die Pfoten an der Kamera.

»Hau ab, du Mistvieh!«, zischte Mütze. Erschrocken sah ihn Frau Meisengeige an.

Als ob das Eichhörnchen verstanden hätte, hüpfte es plötzlich davon und die Kamera sprang zu Mützes Erleichterung zurück in ihre Ausgangsposition, etwas verschoben zwar, aber Grab und Weg waren immer noch erkennbar.

»Uff«, seufzte Mütze und wandte sich wieder der Zeugin zu, »von wem war der Topf mit den Puffbohnen, ich meine, bei dem Hoffest, von dem Sie erzählt haben?«

»Wir bestellen immer beim Partyservice Flinke Fee. Die können was. Aber Puffbohnen sind eben nicht jedermanns Sache.«

»Jemandem im Haus aber scheinen sie zu schmecken.«

»Ganz genau«, kicherte die Seniorin, »besonders dienstags.«

»Wieso dienstags?«

»Weil es jeden Dienstag nach Puffbohnen riecht.«

In diesem Moment sprang Mütze vom Stuhl auf wie ein Känguru. Heftig klopfte er auf sein Handy, Braunkärsch verstand.

»Soll ich mitkommen?«, rief er.

»Passt schon«, rief Mütze, »mach nur weiter!«

Mit wilden Sätzen sprang er die Treppe hinunter und in seinen Manta. Quietschend machte er den U-Turn und brauste die Friedrich-Engels-Straße entlang, um in die Eislebener Straße einzubiegen. Zugleich kurbelte er die Scheibe herunter und knallte sich das Blaulicht auf das Dach. In rasender Fahrt und mit heulender Sirene ging es nun die Magdeburger Allee hinunter, dann am Gera-Ufer vorbei und über die Talstraße, die nahtlos zur Bergstraße mutierte. Immer wieder warf Mütze einen raschen Blick aufs Handy, wo die Frau im blauen Mantel am Grab stand. Betete sie? Sprach sie mit dem Toten? Was wollte sie ihm sagen? Egal! Hauptsache, sie blieb noch ein Weilchen. Ein zweites Mal würde sie ihm nicht entkommen. Mütze war froh, dass endlich etwas vorwärtsging. Es lenkte ihn ab. Es half ihm, nicht daran zu denken, was im Moment bei ihm zu Hause passierte. Vielleicht war ja alles ganz harmlos, vielleicht wollte der Typ ja nur eine verlorene Socke holen. Den Blumenstrauß verdrängte Mütze und atmete tief durch. Auf Karl-Dieter konnte er sich hundertprozentig verlassen, ganz sicher konnte er das.

Unter normalen Umständen hätte man für die Strecke eine gute Viertelstunde gebraucht, Mütze schaffte es in nicht mal acht Minuten. Er wäre noch schneller gewesen, hätte er das Blaulicht nicht bereits in der Blumenstraße abgestellt. Sicher ist sicher. Ich will die Friedhofsbesucher nicht erschrecken, dachte er und zwang sich zu einem Grinsen.

Mit dem Handy in der Hand sprang er am Haupteingang aus dem Wagen und spurtete los. Seine Eile erwies sich als unnötig. Schon von Weitem sah er, wie die Dame mit dem blauen Mantel unverwandt am Grab stand, scheinbar in Gedanken versunken. Aufrecht stand sie da, nicht gebeugt oder mit gesenktem Kopf, es sah fast aus, als blicke sie über das Grab hinweg in die Ferne.

»Mütze, Kriminalpolizei.«

Langsam drehte die Dame ihren Kopf und sah Mütze an, prüfend und mit nachdenklichem Gesicht.

Als Eduardo schellte, sprang Karl-Dieter eilends auf und öffnete die Tür. Der junge Tänzer begrüßte ihn auf spanische Weise mit zwei Wangenküssen, außerdem überreichte er ihm mit galanter Geste einen kleinen Blumenstrauß. Karl-Dieter lächelte gerührt. Wie aufmerksam! Die jungen Leute hatten mehr Manieren, als man ihnen zutraute. Wann hatte Mütze ihm zuletzt Blumen mitgebracht? Schnell holte er eine passende Vase aus dem Regal.

»Hast du auch einen CD-Spieler?«, fragte Eduardo und zog eine silberne Scheibe aus seinem Seidenjackett.

»Aber natürlich«, sagte Karl-Dieter.

»Wunderbar! Na dann mal los!«

»Ich weiß nicht«, stotterte Karl-Dieter unbeholfen, »ich habe ewig nicht getanzt, ich fürchte, ich bin völlig eingerostet.«

»Dann wird's Zeit, die Gelenke zu schmieren«, lachte Eduardo.

Sein Lachen gab den Ausschlag. Es klang so natürlich, so voller Wärme und Sympathie, dass Karl-Dieter alle Scheu ablegte. Musik hob an, eine langsame, melancholische Akkordeonmelodie, Karl-Dieter sah ein verstecktes Tanzlokal am Rande der Altstadt von Buenos Aires vor sich. Eduardo fing an, sich langsam in den Hüften zu wiegen und tanzte mit einem imaginären Partner im Arm eine Runde durch das Wohnzimmer. Dann legte er seinen Arm um Karl-Dieter, die Tanzstunde konnte beginnen.

»In meinem Alter verliebt man sich nicht mehr, Herr Kommissar.«

»Das kann ich nicht beurteilen, Frau Niebel. Wie haben Sie Herrn Sternberg denn kennengelernt?«

Sie hatten sich auf eine Parkbank gesetzt, nicht weit von Sternbergs Grab entfernt. Der Morgen war kühl, das Holz der Bank noch feucht. Frau Niebel fröstelte es trotz ihres Mantels.

»In der Oper, letzten Herbst ist das gewesen, man hat den Rosenkavalier gegeben. In der Pause sprach mich beim Warten am Getränkestand ein gut gekleideter Mann an, oh, Adam war immer sehr gut angezogen! Erst haben wir über Musik gesprochen, dann über Kunst im Allgemeinen. Ich bin seit Jahren verwitwet, wissen Sie. Früher bin ich nie in Konzerte gegangen oder ins Theater, mein Mann ist Kaufmann gewesen und eher von nüchterner Wesensart. Als Witwe aber habe ich meine alte Leidenschaft für die Musik wiederentdeckt, so habe ich Adam kennengelernt.«

»Und dann?«

»Nach der Oper hat er mich noch zu einem Schoppen eingeladen, im Waidviertel. Kennen Sie die *Weinarche*? Dort gibt es einen guten Frankenwein. Als letzte Gäste haben wir das Lokal verlassen.«

»Und dann?«

»Dann haben wir uns immer öfter getroffen.«

»In der Oper?«

»In der Oper und bei mir daheim.«

In diesem Moment kam die Sonne hinter einer Wolke hervor und die Lebensbäume warfen scharfe Schatten auf den Weg. Ein Friedhofsgärtner fuhr mit seinem Traktor vorbei, sonst war niemand unterwegs.

»Frau Niebel, hatten Sie ein Verhältnis mit Herr Sternberg, ich meine, ist er Ihr Geliebter gewesen?«

Frau Niebel schwieg eine Weile, als müsse sie über die Antwort nachdenken.

»Ich habe ihn geliebt, ja, wenn es das ist, was Sie wissen wollen.«

»Frau Niebel, ich frage das wirklich nicht aus Neugier, ich ermittle in einem Mordfall. Hatten Sie ein Verhältnis mit Herrn Sternberg?«

»Wir wollten heiraten.«

»Okay, und dann?«

»Dann war's plötzlich aus.«

Frau Niebel sah an Mütze vorbei, so als säße sie allein auf der Bank.

»Er hat Schluss gemacht«, sagte Mütze.

»Er hat nie einen echten Anfang gemacht.«

»Wie soll ich das verstehen?«

»Er hat mich nur benutzt.«

»Er hat ihr versprochen, sie zu heiraten, verstehst du, Braunkärsch? Erst aber müssten sie finanziell auf Augenhöhe sein, hat er gemeint, aus Paritätsgründen. Er hätte da ein Projekt, mit dem sich viel Geld verdienen ließe. Zunächst jedoch müsse er investieren, mindestens zwei Jahre lang, vielleicht auch länger, wenn die Banken weiter herumgeizten und ihm den notwendigen Kredit verweigerten.«

»Was für ein Projekt sollte das sein?«, wollte Braunkärsch wissen.

Die beiden Kommissare saßen auf der Terrasse des *Willy B.* mit Blick auf den Hauptbahnhof. Braunkärsch trank eine Cola, Mütze hatte sich ganz gegen seine Gewohnheit ein erstes Bierchen bestellt.

»Waid«, sagte Mütze.

»Waid?«, fragte Braunkärsch erstaunt. »Unser Erfurter Waid?«

»Kennst du das Zeug?«

»Aber natürlich! Waid war einmal das Erfurter Gold, lange her. Die blaue Farbe, die man aus ihm gewann, war höchst begehrt.«

Mützes Handy piepste. Eine WhatsApp. Vielleicht von Karl-Dieter? Rasch sah Mütze nach. Es war nicht Karl-Dieter, es war Linda, ihre hübsche Pressesprecherin: »Denk dran, Braunkärsch hat morgen Geburtstag.« Mütze verzog das Gesicht. War ja nett gemeint, was aber sollte er mit der Nachricht anfangen? Braunkärsch einen Blumenstrauß kaufen? – Blumenstrauß! Da schwappte er wieder zurück, dieser unerträgliche Gedanke. Was schleppte dieser idiotische Tänzer auch Blumensträuße in ihre Wohnung? Hatte er nichts Besseres zu tun?

»Was Wichtiges?«, fragte Braunkärsch.

»Wie man's nimmt«, brummte Mütze, »eher 'ne betrübliche Nachricht, hat aber nichts mit unserem Fall zu tun. Zurück zum Waid. Hab's natürlich gegoogelt. Mit dem billigen Indigo aus Indien war's aus mit dem Waid. Heute ist die Farbe Blau durch die Petroindustrie Massenware geworden, Pflanzen haben ausgedient, wird alles aus billigem Erdöl produziert«

»Und Sternberg wollte es dennoch wieder anbauen?«

»So sieht's aus. Jedenfalls hat er das seiner Freundin erzählt.«

»Und sie hat ihm Geld gepumpt.«

»Erraten.«

»Viel Geld?«

»An die 20.000 Mäuse. Es wären sicher noch mehr geworden, wenn sie nicht zufällig einmal ohne ihn in die Oper gegangen wäre, Anfang Februar ist das gewesen. Durch ihren Operngucker hat sie beobachten können, wie er mit einer anderen Dame geturtelt hat, vorne rechts in der zweiten Reihe im Parkett, jedes Detail hat sich ihr eingebrannt. Völlig aufgelöst ist sie aus dem Theater gestürmt, das war's. Nie wieder könne sie sich die Zauberflöte anhören.«

»Ein Heiratsschwindler?«

»Sieht so aus.«

»Daher das Geld in der Keksdose.«

»Die Puzzleteile fügen sich zusammen. Denk an die Garderobenfrau und Sternbergs Anmachmasche.«

»Der Gauner! Schmiss sich in Schale, um einsame Damen abzuschleppen.«

»Und doch glaube ich, dass er nicht nur geflunkert hat. Zumindest nicht, was seine botanischen Pläne betraf.«

Mütze griff zum Handy und tippte eine Nummer ein. Es läutete kurz an, dann meldete sich eine weibliche Stimme.

»Frau Wieland? Wir erwarten Sie in einer Stunde auf dem Kommissariat!«

»Darupp, damm, damm, damm – darupp, darupp, damm, damm, damm …« Beschwingt tanzte Karl-Dieter den Flur entlang. Auch wenn Eduardo schon wieder hatte gehen müssen, weil er dringend zur Probe musste, fühlte er sich um Jahre verjüngt. Was für ein Gefühl, von solch einem begnadeten Körper herumgewirbelt zu werden. Dazu der Zauber der Jugend, diese unglaubliche Energie! Den Staubsauger formvollendet vor sich herschiebend glitt Karl-Dieter im Tangoschritt weiter ins Wohnzimmer: »Darupp, damm, damm, damm – darupp, darupp, damm, damm, damm …« Warum nur hatte er so lange nicht mehr getanzt? Er beschloss, Mütze heute Abend noch zu überreden, mit ihm einen Tanzkurs zu machen. Wie leicht fühlte man sich plötzlich, wie befreit von der Erde und ihrer Schwere. Karl-Dieter ging elastisch in die Knie, um unter dem Tisch zu saugen. »Darupp, damm, damm, damm – darupp, darupp, damm, damm, damm …« Einem Menschen wie Eduardo war er noch nicht begegnet.

Vor dem Verhör mit Lisa Wieland machten die beiden Kommissare mit dem Manta einen Schlenker, sie mussten noch mal zur Friedrich-Engels-Straße. Mütze zwang sich dazu, sich das Gespräch vom Friedhof ins Gedächtnis zu rufen.

»Warum besucht sie das Grab, wenn sie doch total enttäuscht von dem Kerl ist?«, sprach er mehr zu sich selbst.

»Vielleicht wollte sie ihm posthum noch mal kräftig die Meinung geigen. Hat sie ein Alibi?«

»Nullkommanull. Sie habe den Abend allein in ihrer Wohnung verbracht und sich eine Opern-DVD angeschaut, La Triviate oder so. An solche Aussagen müssen wir uns wohl gewöhnen, jeder zweite Deutsche lebt ja mittlerweile in einem Singlehaushalt.«

Braunkärsch brummte. Er wischte wieder auf seinem Smartphone herum.

»Und? Suchst du dir ein Geburtstagsgeschenk aus?«, fragte Mütze mit leicht süffisantem Unterton, ahnte er doch, auf welchen Seiten Braunkärsch surfte.

»Ha, ha, du Scherzkeks.«

»Wieder nichts dabei?«

»Das Ganze ist zu technisch«, murmelte Braunkärsch.

»Und warum lässt du es dann nicht?«

»Du hast gut reden, du hast ja Karl-Dieter.«

Karl-Dieter! Mützes Augen verschatteten sich. Gestern ist ein elender Tag gewesen. Zugegeben, er hat vielleicht etwas überreagiert, aber was er da im Esszimmer hat beobachten müssen, die reinste Frechheit! Dieses spanische Gerippe! Ein Stripteasetanz in einer fremden Wohnung, das ging gar nicht! Was war bloß in Karl-Dieter gefahren? Er hatte diesem dreisten Kerl sogar applaudiert! Ohne sich auszusprechen, waren die Freunde zu Bett gegangen, und heute in der Früh hatte Mütze die Wohnung verlassen, während Karl-Dieter noch schlief. Und nun besuchte sein Tänzer ihn heimlich. Es war höchste Zeit für ein klärendes Gespräch. Spätestens am Abend würden sie über alles reden, nahm sich Mütze vor. Es gab bestimmte Regeln des Zusammenlebens, die hatte jeder zu akzeptieren. Dazu gehörte es, keine fremden Männer barfuß tanzen zu lassen. Schon gar nicht im Esszimmer. Und sich keine Blumensträuße schenken zu lassen.

Sie hatten wieder die Friedrich-Engels-Straße Nummer 148 erreicht. Mütze hielt an und Braunkärsch zog seine Notizen hervor.

»Alle Hausbewohner haben wir noch nicht erreichen können. Von denen, mit denen die Kollegen sprechen konnten, haben drei für den Tatzeitraum am Dienstag kein Alibi. Ernst Knoblauch vom zweiten Stock, Inge Kieskalt, die Dame mit der Puffbohnenallergie, und ein Kurt Siebold aus dem vierten, ein etwas verschrobener Ingenieur im Vorruhestand.«

»Na dann, auf in den Kampf.«

»Sie haben ihn noch gesehen? Sind Sie sicher?«

»So sicher, wie zwei und zwei vier sind. Ich stand am

offenen Fenster, um mir 'ne Ziggi anzuzünden. Da hab ich gesehen, wie er mit seinem Fahrrad weiter ist. War 'n regnerischer Tag, echtes Pisswetter. Hab mir noch gedacht, gut, dass ich kein Briefträger bin.«

»Ist Ihnen etwas an ihm aufgefallen? Hat er geschwankt, wirkte er gesundheitlich beeinträchtigt?«

»Nicht die Bohne. Er hat sich auf das Rad geschwungen und ist eilig zum nächsten Haus. Kommen Se, ich zeig's Ihnen!«

Kurt Siebold führte die Kommissare auf seinen Balkon und deutete zum Nachbarhaus hinüber: »Dahinter ist er verschwunden, was dann passiert ist, weiß ich nicht.«

Inge Kieskalt war eine schlanke Frau Anfang 50, die mit ihren Jeans deutlich jugendlicher wirkte. Sie führte die Kommissare in ihr Wohnzimmer, das hell und geschmackvoll eingerichtet war. Norwegian Wood, dachte Mütze.

»Aber ich hab Ihren jungen Kollegen doch bereits alles erzählt«, sagte sie, als Mütze sie bat, ihnen noch mal genau zu schildern, was sie am Dienstagmorgen beobachtet habe.

»Sie sind in Ihrer Wohnung gewesen, nicht wahr?«

»Ich mach die Buchführung für ein paar Erfurter Geschäfte, damit bin ich beschäftigt gewesen. Homeoffice, verstehen Sie.« Wie um sich zu entschuldigen, deutete sie auf einen Laptop, der auf dem Wohnzimmertisch stand.

»Und Sie sind sich sicher, dass Sie den Postboten nicht gesehen haben?«

»Ganz sicher. Ich hätte ihn ja auch nur gesehen, wenn er bei mir geläutet hätte.«

»Kannten Sie ihn denn, ich meine, er trägt ja schon länger die Post bei Ihnen aus.«

»Kennen, was soll ich sagen? Wann kennt man einen Menschen? Ich kannte ihn, wie man seinen Postboten eben so kennt.«

Mütze griff in seine Schimanskijacke und zog ein Foto heraus. Es zeigte den Kopf von Erwin Kowalski, ein Foto aus dem Leichenkeller. Inge Kieskalt erschrak sichtlich und schlug die Hände vor den Mund.

»Mein Gott, wie schrecklich!«, rief sie. »Warum zeigen Sie mir das?«

»Ist das Ihr Postbote?«

»Aber ja, das wissen Sie doch.«

»Frau Kieskalt, irgendwer hat am Dienstag Puffbohnen im Haus gekocht. Haben Sie etwas davon bemerkt?«

»Puffbohnen?« Inge Kieskalt sah Mütze verständnislos an. »Ich habe keine Ahnung, ich war beschäftigt.«

»Und Sie mögen ja auch keine Puffbohnen«, ergänzte Braunkärsch.

»Woher wissen Sie das?« Inge Kieskalt erbleichte.

Der dritte Hausbewohner ohne Alibi wohnte gleich gegenüber. Ernst Knoblauch war ein sportlicher Mann mit dunklem Vollbart. Jovial lud er die Kommissare ein, ein Fläschchen Köstritzer mit ihm zu trinken.

»Danke, wir sind im Dienst«, meinte Braunkärsch nur.

»Verstehe«, sagte der Mittvierziger und machte eine einladende Geste, sich zu setzen. Überall hingen Fotos von historischen Häusern herum, hübsch aufgefrischte Wände und Fassaden. Besonders gelungen war ein Fachwerkhaus, dessen kunstvoll gesetzte Balken in einem magischen Blau leuchteten.

»Herr Knoblauch, Sie haben den Kollegen vorhin erzählt, Sie seien am Dienstagvormittag in Ihrer Wohnung gewesen.«

»Dummer, kleiner Halsinfekt, keine Lebensgefahr, nur so ein Kratzen, verstehen Sie, oder wie sagt der Doktor? Leicht erhöhte Temperatur. Nichts Ernsthaftes, ein paar Hausmittelchen und die Viren ergreifen die Flucht. Mir geht's schon wieder besser. Morgen wird wieder losgelegt.«

»Was arbeiten Sie?«

»Bin Restaurator, kleiner, feiner Betrieb. Wir sind auf alte Gemäuer spezialisiert, vom Mittelalter über die Renaissance bis zum Jugendstil. Haben wir auch hier in Erfurt, feinsten Jugendstil, haben hier alles, jede Epoche. Nur keine Villen der alten Römer, denen war's in Thüringen wohl zu kalt.«

»Na, da geht Ihnen ja die Arbeit nicht aus.«

»Ihr Wort in Gottes Ohr, Herr Kommissar. Noch sind unsere Auftragsbücher gut gefüllt. Alle wollen ja jetzt nach Erfurt, dem Mittelpunkt Deutschlands. Ob München, Berlin, Köln oder Hamburg, ruckzuck segelt der ICE Sie hin.«

»Herr Knoblauch, Sie gaben an, den Postboten gestern nicht bemerkt zu haben.«

»Sag ich doch, wie sollte ich auch? Ich lag mit Angina im Bett. Sie kennen doch den alten Witz, Herr Kommissar. Mit Angina im Bett! Jetzt müssen Sie sagen: Na dann viel Spaß! Oder schöne Grüße an Angina oder so was, ha, ha.«

»Sehr gut, Herr Knoblauch. Noch mal zurück zu gestern Morgen. Sind Sie nicht mal kurz raus? Post holen oder zur Apotheke, versuchen Sie sich bitte zu erinnern.«

»Nee, nee. Die Post hole ich nur einmal in der Woche aus dem Kasten. Sind eh nur Reklamesachen und Rechnungen. Und Pillen schlucke ich keine, krieg ich nicht runter, Sie verstehen, kleben furchtbar in der Kehle. Nur Hausmittelchen, heißer Honig mit 'nem Schuss Rum, wirkt Wunder. Die Natur heilt sich ganz von selbst. Gutes Intimsystem vorausgesetzt, Herr Kommissar, Sie verstehen schon, gutes Intimsystem, ha, ha, ha!«

»Haben Sie sich Puffbohnen gekocht?«

»Puffbohnen? Bin ich bescheuert?«

Mützes Handy knurrte. Es war der Chef höchstpersönlich. Ein anonymer Anruf sei eben eingegangen, keine fünf Minuten her. Eine Frau habe sich gemeldet, sie sei eine Nachbarin der Wielands und habe mitbekommen, dass die Polizei dort angeklopft habe. Sie wisse nicht, ob das interessiere, aber in der Nacht zum Sonntag, also in der Nacht, als das mit der Gloriosa passiert sei, sei Wieland mit dem Auto davon, vielleicht sei es auch seine Frau gewesen, das wisse sie nicht, jedenfalls sei das Auto weggefahren. Morgens habe es wieder in der Einfahrt gestanden, gegen neun seien beide Wielands dann wieder los. Wann der Wagen in der Nacht wiedergekommen sei, könne sie nicht sagen, sie habe sich ja nichts weiter dabei gedacht. Aber jetzt, wo das mit der Gloriosa passiert sei und mit den Puffbohnen, da sei das natürlich was anderes. Da sei es doch ihre Bürgerpflicht, bei der Polizei anzurufen. Sie wolle nur gern anonym bleiben, das würde die Polizei doch verstehen, es sei nur wegen der guten Nachbarschaft. Petzen gehöre sich nicht, das sei klar. Damit habe sie aufgelegt. Natürlich habe man sogleich die Fangschaltung aktiviert, sagte der Chef, tatsächlich gehöre der Anschluss, von dem das Telefonat geführt worden war, zu einem Haus gegenüber der Wielands, ein Ehepaar Jürgens sei dort gemeldet.

»Danke, Chef«, sagte Mütze, »die Info kommt wie gerufen.«

Lisa Wieland trug wieder ihre Sonnenbrille, als sie auf dem Kommissariat erschien. Warum gab es kein Gesetz, das Zeugen das Tragen einer dunklen Brille untersagte, wenn sie befragt wurden? Mütze bat sie, Platz zu nehmen und schloss die Tür. Braunkärsch wartete draußen vor dem Einwegspiegel. Sie hatten noch einen Überraschungsgast hinzugebeten, der ahnungslos in einem Nachbarzimmer saß.

»Frau Wieland, sagt Ihnen der Begriff Waid etwas?«

Lisa Wielands Gesicht blieb völlig unbewegt, als sie antwortete. »Welcher Erfurter kennt Waid nicht? Sie kommen wohl nicht von hier? Über Färberwaid lernt man alles schon in der Heimatkunde.«

»Waid ist Geschichte, nicht wahr?«

Frau Wieland sagte nichts darauf. Ihr Schweigen jedoch sprach Bände.

»Frau Wieland, Adam Sternberg und Ihr Mann haben versucht, zusammen Waid anzubauen, stimmt's?«

Lisa Wieland schwieg weiter.

»Frau Wieland, ein Zeuge hat sich gemeldet. Es wurde beobachtet, wie Ihr Auto in der Nacht zum Sonntag weggefahren ist.«

»Ich muss dazu nichts sagen, das wissen Sie genau«, platzte es aus Lisa Wieland heraus. »Falls Sie meinen Mann verdächtigen: Ich bin seine Ehefrau, ich brauche nicht auszusagen.«

»Okay«, sagte Mütze gedehnt, »dann wollen wir mal Ihren Mann hereinlassen. Vielleicht ist er etwas gesprächiger.«

»Halt!«, rief Lisa Wieland. »Sagen Sie ihm bitte nichts davon, dass wir uns neulich getroffen haben.«

»Wer hat in dem Auto gesessen? Sie oder Ihr Mann? Oder Sie beide?«

Erneut verstummte Lisa Wieland.

»Okay, wie Sie wollen.« Mütze griff zum Telefon. »Schickt bitte Herrn Wieland zu mir!«

Wieland war ganz offensichtlich überrascht, seine Frau zu treffen. Seine Blicke wanderten zwischen ihr und Mütze hin und her, dann setzte er sich zögernd auf den angebotenen Stuhl.

»Herr Wieland«, begann Mütze, »wo waren Sie in der Nacht von Samstag auf Sonntag?«

Kevin Wieland sah ihn stumm an.

»Okay«, sagte Mütze, »ist ja auch schon etwas her. Fangen wir etwas einfacher an: Wo sind Sie gestern Vormittag gewesen?«

»Gestern Vormittag?« Wieland warf einen raschen Seitenblick auf seine Frau, »da war ich zu Hause. Hab mich für die Beerdigung fertig gemacht.«

»Irgendwelche Zeugen?«

»Meine Frau, natürlich. Die ist auch nicht zur Arbeit, nicht wahr, Lisa?«

»Ich merke schon, Sie sind ein häuslicher Mensch«, sagte Mütze, »versuchen wir's mal anders, Herr Wieland. Was fällt Ihnen zum Thema Waid ein?«

Mit einer abrupten Kopfbewegung starrte Kevin Wieland seine Frau an. Diese nahm hastig ihre Brille ab, erwiderte seinen Blick und sah ihn eindringlich, fast flehentlich an. Dabei schüttelte sie unmerklich den Kopf.

»Sie hat es Ihnen erzählt, nicht wahr?«, sagte Wieland und seine Stimme wurde hart. »Also dann, wenn das so ist, was sollen wir noch hier? Fahren wir los, ich hab ein Geständnis zu machen.«

Die Fahrt ging die B 7 entlang aus Erfurt hinaus in Richtung Gotha. Ein böiger Nordwest jagte Wolkenfetzen übers Land. Wie gerne hätte Mütze Braunkärsch mit dabeigehabt. Da war jedoch eine nicht unwichtige Kleinigkeit, die parallel zu erledigen war, so hatten sie sich trennen müssen. Rasch hatte er noch dem Freund den Zettel mit der Bitte in die Hand gedrückt. War zwar recht ungewiss, ob was dabei rauskam, aber man durfte nichts unversucht lassen.

Kevin Wieland saß auf dem Beifahrersitz und war äußerst einsilbig. Er beschränkte sich darauf, Mütze den Weg zu weisen. Als die Kreisstraße K 4 in den Blick kam, winkte er mit der Hand nach rechts. Nun ging's Richtung Pferdingsleben in das flache Tal der Nesse hinein. Hinter einer alten Mühle ließ Wieland Mütze in einen Schotterweg abbiegen, der in Kurven durch einen hohen Buchenwald führte, hinunter zu einem einsamen Seitental. Hier weitete sich der Blick. Wiesen und Felder erstreckten sich zwischen den Waldrändern, ein kleiner von Büschen begleiteter Bach mäanderte neben der Straße entlang.

»Halten Sie bei der Linde«, sagte Wieland.

Mütze ließ den Manta am Straßenrand ausrollen, sie stiegen aus. Vor ihnen erstreckte sich ein weiter Acker, auf dem es zart zu grünen begann. Wieland kniete sich nieder und ließ eines der Pflänzchen durch seine Finger gleiten.

»Das ist es, mein Geständnis«, sagte er, »das ist Waid.« Er sprach mehr zu sich als zu Mütze. Seine Stimme klang stolz und wehmütig zugleich. – Geständnis? Das sollte ein Geständnis sein? Deshalb die Fahrt in die Prärie? Wollte der Kerl ihn auf den Arm nehmen? Mütze zwang sich, ruhig zu bleiben.

»Wann haben Sie mit dem Anbau begonnen?«

»Anfang März. Aber schon im letzten Herbst haben wir den Boden vorbereitet, Gründüngung, verstehen Sie? So wie damals, wie im Mittelalter.«

Auch Mütze kniete sich nieder und betrachtete die grünen Triebe. »Sieht gar nicht blau aus, das Zeug«, sagte er.

»Blau werden die Blätter erst im nächsten Jahr und auch nur, wenn man draufpinkelt.«

Mütze runzelte die Brauen. Wollte der Typ ihn verarschen?

»Kein Witz. Die Waidmacher haben überall Urin gesammelt. Natürlicher Gärungsprozess, muss wahnsinnig gestunken haben. Stinkreich wurden sie damit, daher der Ausdruck.«

»Stinkreich wollten auch Sie werden, Sie und Adam Sternberg, dann aber kam es zum Streit und Ihr Partner musste dran glauben.«

»Nein, nein, nein!« Wieland sprang auf und starrte Mütze wütend an. »So war es nicht! Warum hätte ich das tun sollen?«

»Zum Beispiel, um an das Erbe ranzukommen. Herr Wieland, wir haben Zeugen, dass Sie in der Tatnacht mit dem Auto weggefahren sind, ich frage Sie erneut, wo sind Sie gewesen?«

»Ich war hier«, sagte Wieland, »hier bei meinen Pflanzen.«

»Halten Sie mich für bescheuert?«, entfuhr es Mütze. »Hören Sie auf mit den Storys! Was wollten Sie denn mitten in der Nacht hier draußen?«

»Das verstehen Sie nicht, Herr Kommissar. Sie sind kein Gärtner. Die Pflanzen, das sind meine Babys. Da steht man auch in der Nacht auf, um zu sehen, wie es ihnen geht.«

»Herr Wieland, jetzt sag ich Ihnen mal, was passiert ist. Sie sind Samstagabend mit dem Auto nach Erfurt gefahren, vielleicht sogar mit Ihrer Frau, ja, warum eigentlich nicht mit Ihrer Frau? Sie haben sie vorgeschickt, ein Schlückchen mit Sternberg zu trinken. Das Schlückchen aber hatten Sie zuvor mit K.-o.-Tropfen gewürzt. Dann haben Sie sich den ohnmächtigen Sternberg gepackt und in der Gloriosa aufgehängt.«

»So ein Quatsch! Warum sollte ich so einen Aufwand betreiben?«

»Damit alle Welt glaubt, dass wir es mit einem Psychopathen zu tun haben und nicht mit einem Erbschleicher. Herr Wieland, es wird Zeit auszupacken!«

Zur gleichen Zeit war Braunkärsch zum Theater gefahren. Die Dame an der Kasse, eine junge Frau mit kupferrotem Haar, war ausgesprochen hilfsbereit.

»Die Zauberflöte, die Zauberflöte«, murmelte sie, während sie auf ihrem Computer herumtippte, »an einem Samstag Anfang Februar, sagten Sie, Moment, das hier, das müsste der Abend sein, den Sie meinen, Samstag, der 7. Februar. Ist der einzige Samstag im Februar gewesen, an dem die Zauberflöte lief.«

»Bingo! Können Sie mir sagen, wer in der zweiten Reihe im Parkett saß, die beiden Plätze ganz außen rechts?«

»Da haben Sie Glück, junger Mann, das war eine Abo-Vorstellung. Warten Sie, Sie müssen diese beiden Plätze meinen.« Sie drehte den Bildschirm zu Braunkärsch. Zu sehen war eine Übersicht vom Zuschauerraum, alle Plätze waren weiß markiert, mit zwei Klicks ließ die Kassiererin zwei Plätze grün aufleuchten. »Zweite Reihe Parkett, ganz außen, so wie Sie sagten.«

»Genau die Plätze meine ich, können Sie feststellen, wer dort gesessen ist?«

»Warten Sie, ich hab's gleich ... Das Abonnement gehört zwei Frauen, Susanne Weiß und Gertrud Sommerda.«

»Können Sie mir die Adressen der beiden geben?«

»Ich hab sogar ihre Telefonnummern!«

»Tatsächlich? Sie sind ein Schatz!«

Als Mütze im Kommissariat eintraf, war Braunkärsch gerade dabei, einen weiteren Zettel an ihre Stoffwand zu pinnen. »Zauberflöte, Samstag, 7. Februar: Susanne Weiß und Gertrud Sommerda«, stand drauf.

»Eine der Damen muss die neue Flamme von Adam Sternberg gewesen sein. Habe die beiden telefonisch noch nicht erreichen können, ihnen aber auf die Mailbox gesprochen, dass sie sich sofort melden sollen. Doch jetzt erzähl! Was sagt Wieland? Hat er gestanden?«

»Noch nicht«, sagte Mütze und berichtete in aller Kürze. »Er hat ein starkes Motiv. Durch den Mord bringt er das Erbe Sternbergs an sich und kassiert den

Erlös vom Waid ganz allein. Dann sein Verhalten, die ganze Laviererei! Eiert rum wie ein Brummkreisel. Gibt immer nur das zu, was wir ihm nachweisen können. Ich denke, das ist genug Munition für einen Haftbefehl. Mal sehen, was die Staatsanwältin dazu sagt. Ein Alibi jedenfalls hat er nicht, weder für Samstagnacht noch für Dienstagvormittag.«

»Du meinst, er hat auch den Postboten auf dem Gewissen?«

»Ich traue ihm alles zu.«

»Sternberg okay, aber warum Kowalski?«

»Um eine falsche Fährte zu legen. Deshalb auch der Unsinn mit der Gloriosa.«

Mützes Handy klingelte. Unwillig betrachtete der Kommissar die Nummer auf dem Display, dennoch nahm er ab.

»Unsere Putzfrau«, flüsterte er Braunkärsch zu und rollte mit den Augen.

»Herr Mütze? Ich störe nur ungerne, aber Herr Karl-Dieter ist nicht zu erreichen und Sie hören den Lärm ja selbst.«

Im Hintergrund dröhnte laute Tangomusik.

»Hat sich plötzlich angemacht, ich bin zu Tode erschrocken. Wie macht man das Gerät wieder aus?«

Über Mützes Gesicht zog eine dunkle Wolke. Tangomusik? Was bedeutete das?

»Ziehen Sie den Stecker.«

»Das Gerät hat keinen Stecker.«

»Dann werfen Sie eben 'ne Decke drüber!«, rief Mütze genervt, der sich mit Karl-Dieters Musikanlage nicht auskannte.

»Wird gemacht, Decke drüber, alles klar«, sagte die

Putzfrau. »Entschuldigen Sie noch mal. Sonst alles in Ordnung hier. Und so schöne Rosen, ich mag Rosen, Rosen sind meine Lieblingsblumen. Die Sektgläser hab ich mit der Hand gespült, bitte nicht wundern. In der Spülmaschine werden sie blind, wäre doch schade. Schönen Tag noch!«

Rosen? Sektkelche? Tangomusik? Mütze starrte auf sein Handy. Im gleichen Moment spürte er, wie etwas in ihm zerbrach.

Monsignore van Ackeren bewohnte ein schickes Apartment auf dem Domberg. Sehr viele Geistliche wohnten hier nicht mehr. Wäre nicht der enorme Zuzug, der Erfurt deutlich wachsen ließ, man hätte noch viel weniger gebraucht. Van Ackeren war ein Seelsorger der gemütlichen Sorte. Sein ohnehin schon weiches Herz hatte sich im Laufe seines langen Priesterlebens noch mehr geweitet. Nichts Menschliches war ihm fremd und er erteilte freudig jedem die Absolution, der auch nur einen Hauch von Reue zeigte. Nach einem ausführlichen Mittagsschläfchen, auf dessen heilsame Wirkung er schwor, hatte er sich einen Espresso durch die Maschine sausen lassen, den er zu den Resten des Osterbrotes schlürfte. Ein Blick auf die Kuckucksuhr, die im Herrgottswinkel an der Seite des Gekreuzigten hing, machte ihm klar, dass es Zeit wurde, sich in den Dom zu begeben. Heute war er für den Beichtdienst eingeteilt, ein Stündchen war dafür vorgesehen. Schnell steckte er sein Smartphone ein, für alle Fälle. Es konnte gut sein, dass niemand kam, den es drängte, seine Sünden zu bereuen, erst recht nicht so knapp nach dem Osterfest, da war etwas Zerstreuung doch erlaubt. Van Ackeren warf sich den Mantel über die Soutane, dann verließ er die Wohnung und eilte hinüber in den Dom.

Die beiden Beichtstühle standen ganz hinten links im Eck. Daneben, die Wand entlang, präsentierte sich eine Parade von verwitterten Steinfiguren, die man von der Außenfassade ins schützende Innere gebracht hatte. Warum es zwei Beichtstühle sein mussten, war nicht ganz klar. Ein einziges Gewissenssäuberungsmöbelstück hätte völlig ausgereicht. Es waren wohl Pietätsgründe, warum man den zweiten Stuhl nicht einfach entsorgte. Van Ackeren wählte den linken Stuhl. Bevor er seinen Arbeitsplatz jedoch bezog, schälte er sich aus dem Mantel, war es ihm in der Enge des Beichtstuhls doch stets zu warm. Als er den Mantel an den Haken hängen wollte, stutzte er. Für einen Moment schloss er die Augen. Dass er vorher nicht schon darauf gekommen war! Genau so konnte es gewesen sein. Das konnte die Erklärung sein. Rasch öffnete er die kleine Tür des Beichtstuhls und schlüpfte hinein. Im Schutze des Dunkels zog er sein Smartphone hervor und wählte die Nummer der Polizei.

Mütze und Braunkärsch schwangen sich sofort ins Auto. Während der Fahrt war Mütze höchst einsilbig, trotz des interessanten Anrufs. Er packte das Lenkrad so fest, dass sich seine Knöchel weiß verfärbten. Was für ein furchtbarerer Tag! Nun konnte es keinen vernünftigen Zweifel mehr geben, es half nicht, sich länger etwas vorzumachen. Der junge Tänzer war nicht gekommen, um seine Socken zu holen. Da ging doch was ganz anderes ab. Wann jemals hätte Karl-Dieter tagsüber eine Flasche Sekt aufgemacht? Wann lief bei ihnen Tangomusik?

»Is was?«, fragte Braunkärsch mit leichter Besorgnis in der Stimme.

»Nee, nee, was soll denn sein?«

Keine zehn Minuten später rissen sie das Triangelportal auf und betraten den Dom. Eine Gruppe von Asiaten ließ sich den Wolframleuchter erklären, einen der größten Kunstschätze der Kirche, andere sahen sich auf eigene Faust um, betrachteten den eindrucksvollen Hochaltar, das Gemälde mit Maria und dem springenden Einhorn oder die uralte Steinmetzarbeit, welche die thronende Gottesmutter zeigte, wie sie ihren kleinen, aber doch bereits merkwürdig erwachsenen Sohn auf dem Schoß hält. In den Bänken vor dem Beichtstuhl im hinteren nördlichen Eck saß niemand, sodass Mütze unbemerkt vor die beiden Beichtstühle trat und zunächst durch das vergitterte Fenster des rechten, dann durch das Fensterchen des linken Stuhles äugte. »Monsignore van Ackeren?«, fragte er mit gedämpfter Stimme.

»Kommissar Mütze? Gut, dass Sie kommen«, klang es aus dem Dunkeln zurück.

»Mein Kollege Stulpenpilz ist mitgekommen. Wo können wir ungestört sprechen?«

Mütze war es ziemlich unangenehm, Braunkärsch ebenfalls, aber wenn der Monsignore meinte. So knieten sie nun beide auf den Arme-Sünder-Bänkchen des Beichtstuhls, der eine links, der andere rechts. Es würde ja nicht lange dauern, hatte van Ackeren gemeint. Er sei leider im Dienst, vielleicht käme ja doch noch ein reuiges Schäflein vorbei.

»Was haben Sie uns mitzuteilen?«, flüsterte Mütze durch das vergitterte Holzfensterchen.

»Wie ich vorhin zum Beichtstuhl gehe und draußen am Haken meinen Mantel aufhängen will, schoss mir plötzlich ein Verdacht durch den Kopf. Letzte Woche Mittwoch, ich war wieder als Beichtvater eingeteilt, kniete sich eine merkwürdige Dame in meinen Stuhl. Es ist mir etwas peinlich, darüber zu reden, das Beichtgeheimnis ist mir heilig und ich verrate den Namen der Dame ja auch nicht, ich weiß ihn nicht einmal, dennoch darf ich darum bitten, dieses Gespräch diskret zu behandeln, da verlasse ich mich ganz auf Sie. Denn was die Dame mir anvertraute, war außerordentlich delikat und sehr detailliert.«

»Worum ist es gegangen?«

»Massive Verstöße gegen das sechste Gebot.«

»Sechstes Gebot?« Mütze stand auf dem Schlauch.

»Verstöße gegen die eheliche Treue«, hörte Mütze Braunkärsch durch das gegenüberliegende Fenster flüstern.

»Bist du katholisch?«, staunte Mütze.

»Meine Eltern stammen aus dem Eichsfeld.«

»Ach so«, sagte Mütze, ohne recht zu verstehen, ob das als Erklärung oder als Entschuldigung gemeint war. Viel mehr interessierte ihn, was der Monsignore zu erzählen hatte.

»Die Dame verstand es, ihre delikaten Vergehen äußerst plastisch vorzutragen, was mir einiges abverlangte, verstehen Sie, so genau will man das alles ja gar nicht wissen. Sünde ist Sünde, und dass sie bereut wird, ist entscheidend, nicht aber eine solch gründliche Gewissenserforschung, die selbst die Geschmacksrichtung des Kondoms für erwähnenswert hält. Während ich also dieser besonderen Beichte lausche und schon überlege, ob ich die Sünderin um eine kürzere Fassung ihrer Vergehen bitten soll, muss sich jemand draußen an meinem Mantel zu schaffen gemacht haben. Der Mantel hing ja auf der anderen Seite des Beichtstuhls, also von der Frau aus gesehen. In dem Moment hat man mir den Schlüssel gestohlen, da bin ich mir sicher.«

»Und Sie vermuten, dass die Dame mit dem Dieb unter einer Decke steckt?«

»Unter einer Decke … sehr gut, sehr gut, jawohl, ganz genau, unter einer Decke. Dass ich jetzt erst draufgekommen bin! Es ist absolut ungewöhnlich, so sehr in die Einzelheiten zu gehen, zumindest, wenn man gegen das sechste Gebot verstoßen hat. Das Gegenteil ist gewöhnlich der Fall. Üblicherweise braucht man als Beichtvater eine gehörige Portion Fantasie, um sich die mal stockend, mal hektisch vorgetragenen Vergehen zu einem stimmigen Bild zusammenreimen zu können, gelegentlich muss man auch mal behutsam nachfragen. Ich sag's Ihnen, ich hab mir schon manches anhören müssen, aber diese Beichte hat mich regelrecht schockiert.«

»Sie meinen, die Frau hat Sie ablenken wollen?«

»Absolut! Und das ist ihr mehr als gelungen. Nicht, dass Sie mich falsch verstehen, meine Herren, mir ist nichts Menschliches fremd, aber solche delikaten Dinge … Ich bitte Sie, Sie verraten es ja nicht weiter, aber warum muss ich als Beichtvater wissen, wie sich der geschlechtliche Akt anfühlt, wenn er kopfüber auf einer Gartenleiter vollzogen wird? Ich musste mich jedenfalls sehr konzentrieren, dabei habe ich nicht bemerkt, wie sich draußen jemand an meinem Schlüsselbund zu schaffen macht. Der Täter musste ja den Turmschlüssel vom Ring lösen und den Schlüsselbund dann wieder unbemerkt in den Mantel gleiten lassen. Das braucht Zeit.«

»Zeit, die ihm die Dame verschafft hat, indem sie Ihnen Sauereien erzählt hat.«

»Herr Kommissar, ich muss schon bitten! Wir reden hier von einer reuigen Sünderin.«

»Die in Ihrem Beichtstuhl gleich die nächste Sünde beging, indem sie mithalf, Sie zu bestehlen. Monsignore van Ackeren, können Sie uns die Frau näher beschreiben?«

Der Monsignore schwieg einen Moment. Fieberhaft überlegte er, ob er an das Beichtgeheimnis auch dann gebunden war, wenn man ihn offensichtlich geleimt hatte. Da jedoch nicht auszuschließen war, dass sich die Sündentaten der Frau tatsächlich wie geschildert ereignet hatten, mit all ihren schrecklich-schönen Einzelheiten, beschloss er, lieber den Mund zu halten.

»Wie Sie meinen«, sagte Mütze, »wir danken Ihnen dennoch herzlich.«

»Gelobt sei der Name des Herrn!«

Die beiden Kommissare ließen sich auf den Treppen des Dombergs nieder. Für den grandiosen Blick über die Stadt hatten sie allerdings kein Auge.

»Wen hast du im Verdacht?«, wollte Braunkärsch wissen.

»Das weißt du ziemlich genau.«

»Lisa Wieland?«

»Sie spielt die reuige Dirne und ihr Mann zieht dem guten Monsignore heimlich den Schlüssel aus der Tasche, raffinierte Bande!«

Eine Weile saßen sie schweigend auf der Treppe, jeder hing seinen Gedanken nach. Mütze vergrub die Stirn in den Händen und musste plötzlich bitter in sich hineinlachen. Verstöße gegen das sechste Gebot! Wenn Karl-Dieter katholisch wäre, hätte er ordentlich was zu beichten. Sich heimlich einen Geliebten ins Haus zu laden! In ihrer Wohnung Tango zu tanzen. Einen Sekt zu köpfen und anzustoßen. Mit einem fremden Mann. Was zu viel war, war zu viel. Wenn Karl-Dieter sich ohne ihn zu einem Tanzkurs angemeldet hätte, okay, das hätte er vielleicht noch verstanden. Aber in der geschützten Intimität ihrer Wohnung Männerbesuch zu empfangen! Das war Verrat. Nichts anderes.

»Kann ich heute bei dir pennen?«, fragte er Braunkärsch hastig.

Braunkärsch sah ihn überrascht an.

»Keine Angst«, sagte Mütze, »ist nur für heute. Ich tue dir auch nichts. Weißt schon, ich steh nicht auf Heteros.«

»Wenn das so ist, meinetwegen«, sagte Braunkärsch und probierte ein Grinsen.

Es klingelte. Mütze zog sein Handy aus der Schimanskijacke. Es war die Staatsanwältin. Mützes Gesicht verdüsterte sich, dann ließ er das Handy wieder verschwinden.

»Schlechte Nachrichten?«, fragte Braunkärsch.

»Kein Haftbefehl«, brummte Mütze. »Wieland bleibt auf freiem Fuß. Immerhin aber dürfen wir sein Haus durchsuchen. Wärst du so lieb, noch mal zum Monsignore zu gehen? Bestimmt ist das Innere des Domes videoüberwacht. Vielleicht ist das Pärchen darauf zu sehen, wie es den Schlüssel klaut. Ich muss los, Braunkärsch. Will unbedingt dabei sein, wenn sie Wielands Haus zerlegen.«

Braunkärsch sah Mütze hinterher, wie er die Domtreppen hinuntersprang, immer zwei Stufen auf einmal nehmend. Mütze steckte in der Krise, das war nicht zu übersehen. Braunkärsch hatte nicht weiter nachgefragt, was bei dem Übernachtungswunsch dahintersteckte. Er konnte sich ohnehin alles zusammenreimen. Wie Mütze den U-Turn gemacht hatte, als er den jungen Mann vor seiner Haustür hatte stehen sehen, die Aggressivität, mit der er davongebraust war, die anschließende Sprachlosigkeit. Braunkärsch erhob sich mühsam. So war das Leben eben. Er konnte Mütze nur zu gut verstehen, er wusste, wie es sich anfühlte, enttäuscht zu werden. Ein halbes Jahr hatte er gebraucht, nachdem Sylvia ihn verlassen hatte, dann erst war er wieder ein einigermaßen normaler Mensch geworden. Das sei alles eine Frage der Synapsen, hatte ihm damals sein Doc erklärt. Binde sich der Mensch an einen anderen Menschen, würden bestimmte Nervenzellen fest verdrahtet. Diese wieder zu entwirren, dauere verflucht lange. Dennoch, vielleicht lag die Sache bei Mütze ja ganz anders. Vielleicht konnte Karl-Dieter ja nichts dafür. Vielleicht gab es für alles eine völlig harmlose Erklärung.

Braunkärsch erhob sich und stieg die Domtreppen hinunter. Es war nicht so, dass er Mütze nicht bei sich übernachten lassen wollte, Mütze war ein echter Freund, er würde das Gleiche für ihn tun, jederzeit, gar keine Frage. Es war nur so, er war ja zugleich mit Karl-Dieter befreundet. Wie würde das bei ihm rüberkommen, wenn er Mütze bei sich aufnahm? Braunkärsch steckte in der Klemme. Wie er es auch anstellte, er konnte alles nur verkehrt machen. Es gab nur eine Möglichkeit, das Dilemma aufzulösen. Er musste mit Karl-Dieter sprechen.

Mit grimmiger Lust sah Mütze zu, wie die Kollegen von der Spurensicherung Wielands Wohnung durchwühlten. Wieland selbst schäumte vor Zorn, seine Frau hingegen stand kühl vor der Haustür und rauchte eine Zigarette. Hatte sie die Haussuchung erwartet?

»Da schau her!«, sagte Werner Wullkopf, der Leiter der Spusi, und hielt Mütze eine Keksdose hin. Sie trug zwar nicht den Aufdruck *Cottbuser Buttergebäck*, sondern *VEB Wikana Lutherstadt Wittenberg*, aber das Modell war sehr ähnlich.

»Nicht nur das Modell, auch der Inhalt, wetten?«, sagte Wullkopf und schüttelte die Dose, worauf es verdächtig zu rascheln begann. Als er den Deckel öffnete, kamen jede Menge Geldscheine zum Vorschein. Wieland stand kreidebleich daneben.

»Das geht Sie überhaupt nichts an!«, rief er.

»Das sehen wir ein wenig anders«, sagte Mütze, »woher stammt das Geld?«

»Die Dose hat mir Sternberg gegeben, damit sollte ich einen alten Mühlstein kaufen.«

»Einen Mühlstein?«

»Waid muss gemahlen werden, und zwar auf die richtige Weise.«

»Haben Sie ihn gefragt, woher das Geld stammt?«

»Wieso sollte ich?«, gab Wieland bissig zurück. »Es hatte alles seine Ordnung.«

»Das glaube ich nicht«, stammelte Karl-Dieter tonlos und sackte in sich zusammen.

Braunkärsch verzog fast entschuldigend den Mund. Man konnte förmlich riechen, wie unangenehm ihm der Besuch war. Dennoch war er froh, Karl-Dieter Aug' in Aug' gegenüberzusitzen. Wie peinlich wäre die ganze Geschichte erst am Telefon gewesen! Sie saßen in Karl-Dieters Reich, seiner Theaterwerkstatt. Auf der Werkbank lag eine der verwelkten Sonnenblumen, jede Menge Schrauben daneben. Karl-Dieter rieb sich die ölverschmierten Hände an einem schmutzigen Tuch ab und griff gedankenverloren nach einer der Schrauben, um sie zwischen den Fingern zu drehen. Braunkärsch wurde die Stille unheimlich.

»Wir saßen im Auto. Er wollte dir noch eine Nussecke vorbeibringen, weißt schon, zur Versöhnung, da ist er plötzlich wieder umgekehrt.«

»Aber warum?«

»Ich weiß nicht genau, vielleicht lag es an dem jungen Mann, der vor der Haustür stand.«

»An dem jungen Mann, welchem jungen Mann?«

Karl-Dieter wurde blass und sah Braunkärsch fragend an, Braunkärsch aber schwieg. Langsam begann Karl-Dieter den Kopf zu schütteln, seine Augen wurden immer größer, Braunkärsch schwieg weiter. Da ging eine heftige Bewegung durch Karl-Dieters Körper. Er sprang auf und schleuderte die Schraube gegen die Wand.

»Verdammter Mist! Das war doch alles ganz harmlos!«

»Das glaub ich dir. Erklär's ihm doch.«

»Wie denn? Er kommt ja nicht nach Hause. Und auf meine WhatsApps stellt er sich tot.«

»Er kommt schon wieder. Is ja nur für eine Nacht. 'tschuldige, ich muss los!«

Die Haussuchung zog sich in die Länge. Unglaublich, was sich allein im Keller alles stapelte! Mütze hatte den Spusi-Leuten eingeschärft, vor allem keinen Schlüssel zu übersehen. Wahrscheinlich würde der Turmschlüssel längst am Grund der Gera liegen, aber konnte man's wissen? Während sich die Spusi von einem Kellerraum in den nächsten vorkämpfte, ging Mütze noch mal nach draußen. Lisa Wieland stand immer noch vor der Tür, in der Hand die erloschene Zigarette. Mütze stellte sich neben sie. Im Norden, hinter dem Flughafen, zog eine Wolke schwarze Schleier hinter sich her.

»Ich komm vom Monsignore«, sagte Mütze.

Lisa Wieland würdigte ihn keines Blickes.

»Der Monsignore vom Beichtstuhl, Sie wissen schon.«

Lisa Wieland schnippte mit den Fingern. Die Kippe kullerte über die Granitplatten und verschwand unter der sorgfältig beschnittenen Buchshecke.

»Er hat mir von einem interessanten Beichtgespräch erzählt, heiße Sache.«

Nun erst schien ihn Lisa Wieland wahrzunehmen.

»Lassen Sie mich doch in Ruhe«, sagte sie hasserfüllt.

Braunkärschs Wohnung lag an der Gutenbergstraße. Gegenüber lag ein Grünstreifen, hinter dem sich die Festungsanlagen des Petersbergs erhoben. Die Wohnung war nicht sehr groß, das Wohnzimmer aber machte was her. In der Mitte der stuckverzierten Decke hing ein Kronleuchter, ein Mitbringsel von einer Reise nach Prag. Im Wohnzimmerschrank standen ein paar mit liebevoller Ironie platzierte Devotionalien aus der DDR-Zeit, darunter das Buch *Weltall-Erde-Mensch*, das sein Vater zur Jugendweihe erhalten hatte, daneben ein Foto von Braunkärschs eigener Jugendweihe, die Jungs alle mit Schlips und Anzug, in der Hand den Topf mit einer Zimmerpflanze. Neben dem Foto stand eine gerahmte Urkunde seines Großvaters, die lobend hervorhob, dass dieser in einer Schicht als Bauarbeiter die Norm um 430 Prozent übererfüllt hatte. Neben dem Schrank stand ein Sofa, das sich ausziehen ließ. Braunkärsch hatte sich gerade niedergekniet, um den vertrackten Mechanismus zu lösen, als es schellte. Verwundert sah er auf die Uhr. Mütze wollte doch frühestens um zehn kommen, jetzt war es erst acht. Noch verwunderter aber schaute Braunkärsch, als nicht Mütze, sondern Karl-Dieter vor der Tür stand. Verlegen hielt er einen kleinen Koffer in der Hand.

»Nanu, was ist das? Zieht ihr jetzt beide bei mir ein?«

»Schön wär's«, erwiderte Karl-Dieter mit gezwungenem Lächeln. »Ich bring nur ein paar Kleinigkeiten für Mütze vorbei.«

Braunkärsch schaute auf den Koffer und wusste nicht, was er sagen sollte. Gab's denn das? Wer brachte seinem Partner, wenn er verlassen wurde, denn noch die Klamotten hinterher? Braunkärsch war gerührt und zugleich in ziemlichen Schwulitäten.

»Weiß Mütze das?«, fragte er vorsichtig.

»Natürlich nicht.« Karl-Dieter stellte den Koffer in der großzügigen Diele ab. »Aber er kann doch nicht völlig ohne Klamotten bei dir aufkreuzen.«

»Ich hätte ihm schon was geliehen.«

Wenn die Situation nicht so ernst gewesen wäre, hätte Karl-Dieter fast lächeln müssen. Mütze in Braunkärschs Klamotten? Unterschiedlichere Kleidergrößen waren kaum denkbar.

»War doch kein Aufwand«, wiegelte er ab. »Hab wie gesagt nur die nötigsten Kleinigkeiten eingepackt.«

»Glaubst du wirklich, dass das eine gute Idee ist? Komm, setz dich doch, ein Schluck Himbeergeist?«

Konnte es wirklich sein, dass sie sich erst seit wenigen Wochen kannten? Wie war es möglich, dass sich ein solch offenes Gespräch entspann, ein Gespräch von einer Tiefe und Innigkeit, wie es sonst nur unter langjährigen Freunden möglich ist, sehr ehrlich und dennoch voll diskreter Sympathie? Braunkärsch sah den Koffer weiter kritisch und hielt seine Meinung nicht zurück. Er gab zu bedenken, dass Mütze doch ganz bewusst schmollen wollte, ja, dass er das jetzt vermutlich auch brauchte. Solange er im Schmollmodus war, würde ihn der gepackte Koffer nicht milder stimmen, sondern nur furchtbar ärgern.

»Verstehst du, er will, dass du von seinem Auszug geschockt bist, dass du in dich gehst. Stattdessen verhältst du dich wie eine besorgte Mutti, die ihrem Kleinen die Kleidung hinterherträgt.«

»Aber ich bin geschockt! Wirklich! Mehr, als du denkst. Einen solchen Moment hat es in der ganzen langen Zeit unserer Freundschaft noch nicht gegeben. Und ich bin schuld daran! Da kann ich doch, ja da muss ich doch versuchen, den Karren wieder aus dem Dreck zu ziehen.«

»Aber nicht mit einem Kleiderkoffer!«

»Wie denn?«

»Ein Gläschen Wein?«

So begannen sie, sich alles anzuvertrauen. Karl-Dieter erzählte Braunkärsch, den er natürlich stets mit Thomas ansprach, alles über sich und seine Freundschaft mit Mütze. Von Anfang an. Wie sie sich in der Dortmunder Oper kennengelernt hatten, nach dem Mord an xy, wie sie beschlossen hatten, in eine gemeinsame Wohnung zu ziehen, wie sie sich in allen wesentlichen Fragen stets einig waren, die Kinderfrage ausgenommen. Das war der einzige wirklich schmerzliche Punkt in seinem Leben. Was hätte Karl-Dieter darum gegeben, ein Kind an sein Herz zu drücken. Mütze aber weigerte sich beharrlich, diesen Gedanken auch nur ansatzweise an sich heranzulassen, was Karl-Dieter manch trübe Stunde bescherte.

»Aber deshalb würde ich ihn doch nicht betrügen!«

Und während Karl-Dieter erzählte, spürte er, wie ihm leichter ums Herz wurde. Alles war plötzlich halb so schlimm, alles war doch nur ein Missverständnis, das sich aufklären wird. Mütze wird ihm verzeihen, ganz bestimmt würde er das, auch wenn es eigentlich nichts zu verzeihen gab. Eduardo war doch nichts weiter als ein netter Junge, um den er sich ein wenig kümmern wollte. Da war nichts zwischen ihnen. Beim Tango, gut, da war es zu ein paar kribbelnden Momenten gekommen, aber das hatte doch nur an der Musik und an der körperlichen Nähe gelegen. Als die Musik verklungen war, als sie wieder aus den Armen des anderen geglitten waren, war alles wie zuvor gewesen, freundschaftlich, nett, mehr nicht. Sie hatten noch ein Glas Mineralwasser zusammen getrunken, aus Sektgläsern, aber das doch nur, weil alle anderen Gläser in der Spülmaschine waren. Eine völlige harmlose Tanzstunde! Kein Grund für eine Ehekrise.

Lag es am Alkohol oder daran, dass Karl-Dieter so gut zuhören konnte? Nun begann auch Braunkärsch zu erzählen, zuerst von Sylvia, von der großen Leere, die sie hinterlassen hatte. Und dann von Ilmenau, seiner Heimat, die er so sehr geliebt hat, in die er aber nie mehr zurückkehren würde.

»Keine wirklich interessante Geschichte«, sagte er gleich zu Beginn.

»Aber erzähl doch! Ich hör dir gerne zu.«

»Noch ein Glas?«

Braunkärsch schenkte erneut ein und nahm selbst einen tiefen Schluck. Dann lehnte er sich in die Kissen zurück und begann zu erzählen.

»Es ist lange her, im Sommer jährt es sich zum zwanzigsten Mal. Mein Lebenstraum hatte sich erfüllt, man hatte mich als jungen Polizisten frisch beamtet zurück in meine Heimatstadt geschickt, nach Ilmenau, als Leiter der kleinen Wache. Für jemand anders wäre das die langweiligste Sache der Welt gewesen, ich jedoch machte einen Freudensprung. Nie hatte ich hinausgewollt, die große, weite Welt hatte mich nicht die Spur gereizt. Ilmenau ist der Ort meiner Kindheit, der glücklichsten Kindheit der Welt. *Ach, wie schön ist Panama*, du kennst doch das Buch. Mein Traum vom Glück ist immer meine Heimatstadt gewesen, das Bergbaustädtchen Ilmenau. Bist du mal dort gewesen? Musst du unbedingt mal machen! Das Städtchen hat eher einen rauen Charme, Bergbau und Industrie haben ihre Spuren hinterlassen, dennoch, es gibt bezaubernde Ecken. Das grüne Tal der jungen Ilm, die wilden Wälder an den steilen Hängen, die einsamen Nachbartäler, ein Paradies für jeden Jungen, der gerne herumstromert. Nach Ilmenau zurückzukehren, dort alt zu werden, bis mich der Sensenmann holt, nichts anderes hatte ich mir für mein Leben erhofft, ganz schön langweilig, nicht wahr? Meine erste Zeit als junger Polizist in Ilmenau ist dann auch wunderschön gewesen. Ich sprech die Sprache der Leute, kenn ihre Ansichten, ihre Gewohnheiten, das vereinfacht vieles. Manchen Streit habe ich bereits im Ansatz ersticken können, besser als jeder andere kannte ich die Ecken von Ilmenau, wo man zu bestimmten Zeiten auf Patrouille gehen muss. Und ich war gerne in den Straßen unterwegs. Nur auf der Wache zu sitzen und Däumchen zu drehen, das war nicht mein Ding. Hab mich mit dem Bürgermeister zusammengesetzt und ein Sicherheitskonzept für die Schulwege ausgearbeitet, hab mit der Jugendsozialhilfe und dem Arbeitsamt überlegt, wie wir problematische Jugendliche von der Straße holen können, solche Sachen, Prävention war mein Steckenpferd. Hat großen Spaß gemacht. Doch dann kam alles anders, dann kam dieser verfluchte Tag, der mein Leben zerstört hat. Es ist Ende Juli gewesen, ein heißes Sommerwochenende, die Nacht von Samstag auf Sonntag. Um 2.00 Uhr morgens werde ich aus dem Bett geklingelt. Eine besorgte Mutter steht vor meiner Tür, ihre Tochter Cindy sei noch nicht von einer Party zurück. Sie habe mit Freunden in ihren 18. Geburtstag hineingefeiert, in einer Laube im Ilmtal. Als ihre Tochter um 1.00 Uhr nicht wie abgemacht nach Hause gekommen sei und auch nicht auf Anrufe reagierte, habe sie sich auf den Weg gemacht. In der Laube habe sie keinen mehr angetroffen, alle seien schon ab nach Hause, nur eben ihre Tochter nicht. Sie wird woanders weiterfeiern, erwidere ich der Mutter. Dann hätte sie was gesagt, bekomme ich zur Antwort. Mein Gott, es gibt tausend Gründe, warum eine junge Frau, die gerade volljährig geworden ist, mal 'ne Nacht wegbleibt. Das ist doch kein Grund für eine Vermisstenanzeige, erst recht nicht für eine Suchaktion. Die Mutter bleibt hartnäckig, wird laut, fängt an, mich zu beschimpfen. Da reißt mir der Geduldsfaden und ich schicke sie weg.« Braunkärsch unterbrach und nahm hastig einen Schluck Wein.

»Und dann?«, fragte Karl-Dieter und kratzte sich am Kinn.

»Sonntagmittag geht die Nachricht ein, Wanderer hätten sie gefunden. In dem Goethehäuschen am Kickelhahn. Tot.«

»Verdammt«, entfuhr es Karl-Dieter.

»Man hat sie geknebelt und vergewaltigt, an dem Knebel ist sie dann erstickt. Halb nackt ist sie dagelegen.«

»Oje!«

Vor Schreck griff Karl-Dieter zum Glas und verschluckte sich fast. Jetzt wurde ihm alles klar. Deshalb konnte Thomas nicht mehr nach Ilmenau zurück. Bis heute lag der Tod der jungen Frau auf seiner Seele. Er hatte versagt, auf ganzer Linie versagt.

»Aber den Mord, den hätte doch keiner verhindern können«, sagte Karl-Dieter mit eindringlicher Stimme, »vielleicht war das Mädchen schon tot, als die Mutter bei dir geklingelt hat.«

»Eben nicht. Der Gerichtsmediziner hat sich festgelegt, Todeszeitpunkt 4.00 Uhr morgens.«

»Wann auch immer«, sagte Karl-Dieter erregt, »wo hättest du denn anfangen sollen zu suchen? Mitten in der Nacht, ganz allein?«

»Hast schon recht«, sagte Braunkärsch, »aber ich hätte es eben ernst nehmen müssen. Verstehst du? Ich hab die Mutter einfach nach Hause geschickt, mit ein paar banalen Worten habe ich sie vertröstet. Ich hätte den Mord nicht verhindert, ganz sicher nicht, aber die Mutter hätte zumindest das Gefühl gehabt, ich hätte es versucht.«

»Und dann bist du fort.«

»Niemand hat mir einen Vorwurf gemacht. Natürlich wurde der Fall untersucht, man sah keinen Hinweis dafür, dass ich was falsch gemacht hätte, also dienstrechtlich betrachtet. Dennoch, ich wollte nur noch weg von Ilmenau, weg von dem Ganzen. Und doch ist es mir nur zum Teil gelungen. Aus Ilmenau konnte ich fliehen, nicht aber vor der Stimme.«

»Der Stimme? Welcher Stimme?«

»Der Stimme der Mutter. Sie verfolgt mich, kannst du dir das vorstellen? Manchmal wache ich mitten in der Nacht auf, schweißnass, dann hab ich sie wieder gehört. Warum ich ihr nicht geholfen habe. Dass ihre Tochter noch leben würde, wenn ich nicht gewesen wäre. So ein Zeug.«

»Furchtbar! Und was ist mit dem Täter? Hat man ihn gefunden?«

»Bis heute nicht. Trotz der DNA-Spuren. Bei keinem der Bekannten der Toten gab es einen Treffer. Man hatte einen Massengentest erwogen, die Idee aber wieder fallen gelassen.«

»Aber der Täter musste doch ortskundig gewesen sein. Wer würde mitten in der Nacht den Weg zu der einsamen Hütte finden?«

»So einsam ist der Weg nicht. Die Goethehütte ist weltbekannt. Könnte jeder gewesen sein.«

»Glaub ich nicht. Goethefreunde sind doch keine Gewaltverbrecher.«

»Gelegentlich schon. Denk an Goebbels. Bildung schützt vor Mordgier nicht.«

»Mensch, Thomas, komm, lass uns noch ein Glas trinken. Das ist die verfluchteste Sache, von der ich je gehört habe.«

Braunkärsch wollte gerade nachschenken, da ging sein Handy. Es war *das Brot*, seine Stimme klang düster und eindringlich.

»Nein, nicht Mütze. Sie will nur mit dir sprechen, warum auch immer. Mütze würde sie nicht vertrauen. Fahr bitte gleich hin!«

»Geht klar, Chef! Bin schon unterwegs.«

»Was Unangenehmes?«, fragte Karl-Dieter besorgt.

»Eine Zeugin, bei der wir schon gewesen sind. Hat sich plötzlich an etwas erinnert, was sie mir persönlich berichten will. Entschuldige, dass ich so plötzlich weg muss.«

»Quatsch! Ich muss mich entschuldigen. Komme einfach so hier reingeplatzt. Bin schon wieder weg.«

»Tust du mir noch einen Gefallen?«

»Gerne. Welchen?«

»Nimmst du bitte den Koffer wieder mit?«

Als Braunkärsch zu seinem Moskwitsch ging, wirbelte ein heftiger Regenguss um die Häuser. Für einen intensiven Moment hielt der Kommissar sein Gesicht zum Himmel. Wie herrlich es war, die klatschenden Tropfen zu spüren! Zum ersten Mal seit langer Zeit fühlte er sich wie befreit. Warum hatte er die Sache nicht schon längst jemandem erzählt? Er hatte immer befürchtet, dass es ihm nur schlechter gehen würde, wenn er sich wieder daran erinnerte, nun war das Gegenteil der Fall. Vielleicht aber hatte es seine Zeit gebraucht, vielleicht hatte er es einfach nur einem Menschen wie Karl-Dieter erzählen können. Karl-Dieter, was für ein Zuhörer! An ihm war ein Psychotherapeut verloren gegangen. Mit Mütze, das würde sich schon wieder einrenken, da war Braunkärsch überzeugt. Zum Glück hatte Karl-Dieter den Koffer wieder mitgenommen. Er hatte lediglich darauf bestanden, die Ausziehcouch noch schnell mit dem mitgebrachten Bettlaken zu beziehen. Dann hatte er ihm Mützes frisch gebügelte Joggingklamotten in die Hand gedrückt: »Wenn er nicht joggen kann, ist den ganzen Tag nichts mit ihm anzufangen!«

Braunkärsch wischte sich den Regen aus dem Gesicht und schwang sich in den Moskwitsch. Der Weg zur Friedrich-Engels-Straße war nicht weit. Was nur war der Zeugin noch eingefallen? Und warum konnte sie das nicht Mütze erzählen? Braunkärsch konnte sich nicht erinnern, dass Mütze sich bei ihrem gemeinsamen Besuch danebenbenommen hätte. Menschen konnten eben etwas absonderlich sein. Vielleicht hatte Inge Kieskalt das Gefühl, ihre Sternzeichen würden besser zusammenpassen. Oder war das Foto von Kowalski schuld, das Mütze ihr unter die Nase gehalten hatte? Hatte sie das als Affront empfunden?

Die erleuchteten Fenster der Plattenbauten spiegelten sich auf dem nassen Asphalt. Braunkärsch parkte auf dem Bürgersteig und stieg aus. Er musste das Display seines Handys zur Hilfe nehmen, um auf dem Klingelschild den Namen Inge Kieskalt zu finden. Kaum hatte er geläutet, da wurde ihm auch schon geöffnet. Braunkärsch nahm den Aufzug. Inge Kieskalt stand schon in der Wohnungstür und winkte ihn herein.

»Gut, dass Sie gleich vorbeikommen, Herr Kommissar. Mir ist da noch was eingefallen, was für Sie vielleicht von Interesse sein könnte. Aber die Geschichte ist etwas kompliziert, wenn Sie verstehen, was ich meine.«

Es war ein Fehler gewesen. Er hätte die Tasse nicht anrühren sollen. Es hatte keinerlei Veranlassung bestanden, sich an den Tisch zu setzen und gemeinsam Tee zu trinken. Wenn diese Kieskalt nur nicht so nervös getan hätte, davon hatte er sich blenden lassen. Als sie ihn gefragt hatte, ob er etwas dagegen habe, wenn sie sich einen Tee mache, hatte er selbstverständlich nicht widersprochen. Und als sie auch ihm eine Tasse angeboten hatte, hatte er sich gedacht, ein gemeinsamer Tee könne nicht schaden, hatten sie doch in der Verhaltenspsychologie gelernt, dass ein Tee oder Kaffee zu zweit das notwendige Vertrauen schaffen konnte, schwierige Zeugen zur Aussage zu bewegen. So hatte er sich ebenfalls einschenken lassen, aus der geblümten Teekanne. Wie das Zeug, das ihn ausgeknockt hatte, in die Tasse gelangt war, vermochte er nicht mehr zu sagen. Vermutlich hatte die Ganovin die Tropfen schon in die Tasse gegeben, bevor er die Wohnung überhaupt betreten hatte. Alles folgte einem genau durchkalkulierten Plan. Und er war voll in die Falle getappt.

Mütze gähnte, als der Leiter der Spurensicherung die Haussuchung für beendet erklärte. Nichts Vernünftiges war bei der Wühlerei herausgekommen, bislang zumindest nicht, die Auswertung der beiden Laptops würde ein Weilchen dauern, vielleicht fand sich darauf ja etwas. Der Turmschlüssel jedenfalls blieb unauffindbar. Mütze stieg in seinen Manta und fingerte sein Handy hervor. Die WhatsApps von Karl-Dieter ignorierte er geflissentlich, nicht aber die beiden Nachrichten von Braunkärsch. Bei der ersten pfiff er durch die Zähne. Das könnte interessant sein! Inge Kieskalt hatte sich noch mal gemeldet, die Frau vom Puffbohnenhaus. Mal sehen, was sie Braunkärsch zu erzählen hatte. Braunkärschs zweite WhatsApp jedoch ließ Mützes Puls wieder steigen. Mensch, was sollte denn das? Was traf sich Braunkärsch mit Karl-Dieter, noch dazu hinter seinem Rücken? »KD war hier. Hat dir nur deinen Jogginganzug gebracht, nichts weiter.« – Nichts weiter? Was sollte das heißen? Was fuhr Karl-Dieter seine Jogginganzüge durch die Gegend? Überflüssig genug, dass er meinte, sie jeden Tag waschen zu müssen, jetzt drückte er sie seinem Kollegen in die Hände. Was würde er als Nächstes anstellen? Seine Unterwäsche ins Kommissariat tragen?

Mütze war ungerecht und er wusste, dass er ungerecht war. Es störte ihn aber nicht weiter, ja, es machte ihm direkt Freude, ungerecht zu sein. Und war es nicht mehr als gerechtfertigt, wenn er sich aufregte? Ihn zu betrügen und dann mit der Jogginganzugdiplomatie daherzukommen, was war denn das für ein Scheiß?

Mütze trat aufs Gaspedal, ohne es wirklich eilig zu haben. Nach Hause würde er heute ganz bestimmt nicht fahren. Nach Hause, diese Worte hatten plötzlich einen hässlichen Klang bekommen. Gut, dass er nicht mehr in die Wohnung musste. Braunkärsch hatte er versprochen, nicht vor 22.00 Uhr reinzuschneien, er wollte ihm ja nicht auf den Wecker gehen. Die Zeit bis zehn wollte er nutzen, mal wieder richtig lecker essen zu gehen, eine gute Thüringer Bratwurst mit dick Pommes dazu, Pommes rot-weiß, wie damals im Pott. Und ein Pilsken würde er dazu zwitschern, vielleicht auch ein zweites, ja, ganz bestimmt noch ein zweites! Er wusste auch schon, wo.

In Karl-Dieters Kopf wirbelte es wild durcheinander. Zerstreut schloss er die Wohnungstür auf. Zu viel war an diesem Tag passiert. Der Tango in der Früh, Mützes Reaktion darauf, dann die ergreifende Geschichte, die Thomas ihm erzählt hatte, außerdem noch die Leiche gestern in den Puffbohnen – »a little too much«, würde sein alter Englischlehrer sagen. Ganz gegen seine Gewohnheit ging Karl-Dieter zum Kühlschrank und schenkte sich ein weiteres Glas Wein ein, wobei er sein Smartphone in Sichtweite legte. Allein in der Wohnung zu sein, machte ihm gewöhnlich nichts aus. Aber allein in der Wohnung zu sein, ohne zu wissen, wann Mütze wieder heimkommen würde, war furchtbar. Karl-Dieter fröstelte. Er beschloss, ein heißes Bad zu nehmen. Es half ja nichts, ständig auf das Handy zu starren. Mütze schien beschlossen zu haben, ihn auch WhatsApp-mäßig zu ignorieren. Wenn schon, denn schon, dachte sich der Holzkopf wahrscheinlich. Karl-Dieter stürzte den Wein hinunter und schenkte sich noch mal nach. Mütze würde schon wieder zu Verstand kommen, ganz sicher würde er das. Er musste dran denken, wie Mütze ihn einmal betrogen hatte, viele Jahre her, ein junger Praktikant in der Dortmunder Hauptwache, eine schwüle Nacht, die Reparatur des Deckenventilators … Drei Blumensträuße hatte Mütze der Fehltritt gekostet, dann aber ist er ihm wieder gut gewesen.

Es half doch nichts, ewig beleidigt zu sein. Man musste auch verzeihen können. Nur der Mensch war in der Lage zu verzeihen, und darauf kam es an, Mensch zu bleiben. Karl-Dieter drehte das Badewasser auf und gab einen Schuss ätherisches Lavendelöl dazu. Nichts harmonisierte das Seelenleben besser. Schloss man die

Augen, wurde alles so angenehm sommerlich und man sah ein endloses, sanft violettes Lavendelfeld in der Sonne flirren. Vorsichtig stieg Karl-Dieter in die Wanne und legte seinen Kopf an die Schaumstoffstütze. Hoffentlich fand auch Thomas seinen Frieden wieder. Es musste schrecklich sein, vor der eigenen Vergangenheit davonzulaufen.

Als Braunkärsch wieder zu Bewusstsein kam, brauchte er eine Weile, um sich zu orientieren. Wo war er nur gelandet? Wie war er hierhergekommen? Warum saß diese Kieskalt auf der Pritschenbank und wer war die andere Frau? Es musste sich um das Innere eines Lieferwagens handeln, so ein kleiner, kompakter, vielleicht ein Sprinter, nein, Quatsch, da vorne war ein Firmenzeichen angebracht, es war ein Fiat, ein Ducato. Geschlossener Laderaum ohne jedes Fenster. Nur eine kleine Funzel an der Rückwand der Ladeklappe, sonst nichts.

»Ei, ei, ich glaube, unser Freund ist aufgewacht«, sagte Inge Kieskalt und sah ihn mit verkniffenen Augen an.

»Der Langschläfer, der faule«, kicherte die andere Frau.

Sie trug eine rote Kappe mit Ohrenklappen. Beide Frauen hatten sich in dunkle Decken gehüllt, im Wagen war es kalt. Braunkärsch merkte, wie er zitterte. Gerne hätte er sich die Arme um die Brust gelegt, seine Hände aber konnte er nicht bewegen, sie waren hinter seinem Rücken festgebunden. Auch die Füße waren mit Kabelbindern gefesselt, unmöglich hätte er aufstehen können.

»Was soll das?«, rief er. »Binden Sie mich auf der Stelle los!«

»Ich fürchte, das geht nicht so einfach«, sagte Inge Kieskalt.

»Was soll das heißen? Was wollt ihr? Was habt ihr vor?«

»Oho!«, säuselte die Frau mit der roten Kappe mit künstlich verstellter Stimme. »Hast du das gehört, Inge? Er will wissen, was wir vorhaben.«

»Sollen wir es ihm erzählen?«, fragte es zurück.

»Ich weiß nicht, ich weiß nicht.« Die Frau mit der roten Kappe wiegte ihr Köpfchen hin und her, als müsse sie darüber nachdenken. »Ich finde, das Recht steht uns nicht zu.«

»Aber dass wir eine Geburtstagsparty für ihn geplant haben, das dürfen wir ihm doch verraten?«

»Aber ja, natürlich, das wird ihn freuen. Da wird er uns gleich nicht mehr so grimmig anschauen, nicht wahr? Eine schöne Geburtstagsfeier wird das werden, da wirst du staunen, du kleiner Gauner. An nichts soll es fehlen, wir haben an alles gedacht.«

»Wirklich an alles.«

»Eine Überraschung wird es natürlich auch geben.«

Jetzt begannen beide Frauen, um die Wette zu lachen, und kriegten sich nicht mehr ein.

»Eine Überraschung, sehr gut, sehr gut!«, prustete Inge Kieskalt, »eine hübsche kleine Geburtstagsüberraschung!«

Im *Molly Malone* in der Kürschnergasse gab es Pub-Essen vom Feinsten, Fish and Chips und Burger jeder Gewichtsklasse. Aufgepeppt, ja gekrönt aber wurde die Speisenkarte durch die original Thüringer Rostbratwurst. Dazu muntere Fiddle-Musik und ein frisches Pils, Männerherz, was willst du mehr? Im Prinzip. Eigentlich. Wenn sonst alles passt.

Mütze leerte sein Glas in einem Zug. Einfach mal für sich genießen, wann hatte er sich das zuletzt gegönnt? Tausendmal lieber allein sein Bierchen trinken als einsam in Gesellschaft. Mütze strich sich den Schaum vom Mund und sah sich um. All die Leute um ihn herum, all das Lachen und Scherzen. Was hatte es schon zu bedeuten? Was dachten die Menschen wirklich übereinander? Wer wusste schon, ob sie nicht augenblicklich zu lästern begannen, wenn sich einer verabschiedete. Ob eine Frau, wenn sie ihren Freund küsste, nicht schon an einen anderen dachte? Wem konnte man wirklich vertrauen? Im Grunde doch nur sich selbst. Zu gut verstand Mütze Menschen, die sich einen Hund zulegten. Auf einen Hund war immer Verlass. Aber auf einen Menschen? Mütze ließ sich ein zweites Pils bringen. In einem Irish Pub war es egal, ob man alleine kam, zu zweit oder in einer Gruppe. Ein gutes Pub war wie ein großes Wohnzimmer, niemanden störte es, wenn einer allein abhing. Mütze goss sich das zweite Pils über den Knorpel. »In Dublin's fair city, where the boys are so pretty …«

Braunkärschs Gelenke schmerzten. Zudem musste er höllisch aufpassen, in den Kurven nicht auf die Seite zu fallen. Er saß auf dem Blechboden, mit dem Rücken an die Zwischenwand gelehnt, die den Lieferraum von der Fahrerkabine trennte. Über ihm musste sich ein kleines Fenster befinden, durch das der Fahrer in den Gepäckraum hineinschauen konnte. Wer nur steuerte den verdammten Wagen? Von seiner Position aus gelang es Braunkärsch nicht, durch das Fenster zu blicken. Verdammt, in was für einen Film war er hier geraten? Was zum Teufel sollte die verrückte Aktion, was hatten die beiden Hexen mit ihm vor? Was sollte das Gefasel von der Geburtstagsüberraschung? Woher wussten die beiden überhaupt, dass er morgen Geburtstag hatte? Und wie hatten sie es angestellt, ihn zu fesseln und in den Wagen zu stecken?

Dunkel erinnerte er sich an den Tee, den er getrunken hatte. K.-o.-Tropfen, jetzt wusste er, was das Zeug mit einem machte. Wie lange mochte das her sein? Wie viel Zeit war vergangen? Normalerweise konnte er auf die Viertelstunde genau die Zeit erraten, nun aber spielte ihm die innere Uhr einen Streich. Und seine Armbanduhr befand sich hinter seinem Rücken. Wie lange fuhren sie schon durch die Nacht? Was war ihr Ziel? Braunkärsch spürte, wie sein Atem schneller ging. Verdammt, welches Spiel wurde hier gespielt? Diese verfluchten Fesseln, die Sprüche der verrückten Weiber, keinerlei Orientierung zu haben, nicht zu wissen, wo man hingefahren wurde und wie spät es war … Jetzt nur nicht in Panik verfallen, ganz ruhig durchatmen, die Augen schließen und ganz ruhig durchatmen. Einatmen – ausatmen – einatmen – ausatmen – plötzlich riss er die Augen wieder auf. Mann! Er war Polizist, er musste das professionell angehen, musste herausfinden, wie das alles zusammenhing, musste weitermachen mit den Ermittlungen. Was für eine Chance war das doch! Er war nun mittendrin im Orkan, mitten im Zentrum des Verbrechens. Ruhig bleiben, ganz ruhig bleiben! Sich alles einprägen, die Ausstattung des Ducatos, das Gesicht der Frau mit der roten Kappe vor allem. Wie alt mochte sie sein? 40 vielleicht? Und was sollten all die Koffer unter der Pritsche und bei den Ladetüren? Planten sie eine längere Reise?

Braunkärschs Schädel brummte wie nach einer durchzechten Nacht. Ob das an den K.-o.-Tropfen lag? Mit K.-o.-Tropfen hatte man auch Adam Sternberg außer Gefecht gesetzt. Hieß das nicht, zumindest diese Kieskalt war höchst verdächtig, an Sternbergs Tod schuld zu sein? Am Ende hatte sie auch die Puffbohnensuppe gekocht, ja, ganz sicher ist sie das gewesen. Was war die Rolle der Frau mit der roten Kappe? Half sie nur, ihn zu entführen, oder hatte auch sie etwas mit den beiden Mordfällen zu tun? Die brennendste Frage aber war: Was hatten die beiden mit ihm vor? Einen Polizisten zu kidnappen, wer nahm ein solches Verbrechen auf sich? Und warum? Noch dazu, ohne sich hinter einer Maske zu verbergen.

Das war es, was Braunkärsch am meisten beunruhigte, dass sich die beiden ganz offen zeigten. Das konnte nur eines bedeuten, das hieß doch … Wieder schwindelte es Braunkärsch. Er zwang sich, den Gedanken nicht zu Ende zu denken. Wieder machte er seine Atemübungen. So ging das nicht weiter, er musste was unternehmen, er musste die Initiative ergreifen.

»Falls Sie mit Überraschung Ihre Puffbohnensuppe meinen, die können Sie gerne allein löffeln.«

Die beiden Frauen sahen sich belustigt an. Dann aber versteinerte das Gesicht der Kieskalt.

»Jetzt ist der richtige Zeitpunkt gekommen«, sagte ihre Nachbarin und stieß ihr den Ellenbogen in die Seite.

»Ich weiß nicht«, sagte die Kieskalt und schloss die Augen.

»Komm schon, mach's genauso, wie wir's in den Sitzungen gelernt haben, du bist jetzt die Richterin. Sag ihm, was er angestellt hat, sag ihm, was für ein Schwein er ist.«

»Aber er ist es nicht, er ist ja nicht Kowalski.«

»Doch, er ist es, Inge! Er ist Kowalski, Erwin Kowalski, dein Peiniger. Wir sind jetzt mitten im Psychodrama, mitten in einer Gruppensitzung. Denk an die Therapiestunden, genauso machen wir es jetzt auch. Der Mann dort auf dem Boden ist Erwin Kowalski. Sag's ihm, sag ihm alles!«

»Also gut.« Inge Kieskalt setzte sich aufrecht hin, atmete noch einmal tief durch, dann fing sie an zu reden, leise und hastig zuerst, dann immer lauter werdend.

»Hör zu, du Schwein. Hast geglaubt, mich erpressen zu können, hast geglaubt, mein Leben zerstören zu können. Pfui Teufel! Welche Freude hat es dir bereit, jeden Dienstag bei mir zu schellen, wie hast du gegrinst, wenn ich dir die Puffbohnensuppe serviert hab! Ich hätte dich erwürgen können und konnte es nicht, und du hast dich daran ergötzt, mich fertigzumachen. Dein Gesicht, wenn du die Suppe heruntergeschlungen hast, deine Bemerkungen über meine Küchenschürze …«

Inge Kieskalts Stimme drohte zu brechen, sie konnte nicht mehr, es ging über ihre Kräfte.

»Weiter, Inge, weiter!«

»Ich kann nicht, ich bring's nicht über die Lippen.«

»Doch, du schaffst das, weiter, Inge, weiter!«

»Okay, warte … okay.« Sie holte tief Luft. »Deine obszönen Bemerkungen über meine Schürze, das einzige Kleidungsstück, das ich tragen durfte, tragen musste, weil du es so befohlen hattest, genau wie die verdammten Stöckelschuhe. Dein Blick zum Badezimmer, in das ich mich zu begeben hatte, wenn du dir den Wanst vollgeschlagen hattest, der Gang dorthin, der Spiegel, vor den ich mich zu stellen hatte, gebückt ans Waschbecken …«

»Weiter, Inge, weiter!«

»Ich kann nicht mehr!«

»Du kannst!«

»Wie du hinter mich getreten bist, wie du dich an mir zu schaffen gemacht hast, dein ekelhaftes Stöhnen … Dafür wirst du nun büßen, alles, alles werde ich dir heimzahlen. Hast du geglaubt, ich lass mir das alles auf ewig gefallen? Hast du geglaubt, du hättest mich in der Hand? Nur weil du die Briefe abgefangen hast, die Briefe, die mir Peter zurückgeschickt hat, damit sie nicht in falsche Hände fallen? Du hast den Absender erkannt, hast den Brief aufgemacht und die Wahrheit erfahren. Oh, dein Gesicht hätte ich sehen wollen, wie du alles erfahren hast! Dass ich seine und nicht deine Personalakte habe verschwinden lassen, dass du mir scheißegal gewesen bist, dass es mir einzig darum ging, Peter zu retten. Als die Bürger in der Wendenacht unsere Erfurter Stasi-Zentrale gestürmt haben, als sie Tür für Tür aufbrachen, um an die Akten zu kommen, da habe ich an meinem Schreibtisch gesessen, eure beiden Akten in der Hand. Aber nur seine, nur Peters Akte habe ich mir unter den Pullover geschoben, deine habe ich auf dem Schreibtisch liegen lassen, hörst du? Obenauf liegen lassen! All das hat in den Briefen gestanden, in meinen Briefen an Peter, die er mir zurückgeschickt hat, als er für ein Jahr ins Ausland musste. Du Schwein, hast den Brief abgefangen, hast alles gelesen, wusstest auf einmal Bescheid, warum du in den Bau musstest und nicht Peter. Und wie du die Briefe gelesen hast, hast du beschlossen, dich zu rächen, hast gedroht, Peter auffliegen zu lassen, hast gedroht, dass auch er in den Knast wandern muss, wenn ich dir nicht zu Willen bin, hast dir die Sache mit den ekelhaften Puffbohnen ausgedacht und all die anderen widerlichen Sachen. Lange habe ich darüber nachdenken müssen, was dich angetrieben hat. Es ist nicht nur der Hass gewesen, nicht allein die Eifersucht auf Peter. Dir hat es einfach Spaß gemacht, mich zu erniedrigen. Du hast dich an deiner Macht aufgegeilt, an dem Gefühl, mit mir machen zu können, was du willst. Du kleiner mieser Briefträger, der nichts zu sagen hat auf dieser Welt, nicht mehr, nachdem es die Stasi zerlegt hatte. Endlich, endlich warst du wieder mal wer, endlich konntest du mal wieder jemand nach deiner Pfeife tanzen lassen, konntest du wieder dran gehen, ein Leben zu zerstören. Jetzt aber ist Schluss damit, endgültig Schluss. Jetzt wird über dich Gericht gesessen, jetzt wird das Urteil gefällt und vollzogen.«

Inge Kieskalt hatte sich in einen regelrechten Rausch hineingesteigert, in einem immer schnelleren Stakkato waren ihr die Worte entfahren, bis sie schließlich erschöpft zusammenbrach. Atemlos vergrub sie ihr Gesicht in der Decke, heftige Zuckungen liefen über ihren schmalen Körper. Warmherzig nahm ihre Freundin sie in die Arme und streichelte sie lebhaft.

»Gut gemacht«, flüsterte sie, »jetzt wird alles gut!«

Braunkärsch war sprachlos. So also war alles abgelaufen! Wie Erwin Kowalski hat auch Inge Kieskalt für die Stasi gearbeitet, offensichtlich in der Personalabteilung. Als in den wilden Tagen der Wende die Bürger die Erfurter Stasi-Zentrale gestürmt hatten, hatte Inge Kieskalt nicht Kowalskis Akte beseitigt, sondern stattdessen die dieses Peters. Peter war offensichtlich ein enger Freund von ihr, vielleicht sogar ihr Geliebter. Deshalb hatte Kowalski in den Knast gemusst, deshalb hatte er sich, als er wieder draußen war, als ihm die Briefe in die Hand gefallen waren, aus denen er die Wahrheit erfahren hat, auf perfide Weise gerächt. Bis letzten Dienstag, dem Tag, an dem sein Opfer den Mut gefunden hatte, es ihm heimzuzahlen. Der Mut muss Inge Kieskalt in den ominösen Therapiesitzungen gewachsen sein, dort schienen sich die beiden Frauen kennengelernt zu haben. Und er, Braunkärsch, war nun derjenige, den sie sich als stellvertretendes Opfer ausgesucht hatten. Aus welchem Grund auch immer. Alles hatte die Mörderin auf ihn projiziert, ihre ganze Wut, ihren ganzen Hass. Er sollte Kowalski sein? Okay, dann war er Kowalski!

»Nichts wird gut«, rief er und versuchte, seine Stimme höhnisch klingen zu lassen, »du hast einen Fehler gemacht, Inge-Schatz, du hast zu wenig Arsen in die Puffbohnen gemischt, es hat mich nicht umgebracht. Schau, wie ich noch mit den Füßen wackle.«

Inge Kieskalt hob ihren Kopf, wischte sich die Tränen fort und blickte ihn hasserfüllt an.

»Du erbärmliche Hülle«, sagte sie mit belegter Stimme, »du wagst es, mir noch frech zu kommen? Du hättest sehen sollen, wie dir der Schaum vor den Mund getreten ist, wie du dich in meiner Wohnung herumgewälzt hast vor Schmerzen, wie du nach einem Arzt gebettelt hast, bis du schließlich mit verdrehten Augen ohnmächtig geworden bist und wir dich weggeschafft haben.«

»Lüge!«, rief Braunkärsch. »Wie hättet ihr Weiber mich denn aus dem Haus schaffen sollen?«

»Mit dem Alurollkoffer natürlich, du Schwachkopf!«, mischte sich jetzt die Frau mit der roten Kappe ein. »Erkennst du ihn nicht wieder? Der große dahinten. Hast gerade so hineingepasst. Ein paar Tritte von uns, dann ging der Deckel zu. Mit dem Fahrstuhl in die Tiefgarage hinunter und ab in unseren hübschen Transporter, dahin, wo die Puffbohnen blühen!«

»So ein Quatsch! Ich habe weiter meine Post ausgetragen, dafür gibt es Zeugen!«

Die beiden Frauen fingen an zu kichern.

»Das warst doch nicht du, du Schaf!«, erwiderte Inge Kieskalt. »Das war unsere gute Grit. Sie hat sich deine Klamotten übergezogen, sie wollte schon immer mal den Postboten spielen. Musste ja nicht jeder wissen, dass du bei mir über den Jordan gegangen bist. Die Polizei sollte schon noch was zum Rätseln haben.«

»Diese Grit! Der werde ich's zeigen«, rief Braunkärsch mit künstlicher Empörung.

»Der wirst du gar nichts zeigen, im Gegenteil, sie wird dir was zeigen«, sagte die Frau mit der roten Kappe und warf einen raschen Blick zur Fahrerkabine.

Mütze bestellte sich ein viertes Pils und spielte auf dem Smartphone herum. Wann rief Braunkärsch endlich an? Warum meldete er sich nicht? Erzählte ihm diese Kieskalt etwa ihre ganze Lebensgeschichte? Sie schien ja ein irres Vertrauen zu Braunkärsch zu haben. Ihn allein hatte sie sprechen wollen, ausdrücklich hatte sie darum gebeten. »Diesem Mütze erzähle ich nichts!« Was hatte er ihr getan, dass sie ihn nicht dabeihaben wollte? Nur weil er ihr das Foto von der Leiche des Postboten gezeigt hatte? Mütze nahm einen tiefen Schluck und sah erneut auf sein Smartphone. Fehlanzeige, nicht die kleinste Nachricht von Braunkärsch. Na, wenn der Krug nicht zum Brunnen gehen will, dann muss der Brunnen eben zum Krug gehen. Mütze tippte unwillig auf Braunkärschs Nummer. Es läutete an, niemand hob ab. Das musste nichts heißen. Vielleicht hatte diese Kieskalt ja tatsächlich was zu erzählen und Braunkärsch hatte sein Handy auf stumm gestellt, um ihren Redefluss nicht zu unterbrechen. Okay, dann eben eine WhatsApp, dachte sich Mütze, der es hasste, jemandem hinterherzulaufen. »Was ist?«, tippte er hinein, diese beiden Wörter mussten reichen. Als nach zwei weiteren Bierchen immer noch keine Antwort kam, wurde Mütze unruhig. Irgendetwas stimmte da nicht. Braunkärsch war ein Muster an Zuverlässigkeit. Dass er sich nicht meldete, war absolut ungewöhnlich. Mütze rief auf dem Kommissariat an, dort wusste man von nichts. Einen Moment blitzte bei Mütze der Gedanke auf, Karl-Dieter zu fragen, sogleich aber schüttelte er den Kopf über diese Idee. Nicht, dass er Karl-Dieter am Ende bei einer Tanzstunde störte. »Zahlen!«, rief Mütze und brach auf.

Der Ducato schien die Schnellstraße verlassen zu haben, der Zustand des Untergrunds wurde deutlich schlechter. Heftig rüttelte es Braunkärsch auf dem harten Bodenblech hin und her und auch seine beiden Bewacherinnen schüttelte es kräftig durch. Mit Schrecken spürte Braunkärsch, dass sein Handy nicht in der Hosentasche war. Die Hexen mussten es ihm abgenommen haben. Ohne Handy konnten ihn die Kollegen nicht orten. Selbst wenn Mütze sein Fehlen mittlerweile bemerkt haben sollte, wie sollten er ihn finden? Noch dazu hier draußen, irgendwo in der Prärie? Wie durchtrieben seine Entführerinnen waren! Sie schienen alles bedacht zu haben. Kowalski die Klamotten auszuziehen und diese Grit als Briefträgerin loszuschicken, um Spuren zu verwischen, echt clever. Dienstag hatte es Katzen und Hunde geregnet, wie die Engländer zu sagen pflegten, mit der Kapuze der Postjacke über dem Kopf ist diese Grit los und keinem ist es aufgefallen, dass eine Frau in der Verkleidung steckte. In einem unbeobachteten Moment muss sie das Fahrrad mit den Briefen auf den Bürgersteig geschmissen haben, hat sich die Uniform vom Leib gerissen und ist wieder zurück, um dabei zu helfen, den ohnmächtigen Kowalski wegzuschaffen. Der Tod Kowalskis war aufgeklärt. Hilflos war er auf dem Bauernhof an den Puffbohnen erstickt. Was aber war mit Adam Sternberg und der Gloriosa? Ob auch dieser Mord auf das Konto der drei Damen ging? Der erste Streich?

»Wenn ich in die Hölle komm, werde ich euch Adam Sternberg auf den Hals hetzen, das könnt ihr mir glauben!«

Etwas Besseres war ihm auf die Schnelle nicht eingefallen. Er hatte eine Bombe geworfen, ohne zu wissen, ob sie scharf war, und landete einen Volltreffer. Hasserfüllt starrte ihn die Frau mit der roten Kappe an, am liebsten wäre sie ihm ins Gesicht gesprungen.

»Erwähn den Namen nie wieder«, zischte sie.

»Und ob ich das tue! Adam Sternberg war ein höchst ehrenwerter Mann.«

»Ein Dreck war er! Was weißt du schon, was er mir angetan hat?«

»Nichts, gar nichts hat er getan. Adam Sternberg war der harmloseste Gärtner der Welt, das Muster eines braven Bürgers.«

»Das Muster eines was? Braver Bürger, dass ich nicht lache. Das Muster eines üblen Betrügers war er! Aber wir haben es ihm heimgezahlt, nicht wahr, Inge? Wie wir ihn in die Glocke gehängt haben. Schade, dass wir nicht da waren, als er wieder aufgewacht ist und langsam begriffen hat, was los ist. Schade, dass wir nicht gesehen haben, wie sich die Glocke in Marsch gesetzt hat, wie er gebettelt hat, wie er um Hilfe geschrien hat, wie er versucht hat, dem Klöppel auszuweichen …«

»Wenn ich mir vorstelle, wie er versucht hat, mit den Händen seinen Kopf zu schützen«, fiel nun die Kieskalt mit ein, »wie er zwischen Glocke und Klöppel geriet, wie es ihm die Hände zerschlagen hat, dann den Schädel, wieder und wieder, wie das Leben aus ihm wich … All das hat er mehr als verdient gehabt, aber das verstehst du nicht, du Wurm, du bist ja aus dem gleichen faulen Holz geschnitzt. Die Gloriosa musste die Tat vollenden, nur die Gloriosa hatte das Recht dazu.«

»Die ehrwürdige Glocke so zu missbrauchen, schämt euch!«, rief Braunkärsch.

»Zu missbrauchen? Weißt du, du Wicht, wie Sternberg die Gloriosa missbraucht hat?«, rief Inge Kieskalt. »Oh, wie süß hat er gegenüber seinen Opfern getan, was hat er dir nicht alles versprochen, nicht wahr, Susi? Nachdem er ihr in der Oper schöne Augen gemacht hat, hat er ihr die Heirat versprochen. Einzig sein Projekt müsse er zu Ende bringen, nur ein bisschen Geld brauche er noch dafür, dann würde er sie heiraten, oben über Erfurt, in der Stube der Gloriosa, die sie so sehr liebe. Dann hat er einen Fehler gemacht, einen bösen Fehler. Weißt du, was es bedeutet, hintergangen zu werden? Weißt du, was es bedeutet, wenn man auf der Straße steht und den Mann seines Lebens eng umschlungen mit einer anderen sieht?«

»Lass doch, Inge«, unterbrach sie ihre Freundin hastig.

»Bin gleich fertig, Susi, bin gleich fertig. Weißt du was,

wir machen es anders, wir switchen den Herrn Kommissar einfach um.«

Dabei machte sie eine Geste in Richtung Braunkärsch, als würde sie mit einer Fernbedienung ein anderes Programm anwählen.

»Jetzt bist du nicht länger Kowalski, jetzt bist du Adam Sternberg! So, mein Lieber, bist du bereit? Du elender Heiratsschwindler, du gehst über Leichen, nur um an deine Knete zu kommen, hab ich recht? Los, Susi, sag's ihm, sag ihm alles!«

»Was soll sie mir schon sagen?«, rief Braunkärsch. »Ich hab mich immer korrekt verhalten.«

»Einen Scheiß hast du!«, rief Susanne aufgebracht. »Auf mir herumgetrampelt hast du, wie es dir passte. Alles, alles ist nur ein Schauspiel gewesen, alles war erstunken und erlogen. Die ganze Soße von wegen, dass ich dein Engel sei, die Einzige, die dich versteht, die Einzige, die du je geliebt hast. Ich hab's anfangs nicht richtig glauben können, aber du hast nicht aufgehört mit dem Geschwätz. Über die Musik hast du mich geködert. Ich hab mir gedacht, ein Mann, der Musik mag, der gerne in die Oper und ins Theater geht, der muss ein anständiger Kerl sein. Wie man sich täuschen kann. Auch mit deinen ewigen Blumensträußen hast du mich rumgekriegt und eingelullt, mit all den billigen Tricks. Aber sag mir, wie hast du's fertiggebracht, mich zu küssen? Wie kann man einen Menschen küssen, dem man nur ans Portemonnaie will? Mit Worten lügen, das ist nicht schwer. Wie aber bringt man es fertig, mit Küssen zu lügen?«

»Nicht ich bin der Lügner, ihr seid die Lügnerinnen! Niemals hättet ihr mich den Turm hinauftragen können, ihr hattet doch gar keine Schlüssel.«

»Stell dir vor, du Esel, einen Schlüssel kann man sich besorgen. Zum Beispiel im Beichtstuhl.«

»Was soll das heißen?«

»Das geht dich gar nichts an.«

»Und wenn schon, auf den Turm hättet ihr mich dennoch nicht schleppen können.«

»Brauchten wir gar nicht, du Schlaumeier, bist artig selbst hinaufgestiegen.«

»Warum sollte ich das tun? Ich bin doch nicht blöd!«

»Blöd nicht, aber geldgierig. Ach, wie hübsch bist du mir auf den Leim gegangen! Was für eine Genugtuung hat es mir bereitet, den Spieß umzudrehen. Nun warst du plötzlich derjenige, mit dem ein Spielchen gespielt wurde. Hatte dich auf dem Weg zur Oper abgepasst, auf dem Weg zu deinem nächsten Rendezvous. Sehr gut sahst du wieder aus, das muss ich dir lassen, richtig schnieke in deinem Anzug und mit der Nelke im Knopfloch. Da bin ich auf dich zugetreten, war gar nicht schwer. Brauchte nur meine Handtasche verheißungsvoll zu schwenken. In der Glockenstube, so versprach ich dir, würde ich dir mein ganzes restliches Vermögen geben, alles Geld der Welt solltest du bekommen, wenn du mir nur wieder gut bist: ›Hoch oben bei der Gloriosa will ich dir verzeihen, sie soll die Zeugin unserer Liebe sein.‹ Wie da deine Augen zu leuchten begonnen haben! Wie du sofort bereit gewesen bist, dein Rendezvous sausen zu lassen und mit mir den Turm hinaufzusteigen. Den ganzen weiten Weg die Treppe hinauf hast du von unserer gemeinsamen Zukunft geschwafelt, davon, wie sehr du mich immer noch liebst. Und weißt du was? Ich bin dir so was von dankbar dafür! Vielleicht hätte ich es mir nämlich noch einmal überlegt, vielleicht hätte ich nicht die Kraft gehabt, die Sache durchzuziehen. Deine Lügen aber sind Adrenalin für mich gewesen. Oben hab ich die Piccolos aufgemacht und mit dir angestoßen, dann bist du plötzlich so müde geworden.«

»Ja, ja, so unerklärlich müde«, kicherte ihre Nachbarin, »da sind wir beiden anderen nichts wie raus aus unserem Versteck und haben dem selig schlafenden Herrn die Füße gebunden und ihn kopfüber in die Glocke gezogen.«

Braunkärsch schauderte, als er den Triumph in Inge Kieskalts Stimme vernahm und dazu ihre Gesten mit ansehen musste, mit denen sie tat, als wolle sie jemanden am Strick hinaufziehen.

»Das Hinaufziehen war das Schwierigste, wenn jedoch drei Frauen fest zusammenhalten, bekommen sie alles hin.«

»Alles.«

»Ja, und dann …«

»Und dann …«

»Ding-dong, ding-dong …«

Die Tür aufzubrechen war ein Leichtes. Drei gekonnte Handgriffe und Mütze stürmte in die Wohnung. Hektisch sah er sich um. Weder von der Kieskalt noch von Braunkärsch die kleinste Spur. Da fiel sein Blick auf den Küchentisch. Eine der beiden Teetassen lag umgekippt auf der Platte, ein kleiner gelber See ergoss sich daraus. Mit einem Schlag begriff Mütze, was passiert sein musste. Braunkärsch, Braunkärsch, Braunkärsch! Verdammt, hoffentlich war es nicht zu spät! Hektisch fingerte er sein Handy hervor.

»Braunkärschs Handy! Ja, sofort, ortet es auf der Stelle … Tot? Seid ihr sicher? Kein GPS-Signal, gar nichts? Verfluchter Mist … Nein, wartet, bei euch kam heute Abend ein Anruf rein, von einer Inge Kieskalt, wollte Braunkärsch sprechen, habt ihr die Nummer?«

Mütze ließ seinen Manta aufheulen. Was für ein Glück! Inge Kieskalt hatte tatsächlich vom Handy aus angerufen und ihr Handy war nicht tot, es funkte noch. Sie war nicht weit weg, war kaum aus Erfurt heraus, fuhr die Arnstädter Straße entlang, das hatte die Ortung ergeben. Die Kollegen von der Zielfahndung hefteten sich bereits auf ihre Fährte und auch Mütze brauste los. Auf seinem Navi sah er einen roten Punkt blinken, das Handy der Flüchtenden, man hatte es ihm auf den Schirm geschickt. Die rechte Hand am Lenkrad knallte Mütze mit der linken das Blaulicht aufs Dach, doch sooft er auch die Fernbedienung drückte, das Ding gab nicht den leisesten Mucks von sich. Mütze stieß einen stillen Fluch aus. Dann musste es eben oben ohne gehen! Hupend überholte er einen Lieferwagen und scherte wieder quietschend vor ihm ein. Warum Braunkärsch, warum ausgerechnet Braunkärsch? »Dieses war der zweite Streich …« Mütze gab Gummi und bretterte über den Fahrradweg an den wartenden Autos vorbei. Verfluchter Verkehr! Dem blinkenden Punkt kam er kaum näher. Vielleicht wollte Kieskalt mit ihrem Opfer auf die Autobahn, die Landstraße war ein beliebter Zubringer zur A 4. Hoffentlich waren die Kollegen dran! Und hoffentlich handelten sie entschlossen und besonnen zugleich. Er hatte sie inständig drum gebeten, mit dem Zugriff auf ihn zu warten. Alles musste blitzschnell erfolgen, überfallartig, man musste die Frau überrumpeln, bevor sie zum Messer griff, sie war zu allem fähig. Wenn Braunkärsch überhaupt noch …

Braunkärsch war stolz auf seinen Orientierungssinn. Auch ohne Navi fand er sich super zurecht. Bei dieser Fahrt aber musste er passen, er hatte nicht die geringste Ahnung, wo er herumgefahren wurde. Nur dass es offensichtlich durch unwegsames Gelände ging, war klar, denn das Schaukeln und Rütteln wurde nicht weniger. Zudem schien es meist bergauf zu gehen, das verrieten auch die Motorgeräusche, immer öfter wurde ein kleiner Gang eingelegt, dann heulte der Wagen auf und schoss weiter. Dieses war der zweite Streich … Die drei Frauen steckten also unter einer Decke, beide Morde gingen auf ihr Konto. Wenn er sich alles richtig zusammenreimte, hatten sie sich in einer Selbsthilfegruppe kennengelernt, in einer therapeutischen Gruppe für Frauen, denen ein Mann das Leben zerstört hat. Musste es nicht das Ziel solcher Therapiegruppen sein, die erlittenen Traumata zu heilen und den Hass zu überwinden? Ging es bei der Vergangenheitsbewältigung nicht darum, seinen Frieden wiederzufinden und sich mit dem Leben auszusöhnen? Da schien verdammt was schiefgelaufen zu sein. Statt den Hass der Frauen auf ihren Peiniger zu mindern, war dieser angeschürt worden. Die Opferfrauen hatten den Tunnelblick bekommen, all ihr Denken und Fühlen hatte sich auf einen Punkt konzentriert: den Mann zu vernichten, der ihr Leben zerstört hatte. Doch nicht auf die einfache, auf die schnelle Art! Die drei hatten beschlossen, ihre Rache zu inszenieren. Die Männer hatten sie benutzt, auf schäbige Weise benutzt, jeder Peiniger sollte begreifen, warum er sterben musste. So hatte Adam Sternberg in der Glocke sein Ende gefunden und Erwin Kowalski in den Puffbohnen. Und der dritte folgt sogleich! Wen die drei als drittes Opfer ausgeguckt hatten, daran bestand kein Zweifel mehr. Braunkärsch machte sich nichts vor. Wenn nicht ein Wunder geschah, war er ein toter Mann. Eine Frage blieb jedoch, sie bohrte und bohrte in ihm, er fand keine Antwort. Warum gerade er? Beide Männer sind aus Rache gerichtet worden, sowohl Sternberg als auch Kowalski. Was aber hatte er verbrochen? Warum fuhr man ihn zur Schlachtbank? Oder war er nur ein zufälliges Opfer, war auch das ein Teil des Racheplans, am Ende einen Unschuldigen zu töten, stellvertretend für alle Schurken dieser Welt? Wie man einen Sündenbock schlachtete, so nun ihn?

Der Wagen musste eine steile Stelle erreicht haben, sosehr sich Braunkärsch auch dagegen wehrte, er begann zu rutschen. Reinhold Messner fiel ihm ein, der Bergsteiger. Messner hatte sich gewünscht, am Ende seines Lebens auf einem Berg mit Messern zerlegt zu werden, damit ihn die Geier fräßen und er als Vogelkot wieder zur Erde falle, um das Land zu düngen. Braunkärsch fiel auf den Rücken nieder, hart schlug sein Kopf auf den Boden. Sollte auch er einem Ritual zum Opfer fallen? Verdammt noch mal, warum? Wer saß da vorne am Steuer? Wer war diese Grit? Grit … Hatte er es nicht schon mal mit einer Grit zu tun gehabt? Braunkärsch kniff schmerzhaft die Augen zusammen. Ein böser Verdacht begann, in ihm zu keimen.

»Sie sind zu dritt!«

»Seid ihr sicher?«

»Wurde eben bestätigt. Die Funkzellenanalyse ist eindeutig. Bei der Zielperson müssen sich noch zwei weitere Personen befinden, mindestens. Die drei Handys reisen absolut synchron.«

»Habt ihr den Wagen schon im Blick?«

»Noch nicht, aber bald. Knappe zwei Kilometer fehlen uns noch.«

Mütze sah auf sein Navi. Kieskalt hatte nicht die Autobahn gewählt, sondern war in eine kleine Seitenstraße eingebogen, die sich die Ausläufer des Thüringer Waldes hinaufschlängelte.

»Bleibt auf Abstand, ich hab euch in ein paar Minuten erreicht.«

»Sollen wir Verstärkung anfordern?«

»Wie viele seid ihr denn?«

»Wir sind zu fünft.«

»Das müsste reichen. Alles Weitere später.«

Es kam nicht häufig vor, dass Mütze über seinen Manta schimpfte. Jetzt hätte er ihn am liebsten in der Schrottpresse versenkt. Mann! Sah aus wie ein Sportwagen, fuhr aber wie eine Ente! Was war das aber auch für eine elende Piste. In engen Kurven ging es durch einen Fichtenwald, die Straße mutierte immer mehr zu einem Forstweg, Schlagloch folgte auf Schlagloch, hier war die Wende definitiv noch nicht angekommen. Hoffentlich flog ihm nicht das Blech weg. Nur mühsam gelang es ihm, den Abstand zu verringern, endlich tauchte das Auto der Kollegen vor ihm auf, ein Fünfer-BMW, Zivilfahrzeug. Mütze hupte zweimal kurz mit dem Licht.

»Willkommen im Club!«, krächzte es aus seinem Smartphone. »Können wir?«

»Wir können!«, rief Mütze.

Der Weg wurde steiler und steiler, die Fichten rückten so dicht an die Straße heran, dass ihre Wipfel sich zu einem Dach vereinigten. Als sie die Kuppe des Hügels erreichten, lichtete sich der Blick, der Wald verabschiedete sich und ein Teppich von Wiesen und Feldern breitete sich vor ihnen aus. Zwei Kurven vor sahen sie den Transporter fahren, einen weißen Lieferwagen mit dem verblassten Aufdruck *Thüringer Paketdienst*.

»Paketdienst«, knurrte Mütze mit grimmigem Humor, »jetzt ist Schicht im Schacht, aber endgültig!«

Die Situation schien günstig, das nächste Dorf war nicht in Sicht und kein anderes Auto unterwegs.

»Setzt euch vor ihn und bremst ihn aus«, befahl Mütze.

»Mit Blaulicht?«

»Mit Blaulicht!«

Nun ging alles blitzschnell. Die Zielfahnder knallten sich das Blaulicht aufs Dach, zogen in einer lang gestreckten Kurve an dem Lieferwagen vorbei und bremsten den Wagen aus, der quietschend und schaukelnd zum Stehen kam. Mütze hielt dicht dahinter und sprang mit gezogener Pistole aus dem Manta. Während die Kollegen auf die Fahrerkabine zustürmten, riss Mütze gewaltsam an der hinteren Ladetür, die mit einem Knall aufsprang.

Selten hatte Karl-Dieter so lange in der Badewanne gesessen. Seine Haut war an den Händen und den Fußsohlen schon völlig verschrumpelt, immer wieder hatte er heißes Wasser nachlaufen lassen, es hatte gedampft wie in einer Sauna. Dennoch war ihm nur langsam wärmer geworden. So von Mütze behandelt zu werden! Was hatte er denn

Schlimmes verbrochen? Er hatte sich vielleicht etwas unklug verhalten, zugegeben, aber das war doch lange kein Grund, bei Thomas unterzukriechen. Nur gut, dass Thomas auf seiner Seite stand. Er würde Mütze schon den Kopf zurechtrücken.

Langsam erhob sich Karl-Dieter, um aus der Wanne zu steigen. Dabei musste man besonders vorsichtig sein, wie viele Stürze hatte es schon im Bad gegeben. Bevor er den rechten Fuß auf das geblümte Bodenhandtuch setzte, griff er nach der Duschstange, bis er sicheren Halt spürte. Thomas brauchte dringend eine neue Freundin, er drohte zu vereinsamen. Karl-Dieter hatte ein feines Gespür für so was. Woran die Beziehung zu seiner Sylvia wohl gescheitert war? Vielleicht an etwas ganz Banalem, vielleicht aber auch an einem tiefer gründenden Problem. Karl-Dieter packte nun den Badewannenrand mit beiden Händen, um behutsam auch das linke Bein aus dem Wasser zu ziehen. Thomas hatte ihm so leidgetan. Ob die dunkle Stelle in seiner Vergangenheit für das Scheitern seiner Beziehung verantwortlich war? So etwas konnte es geben. Wenn einem etwas zentnerschwer auf der Seele lag, wie sollte man dann über die notwendige Freiheit verfügen, die es brauchte, um einen Menschen zu lieben? Um sich mit ganzem Herzen auf einen Menschen einlassen zu können, durfte unser Herz nicht zerrissen sein. Und Thomas war solch ein zerrissener Mensch. Die Wunde, welche die unglückliche Geschichte geschlagen hatte, sie war lange nicht verheilt. Immerhin hatte Thomas nun begonnen, davon zu erzählen. Das war ein erster wichtiger Schritt, der Vergangenheit ihre düstere Macht zu rauben. Solche Geheimnisse lebten eben vom Geheimen, brachte man sie ans Licht, so schmolzen sie dahin. Karl-

Dieter beschloss, Thomas so bald wie möglich wieder zu besuchen. Thomas war unschuldig schuldig geworden. Es war wie in einer klassischen griechischen Tragödie, wie bei Sophokles oder Aischylos. Was hätte Thomas denn tun können in jener unglückseligen Nacht, als die besorgte Mutter zu ihm gekommen war? Zugegeben, er hätte sich auf die Suche nach ihrer Tochter machen können, geändert hätte das nicht das Geringste. Wie hätte er sie denn in der Dunkelheit an diesem entlegenen Platz finden sollen? Weil man den Täter nicht gefunden hatte, hatte der Hass der Mutter kein Objekt gefunden und war herumgeirrt, um sich schließlich mit aller Macht auf den armen Thomas zu stürzen. Und dieser hatte den Fehler gemacht, vor dem Hass davonzurennen und vor dem eigenen Versagen. Karl-Dieter schlüpfte in seinen weißen Frotteebademantel. Besser wäre es gewesen, er hätte die Sache ausgehalten und durchgestanden. Niemals davonlaufen! Davon wurde nichts besser, ganz im Gegenteil.

Mütze starrte in das Innere des Lieferwagens. Pakete, nichts als Pakete! Und keines war so groß, dass ein Mensch hineingepasst hätte. Augenblicklich lief er zum Führerhaus, aus dem mit erhobenen Händen ein junger Mann mit Pferdeschwanz kletterte.

»Die Hände ans Auto«, rief der Kapo der Zielfahnder.

Der junge Mann gehorchte, sein Gesicht war kreideweiß. Einer der Polizisten trat zu ihm und visitierte mit routinierten Handbewegungen seinen Leib. Dabei zog er ihm sein Handy aus der Brusttasche.

»Wo sind die anderen Handys?«, rief Mütze.

»Mein privates liegt im Handschuhfach«, sagte der Kurierfahrer.

»Und das dritte?«, rief Mütze, nachdem ein weiterer Kollege das Handy aus dem Wagen geholt hatte. »Wo ist das Handy von Inge Kieskalt?«

»Ich weiß nicht, was Sie wollen«, erwiderte der Fahrer ärgerlich.

»Hier ist was!«, rief einer der Fahnder von der anderen Seite des Wagens. Mütze lief um den Transporter herum. Am hinteren Kotflügel war mit Panzertape ein Handy festgeklebt.

Das Rütteln ließ nach. Der Wagen fuhr nun deutlich langsamer, es schien, als würde er kurz vor dem Ziel nach einem Parkplatz suchen.

»Was wollt ihr von mir? Was habt ihr vor?«, rief Braunkärsch noch einmal. »Hört endlich auf mit der Scheiße und bindet mich los.«

Es war entwürdigend, wie ein Käfer auf dem Rücken zu liegen.

»Uns steht es nicht zu, dich loszubinden«, sagte die Frau mit der roten Kappe, »dieses Recht hat nur Grit. In ihren Händen liegt dein Schicksal. Es sieht nicht gut für dich aus.«

»Aber ich kenne diese Grit nicht, verdammt noch mal.«

»Oh doch, du kennst sie.«

Diese Worte trafen Braunkärsch bis ins Mark. Sollte er mit seinem bösen Verdacht recht behalten? Die beiden anderen Opfer hatten mit ihren Taten das Leben einer Frau zerstört. Machte man ihn verantwortlich, das Gleiche getan zu haben? Wenn auch auf eine gänzlich andere Weise?

»Kommt eure Grit aus Ilmenau?«

»Warm, ziemlich warm! Er erinnert sich, Inge, er erinnert sich tatsächlich.«

»Das ist sein schlechtes Gewissen, es lässt ihn nicht in Ruhe.«

»Hat eure Grit eine Tochter gehabt?«, hakte er nach.

»Wärmer, immer wärmer! Jetzt kommt die Gewissenserforschung in Gang, merkst du was, Inge? Erstaunlich.«

»Dass sich überhaupt ein Gewissen in ihm regt, ist noch erstaunlicher.«

»Antwortet mir!«, rief Braunkärsch. »Gab es eine Tochter, eine junge Frau, die man ermordet hat?«

»Heiß, ganz heiß! Es gab tatsächlich eine junge Frau, eine Frau, die gerade ihren 18. Geburtstag gefeiert hat, fröhlich und unbeschwert. Und die in der gleichen Nacht ihrem Mörder in die Hände gefallen ist, einem Mörder, dem man freie Hand gelassen hat. Niemand, niemand hat dem Mädchen geholfen, erst recht nicht das Auge des Gesetzes.«

»Das Auge hat lustig weggeschaut, jämmerlich musste sie ersticken.«

»Hat sie euch das erzählt? Glaubt ihr das tatsächlich? Sehe ich aus wie jemand, der seine Arbeit nicht ernst nimmt? Was hätte ich denn tun sollen, mitten in der Nacht? Wer konnte schon ahnen, was passieren würde? Tausende von jungen Menschen machen sich einen Spaß, die Nacht durchzufeiern, sollen wir da jedes Mal ein Suchkommando losschicken?«

Der Wagen kam abrupt zum Stehen. Der Motor lief noch eine Weile, schließlich wurde er abgestellt. Die Fahrertür wurde geöffnet und kurz darauf wieder zugeschlagen. Schritte waren zu hören, jemand ging um den Wagen herum, dann wurde die Tür zum Laderaum aufgerissen. Braunkärsch versuchte mühsam, den Kopf zu heben. Im fahlen Licht des kleinen Lämpchens erschien das Gesicht einer Frau.

»Kennst du mich noch?«, rief es.

Braunkärsch zuckte zusammen. Diese Stimme! Da war sie wieder. Die Stimme, die ihn seit Jahren verfolgte, in den Nächten, in seinen Träumen, sogar mitten am Tag. Sie ließ ihn nicht zur Ruhe kommen, quälte ihn, wann immer sie konnte.

»Du bist schuld«, sagte die Stimme, »sie würde noch leben, wenn du nicht gewesen wärest! Du hast mein Leben zerstört, hast mir mein größtes Glück geraubt.«

Braunkärsch schloss die Augen. Nun war sie also gekommen, die Stunde der Abrechnung. Nun musste er dafür büßen, dass er die Sache nicht ernst genommen hatte. Nun kam das Ende.

Er war zu erschöpft, um noch um sein Leben zu kämpfen. Es hatte eh keinen Sinn, die drei waren zu allem entschlossen, zogen ihre Rache durch, eiskalt und unerbittlich, so wie sie auch Sternberg und Kowalski liquidiert hatten. Um Gnade bitten? Er würde sich nur lächerlich machen, würde den Triumph der Racheengel nur vergrößern. Was geschehen sollte, sollte geschehen. Am besten, es geschah so schnell wie möglich. Dass er es nur hinter sich hatte, es endlich hinter sich hatte. An Hilfe war nicht mehr zu denken, die Hoffnung konnte er fahren lassen. Keiner würde ihn an diesem Ort vermuten. Auch wenn sie dunkle Nacht umgab und der dunkle Fichtenwald sein Übriges tat, Braunkärsch wusste genau, wo sie waren. Sie waren zum Kickelhahn hinaufgefahren, zum

Hausberg von Ilmenau, zur Goethehütte, dorthin, wo das Verbrechen passiert war, wo man die Tochter dieser Grit vergewaltigt und ermordet hatte. Das also war der Plan der drei, ihn dort sterben zu lassen, wo die junge Frau gestorben war.

»Gehen wir?«, sprach Grit.

Ihre beiden Freundinnen standen auf. Inge Kieskalt bückte sich und lockerte Braunkärschs Fußfesseln ein wenig. Dann halfen sie ihm auf die Beine. Mit kleinen Trippelschritten ging er bis zum Ende der Ladefläche.

»Los! Spring schon!«, rief Grit.

Wie sollte er springen? Ihm waren die Hände auf den Rücken gebunden. Im selben Moment bekam er von hinten einen Stoß und fiel kopfüber aus dem Transporter. Der Fall wurde durch das Laub und den weichen Waldboden abgefedert, sodass er sich nichts brach. Dennoch entwich ihm ein schmerzhaftes Stöhnen.

»Los, los«, rief Grit, »ab zur Hütte!«

Ihre Freundinnen halfen ihm wieder auf und schleppten ihn den Hang hinauf. Die Blätter waren glitschig, immer wieder rutschte Braunkärsch aus und musste mühsam wiederaufgerichtet werden. Endlich hatten sie ihr Ziel erreicht. Seine Augen hatten Zeit gehabt, sich an die Dunkelheit zu gewöhnen, aber auch sonst hätte er sie erkannt, die schlichte Holzhütte, in der Goethe einst seine untersterblichen Zeilen verfasst hatte: *Über allen Gipfeln ist Ruh'* …

»Weiter, weiter!«, drängte Grit und schloss die Tür des Holzhauses auf.

In der Hütte ließen die Frauen ihr Opfer auf eine Bank sinken. Braunkärsch keuchte erschöpft. Was kam jetzt? Ein Messer? Eine Pistole? Oder nein, wahrscheinlich wieder Gift. Vielleicht Arsen wie bei Kowalski. Grit ging in die Knie und sah ihm scharf in die Augen.

»Weißt du noch, wie mein Augenstern ums Leben gekommen ist?«

Braunkärsch hielt dem Blick stand. Klar wusste er das noch, wie sollte er den Tag jemals vergessen? Der Mörder hatte die junge Frau geknebelt, bevor er sich an ihr vergangen hatte, sie musste langsam erstickt sein. Das kam zu allem Übel hinzu, die junge Frau hätte eine Chance gehabt, wenn man sie nur rechtzeitig gefunden hätte.

»Ich will nichts weiter als Gerechtigkeit«, sagte die Mutter und erhob sich wieder, »du sollst ihren Tod sterben, den gleichen Tod wie mein Augenstern. Bindet ihn auf die Bank!«

Ihre Freundinnen packten Braunkärschs Beine und hoben sie auf die hölzerne Sitzbank, sodass Braunkärsch auf den Rücken fiel. Anschließend banden sie ihn mit einer langen Kordel an den Lehnen fest. Braunkärsch wehrte sich nicht. Wie hätte er das auch anfangen sollen? Er rief auch nicht um Hilfe, wer hätte ihn hier draußen denn gehört? So ließ er alles geschehen. Wie die Frauen keuchten, mit welchem Ingrimm sie ihn banden. Der Hass, was machte er nur aus einem Menschen. Warum war das so? Was war der Sinn der Rache? Ob es den dreien danach besser ging? Ob sie ihren Frieden finden würden? Solche Fragen zu stellen, war müßig. Er würde die Antwort nicht mehr erfahren. Seltsam, jetzt, wo er dem Tod ins Gesicht sah, fühlte sich Braunkärsch leichter. Dennoch umspielte ein bitteres Lächeln seine Lippen. Zum ersten Mal in seinem Leben hatte er einen Mordfall gelöst, aber niemand würde ihm auf die Schultern klopfen, er musste sein Wissen mit ins Grab nehmen. Trotzdem, er war sich sicher, dass ihnen das Trio nicht entkommen würde. Mütze würde alles daransetzen, die Täterinnen zu finden, er würde nicht eher ruhen, bis alle hinter Schloss und Riegel saßen. Hatte Mütze erst Inge Kieskalt, würde er auf die Spur ihrer Komplizinnen kommen, dafür hatte Braunkärsch gesorgt und dieses Wissen erfüllte ihn mit grimmiger Befriedigung. Als sie ihn zur Hütte geschleppt hatten, als sie ihn vom Erdboden aufgehoben hatten, hatte er dafür gesorgt, genügend DNA unter seine Fingernägel zu bekommen. Er hatte gar nicht fest kratzen müssen, wenige Hautschuppen reichten als Beweismaterial völlig aus.

»Gut so«, sagte Grit und überprüfte Braunkärschs Fesseln, »du wirst dich fragen, was jetzt passiert. Ich sagte dir ja, du hast dein Urteil selbst gesprochen, genau wie die beiden anderen. Sternberg musste durch die Gloriosa sterben, Kowalski durch die Puffbohnen. Du aber musst ersticken, genau wie mein Augenstern. Cindy hätte eine Chance gehabt. Hätte man sie rechtzeitig gefunden, sie wäre noch am Leben. Du hast Glück, ich will fair sein, auch du sollst deine Chance bekommen.«

Bei diesen Worten zog sie einen breiten Streifen ungegerbten Leders aus einer Tüte. Braunkärschs Pupillen verengten sich. Was wollte sie damit? Und warum öffnete sie eine Flasche und ließ Wasser darüber laufen?

»Ein Schal aus frischer Kuhhaut«, fuhr sie fort, »damit kann man noch weiteratmen, wenn er einem um den Hals gebunden wird. Trocknet das Leder aber, wird es eng, sehr eng.«

Mit diesen Worten begann sie, Braunkärsch die Haut um den Hals zu wickeln. Braunkärsch musste röcheln, begann zu husten. Dreimal, viermal wickelte sie die Haut um seinen Hals, zum Schluss band sie die Enden so fest zusammen, dass es ihm fast den Atem nahm. Dann legte sie ihr Ohr an seinen Mund. Zufrieden stellte sie fest, dass er Atemgeräusche von sich gab.

»Wir müssen uns jetzt leider verabschieden«, sagte sie, »wir haben noch eine weite Reise vor uns. Gute Nacht!«

Ohnmächtig. Selten hatte sich Mütze so ohnmächtig gefühlt, ohnmächtig und wütend zugleich. Er war in die Falle getappt. Wie raffiniert diese Kieskalt ihn reingelegt hatte! Ihr Handy an einen Transporter zu kleben. Der Kommissar lehnte an der Beifahrertür seines Mantas und sah ins Tal hinab. Den Paketdienst hatten sie wieder fahren lassen und auch die Zielfahnder waren unverrichteter Dinge wieder davon. Wo hätten sie auch weitersuchen sollen? So stand er nun einsam in der Thüringer Prärie. Ihm fiel nichts mehr ein. Nicht, wo sie weitersuchen sollten, nicht, wie er Braunkärsch retten konnte. Fieberhaft hatte er alles tausendmal durchdacht, nichts Vernünftiges wollte ihm einfallen. Diese Kieskalt konnte überall und nirgends stecken. Und das Schlimme war: Sie und ihre Komplizen machten stets kurzen Prozess. Denn dass es einen oder mehrere Komplizen geben musste, stand fest. Nie im Leben hätte die zierliche Frau es geschafft, die Leiche des Postboten wegzuschaffen und unter den Puffbohnen zu begraben. Nun konnten sie nur noch auf Kommissar Zufall hoffen, leider war auf den Kollegen selten Verlass.

Müde zog Mütze sein Handy hervor. Keine neue Nachricht, außer den WhatsApps von Karl-Dieter, die er seit heute Morgen nicht beachtet hatte. Seufzend überwand sich Mütze, ein kleines Lebenszeichen zu senden, und wählte dafür, weil ihm nichts Besseres einfiel, ein Schweinchen. Kaum hatte er das Schweinchen versendet, ploppte ein Hündchen mit wedelndem Schwanz bei ihm auf, darauf antwortete er mit einem Kamel. *Karl-Dieter schreibt …* vermeldete sein Handy, gleich darauf erschien die Frage: »Geht's dir gut?«, gefolgt von einem Emoji mit zerknirschtem Gesicht. »Scheiße geht's mir«, schrieb er zurück, »man hat Braunkärsch entführt.«

»Über allen Gipfeln
Ist Ruh',
In allen Wipfeln
Spürest Du
Kaum einen Hauch …«

Leder ist ein ganz besonderes Material. Es ist weich und biegsam und doch stabil und reißfest. Es passt sich gut an, auch dem menschlichen Hals, gewährt seinem Träger einen gewissen Freiraum. Ist Leder gut gegerbt und imprägniert, macht ihm Feuchtigkeit nichts aus. Befindet es sich jedoch im Rohzustand, reagiert es auf Wasser empfindlich. Verdunstet das Wasser, so beginnt sich das Leder unwillkürlich zusammenzuziehen, es schrumpft, wird enger und enger und härter zugleich. Das liegt an den mikroskopisch kleinen Fasern, die die Struktur des Leders ausmachen. Die Fasern beginnen, aneinander zu ziehen, wenn ihnen die Feuchtigkeit entzogen wird, sie ziehen mit einer Macht, der man nichts entgegensetzen kann.

»Die Vögelein schweigen im Walde.
Warte nur! Balde …«

Das Wort Angst leitet sich vom griechischen Wort Angos ab, was nichts anderes bedeutet als Enge. Manche spüren die Enge körperlich, als Beklemmung im Brustraum etwa, die einem den Atem nimmt. Schlimmer aber ist es, wenn die Enge den Hals betrifft, wie leicht gerät man dann in Panik, droht man doch zu ersticken.

Nicht daran denken, nur nicht daran denken! Ruhig bleiben, nur ruhig. Zur Wand schauen und das Gedicht vorlesen, immer wieder, sich versenken in die Melodie. »Über allen Gipfeln ist Ruh' …«

Braunkärsch drehte und streckte den Hals, so gut er konnte. Das verfluchte Leder! Unter dem Einfluss der Körperwärme trocknete es rasch, wurde enger und enger. Wie konnte man diesen verdammten Prozess nur stoppen? Das Leder, es musste feucht bleiben, feucht und elastisch, es durfte sich nicht verhärten. Verzweifelt ließ Braunkärsch Speichel über sein Kinn Richtung Hals laufen. Anfangs war ihm das gelungen, nun aber war sein Mund wie ausgetrocknet. Sosehr er auch an den Schleimhäuten saugte, nur wenige Tropfen konnte er gewinnen und diese wenigen Tropfen erreichten kaum mehr ihr Ziel. »Mütze, Mütze, Mütze! Mensch, mach vorwärts! Glaubst du denn, ich hab ewig Zeit?«

»Fuerteventura! Check!«

»Fuerteventura!«

Mit verkrampftem Lächeln schlug Susanne in die hingehaltene Hand. Inge zwinkerte ihr zu, dann holte sie sich mit zufriedenem Gesicht ein Butterbrot aus ihrem Rucksack und biss herzhaft hinein.

»Magst du auch 'ne Stulle?«, fragte sie kauend.

»Danke, jetzt nicht.«

Die beiden saßen auf der Bank im Inneren des Lieferwagens neben ihren Koffern, während Grit den Wagen steuerte, genau wie sie es vorher abgemacht hatten. Alles lief nach Plan. Wenn die Polizei jemanden suchte, dann Inge Kieskalt, deshalb musste sie sich fürs Erste im Lieferraum versteckt halten. Wenn sie einmal über die französisch-spanische Grenze waren, konnte man das wieder lockerer sehen. Bis dahin aber würden sie sicherlich noch 16 Stunden brauchen.

»Für Fuerteventura ist das beste Wetter vorhergesagt«, sagte Inge kauend, »Sonnenschein pur, hübsche 26 Grad und keine Wolke am Himmel.«

Susanne erwiderte nichts darauf.

»Unsere Finca, wenn ich daran denke«, fing Inge an zu schwärmen, »direkt unter uns das Meer, nur ein paar Felsenstufen die Klippen hinunter.«

Susanne schwieg weiter.

»Hey, was ist mit dir? Ist dir schlecht? Musst du mal raus?«

Susanne schüttelte den Kopf.

»Es ist nicht richtig«, sagte sie leise, aber bestimmt.

»Was meinst du?«

»Es ist nicht richtig. Wir dürfen ihn nicht sterben lassen.«

»Bist du verrückt? Was ist denn plötzlich los mit dir?«

»Bei ihm ist das doch was anderes, es ist nicht so wie bei uns.«

»Wie bitte? Hast du vergessen, was der Typ Grit angetan hat? Cindy würde noch leben, wenn der Scheißbulle seine Arbeit gemacht hätte.«

»Und doch ist es etwas anderes.«

»Jetzt krieg bloß nicht den Moralischen, das können wir nun wirklich nicht gebrauchen.«

Wenn kein Speichel mehr fließen will, dann muss es ein anderer Saft tun. Heftig biss sich Braunkärsch auf die Lippen, so fest, bis es warm nach unten lief. Damit die Wunde nicht versiegte, fuhr Braunkärsch hart mit den Zähnen darüber. Hoffentlich tat auch das Blut seinen Dienst, hoffentlich tränkte es das Leder! Wieder und wieder sagte Braunkärsch das Goethegedicht auf. Er musste ruhig bleiben, wer ruhig blieb, brauchte weniger Sauerstoff.

»Über allen Gipfeln ist Ruh' …«

In der Hütte war es totenstill. Kein Geräusch war zu hören, nicht mal der Gesang eines Nachtvogels. In diesem Raum hatte auch Cindy gelegen, damals vor 20 Jahren, gefesselt und geknebelt, gezeichnet von den Torturen der Vergewaltigung. Die Frau, die das Goethehäuschen am Morgen aufsperrte, hatte sie gefunden, hatte ihr den Knebel aus dem Mund gezogen, zu spät natürlich. Er konnte sich genau daran erinnern, wie der Anruf gekommen war. Tote junge Frau am Kickelhahn gefunden. Sofort hatte er gewusst, um wen es sich handelte. Alles, alles hatte sich ihm eingeprägt, haarklein und in allen Einzelheiten: der warme Schein der Morgensonne auf der Bretterwand der Hütte, der Gesang der Amsel, der Duft des sommerlichen Waldbodens, die offenstehende Tür, der Raum dahinter, das gekrümmte Bündel am Boden, die blonden Haare der Toten, die wirr zerzausten, ihr offener Mund, die aufgerissenen Augen, das Entsetzen darin. Vielleicht hatte er ja wirklich verdient, hier zu liegen. Vielleicht war das eben sein Schicksal. Man musste für alles im Leben bezahlen. Wenn er versuchte, den Tod hinauszuzögern, dann nur aus einem Grunde.

Unruhig tigerte Karl-Dieter in der Wohnung auf und ab. Schließlich hielt er es nicht mehr aus. Rasch warf er sich seine Jacke über und lief hinaus ins Dunkel. Er musste sich Bewegung verschaffen, er konnte jetzt nicht untätig daheim rumsitzen. Was für ein Wahnsinn! Man hatte Thomas entführt! Hatte ihm eine üble Falle gestellt. Diese sogenannte Zeugin, hundertprozentig steckte sie dahinter. Zeugin! Eine gemeine Mörderin war sie, nichts weiter. Karl-Dieter ballte die Fäuste. Hoffentlich lag er richtig, hoffentlich würde Mütze den Freund retten können. Wenn er recht hatte mit seinem Verdacht, gab es vielleicht noch eine Chance.

Karl-Dieter passierte die Rückseite des Dombergs. Zu seiner Verwunderung stand das schmiedeeiserne Gitter offen, hinter dem eine versteckte Treppe zum Dom hinaufführte. Brannte in der Kirche noch Licht? Ein sanfter Schein schien aus den Fenstern zu dringen. Ohne lang zu überlegen, schlüpfte Karl-Dieter durch die Gittertür und stieg die Treppe hinauf. Im Schatten des Doms, zur Brühler Seite hin, lag ein kleiner Vorplatz, den kaum ein Tourist besuchte, weil alle die imponierende Freitreppe von der Stadtseite nahmen. Im Zentrum des kleinen Platzes stand auf einem Podest eine Marienfigur mit dem Jesuskind auf dem Arm. Spontan sprach Karl-Dieter ein stilles Stoßgebet. War das normal, dass man in Notsituationen plötzlich zu beten begann? Selbst als abgekühlter Christ, der zu beten längst verlernt hatte?

Karl-Dieter blickte zur Domfassade hinauf und zu den Fenstern. Da brannte tatsächlich noch Licht! Zu so später Stunde. Wie war das möglich? Mit schnellen Schritten ging er um den Dom herum und drückte die Klinke des Triangelportals. Zu seiner Verwunderung öffnete sich die schwere Kirchentür. Karl-Dieter trat ein und blieb verdutzt stehen. Leise Orgeltöne erfüllten das hohe Kirchenschiff. Sehr tief und langsam begannen sie, um in Terzen zunehmend schneller in die Höhe zu klettern. Ob jemand dabei war, die Orgel zu stimmen? Aber warum um Mitternacht? Karl-Dieter blickte sich um. Außer dem unsichtbaren Orgelstimmer schien sich kein Mensch im Dom aufzuhalten. Karl-Dieter querte das Hauptschiff und ging hinüber zu einem Ständer, auf dem flackernd Opferkerzen brannten. Dort blieb er stehen und fingerte in seiner Hosentasche. Er hatte Glück, es fand sich noch ein Euro darin. Rasch warf er ihn in den Schlitz, nahm sich einen der Plastikkerzenbecher, auf denen der Mariendom abgebildet war, drehte die Kerze mit dem Docht nach unten und entzündete das Licht an einer der anderen Kerzen. »Für Thomas und für Mütze«, murmelte er. Etwas anderes fiel ihm nicht ein. Etwas gruselig war die lange Kiste, die hinter dem Kerzenständer stand. Dort schaute der gemarterte Christus heraus, er lag darin wie in einem Sarg. Karl-Dieter wandte sich ab und ging zu seinem Lieblingsort. Es war nicht der Wolframleuchter, die uralte Bronzefigur von archaischer Kraft, obwohl ihm auch diese gut gefiel, es war auch nicht das springende Einhorn auf dem Marienbild, es war eine schlichte Holzfigur rechts davon. Kaum ein Tourist beachtete die Figur, die einsam an einer Säule stand. Sie war auch sicherlich nicht von hohem künstlerischem Wert, dennoch sprach sie Karl-Dieter an wie kein zweites Kunstwerk des Doms. Es war die Figur des heiligen Josefs, Josef aus Nazareth, der einfache Zimmermann. Auf seinem Arm hielt er zärtlich seinen Sohn, das Jesuskind. Er war nicht der leibliche Vater, nicht im christlichen Sinne, das aber schien ihm nichts auszumachen. Er hing mit der gleichen Liebe, mit der gleichen Sorge an seinem Kind. Und darauf kam es an, nicht auf die Biologie. Karl-Dieter legte still die Hände zusammen. Dann sprach er ein drittes Gebet.

Seine Fingernägel. Sie waren seine letzte Waffe. Unter den Nägeln der rechten Hand klebten die Hautschuppen der beiden Frauen, die ihn in die Hütte geschleppt hatten, die Hautschuppen von Inge Kieskalt und dieser Susanne, der Mörderin von Adam Sternberg. Die Nägel seiner linken Hand benutzte er nun für seine letzte Tat als Polizist. Während sich Braunkärsch die Lippen blutig biss, kratzte er mit den Fingernägeln wieder und wieder über die Holzbank. Das Holz war hart, es war nicht leicht, etwas hineinzukratzen, aber es waren ja auch nur ein paar Buchstaben, ein paar Buchstaben und eine Zahl.

Was hatte Karl-Dieter gesagt? Man musste sich alles nur richtig zusammenreimen. Mütze gab Gas und bretterte mit seinem Manta ins Tal hinab. Verdammt, Karl-Dieter hatte recht, hoffentlich hatte er recht! Was für perfide Rächerinnen! Adam Sternberg hatte nicht damit gerechnet, dass eine der Frauen, denen er Liebe vorgegaukelt hat, zurückschlagen würde, auch Erwin Kowalski schien sich verrechnet zu haben, wer vergiftete schon einen Postboten? Zwei Beziehungstaten, zwei Männer, die für ihre Verbrechen hatten sterben müssen. Und der dritte folgt sogleich … Als dritten hatten sich die Furien Braunkärsch vorgenommen, wegen dieser alten, blöden Geschichte in Ilmenau. Es war vollkommen verrückt, das wäre jedem anderen Polizisten genauso gegangen. Es gab klare Handlungsanweisungen, was in einem Vermisstenfall zu tun war. Wenn sie bei jedem jungen Menschen, der eine Nacht nicht nach Hause kam, gleich eine Großfahndung einleiten würden, waren sie mit nichts anderem mehr beschäftigt. 99,9 Prozent der Vermissten tauchten innerhalb von 24 Stunden wieder auf, hatten ihren Rausch auf einer Parkbank ausgeschlafen oder sich Hals über Kopf verliebt und die Welt vergessen. Zu Recht hatte man kein Verfahren gegen Braunkärsch eingeleitet, kapierte das die Mutter nicht?

Hinter der nächsten Kurve musste Mütze in die Eisen steigen, ärgerlich hupte er eine Schafsherde an. »Mensch, Braunkärsch, warum hast du mir denn von dem allem nichts erzählt? Wir sind doch Kollegen, Freunde. Da lässt man doch mal ein Wort fallen.« Durch die Bremsaktion war eine Tüte unter dem Fahrersitz hervorgerutscht. Mütze griff danach und schüttelte den Kopf, es war die Versöhnungsnussecke. In diesem Moment tat er einen Schwur. Sollte es ihm gelingen, Braunkärsch noch zu retten, würde er Karl-Dieter nicht nur alles verzeihen, er würde mehr als das tun, er würde dem Freund seinen größten Wunsch erfüllen. Behutsam warf Mütze die harte Ecke auf den Beifahrersitz, dann hupte er erneut. Endlich trottete auch das letzte Schaf von der Straße, Mütze gab Gas. Im Rückspiegel sah er, wie der Schäfer drohend seinen Stab hinter ihm her schüttelte. Zur Antwort ließ Mütze den Motor aufheulen. Jawohl, er würde

Karl-Dieters Wunsch erfüllen, so irre der auch war. Karl-Dieter brauchte eine neue Lebensaufgabe, das war nur zu offensichtlich. Wie kam er sonst auf die Idee, mit einem dahergelaufenen Kerl Tango zu tanzen? Braunkärsch, Braunkärsch, Braunkärsch, halt aus! Wenn Karl-Dieter recht hatte, war klar, wo er suchen musste. Zum Glück war das Paketauto ebenfalls in den Thüringer Wald gefahren, ziemlich genau in die richtige Richtung. 16 Minuten würde er brauchen, wenn sein Navi nicht log, beim konsequenten Missachten sämtlicher Verkehrsregeln natürlich weniger. Mit 80 Sachen rauschte Mütze durch das nächste Dorf. Die alte Geschichte von Ilmenau, sie war der Schlüssel zu der Entführung. Gleich nach Karl-Dieters Anruf hatte Mütze im Kommissariat nachgefragt. Rasch hatte man den Namen der Ilmenauer Mutter aus dem Archiv gefischt, Grit Bircher hieß sie, die Kollegen waren schon zu ihrer Wohnung in Erfurt unterwegs und würden ihn auf dem Laufenden halten. Mütze hoffte inständig, dass sie die Mutter nicht antrafen. Nur dann hatten sie noch eine Chance, nur dann war Braunkärsch noch zu retten, vielleicht noch zu retten, sonst mussten sie ihre Theorie über den Haufen werfen. Drei Frauen, im Hass vereint, was für eine Geschichte!

»Hey, was soll das? Wen rufst du an?«, rief Inge Kieskalt.

»Die Polizei.«

»Bist du wahnsinnig?«

Mit der Rechten riss Inge den Arm ihrer Freundin herunter und schlug mit der Linken nach ihrem Handy, das scheppernd auf den Boden fiel.

»Drehst du nun komplett durch?«, schrie sie Susanne an.

»Ich halt das nicht länger aus!«, schrie Susanne zurück. Mit einer heftigen Bewegung verbarg sie ihr Gesicht zwischen den Händen und schüttelte wie wild ihren Kopf.

»Leg dich hin und schlaf ein bisschen.« Inge versuchte krampfhaft, ihre Stimme zu kontrollieren.

»Schlafen? Wie soll ich schlafen? Dauernd sehe ich ihn vor mir, den Kerl, wie er nach Luft ringt, wie er langsam ersticken muss.«

»Er wird längst bewusstlos sein.«

»Und wenn nicht? Wenn er noch um sein Leben kämpft? Was hat er denn schon getan? Er hat seinen Job nicht richtig gemacht, zugegeben, aber er ist doch kein Verbrecher.«

»Kein Verbrecher? Seinetwegen musste Cindy sterben, er hat Grits Leben ruiniert, wie kannst du das vergessen? Er trägt die Schuld, er muss dafür büßen. Was hat denn deiner schon viel Schlimmeres getan? Er hat dich rumgekriegt, dir Versprechungen gemacht, hat dir gesagt, er wolle dich auf dem Glockenturm heiraten. Wärst du nicht drauf reingefallen, nichts wäre passiert.«

»Oho! Das sagt die Richtige. Wer sich in die Dienste der Stasi begibt, der weiß doch, dass er sich die Hände schmutzig macht.«

»Was bist du für eine falsche Kuh! Weißt du, wie alt ich war? Gerade mal 19! Was weiß man da vom Leben?«

»Und wenn ich bei irgendjemand in Ilmenau anrufe? Nicht bei der Polizei, bei irgendjemand eben. Dann könnte man ihn vielleicht retten und man kommt uns nicht auf die Spur.«

»Vergiss es, Susi, was geschehen ist, ist geschehen. Für uns beginnt nun ein neues Leben.«

»Fuerteventura.« Susanne lachte höhnisch auf. »Fuerteventura, du sagst es.«

Blut ist ein ganz besonderer Saft. Blut ist eine Flüssigkeit und doch wiederum nicht. Flüssigkeiten nämlich verdunsten, Blut nicht. Blut trocknet an, wird hart, so auch das Leder um seinen Hals. Immer enger schnürt es sich zu, lässt den Atem stocken, staut zu allem Überfluss auch noch das Blut, das durch die Adern will, lässt den Hals zum Platzen anschwellen. Hektisch tastet er über die Bank, spürt mit den Fingerkuppen den Rillen im Holz nach, die er mühsam hineingeritzt hat. Es ist gut, man wird es lesen können, wird die Verbrecherinnen erwischen. Er hat getan, was er tun konnte. Nun kann der Tod kommen, nun ist es vorbei.

Noch einmal ziehen die Bilder von Ilmenau an ihm vorbei. Nicht die Bilder jener unglückseligen Nacht, viel ältere Erinnerungen, Bilder seiner Kindheit. Das Lächeln seiner Großmutter, wenn sie ihm die Tür aufmacht, die Schüssel mit den dampfenden Klößen, die Kiste mit den Spielzeugautos, die er immer sonntags aus dem Schrank ziehen durfte, die rot-gelbe Minol-Tankstelle, eine Laubsägearbeit seines Großvaters, die Ufer der Ilm, an denen sie Frösche fingen, der Baum am Ortseingang, zu dem sie liefen, wenn es wieder ein Auto erwischt hatte, der glänzende Autospiegel, der im Gebüsch lag, zersprungen zwar, aber chromglänzend noch. Langsam jedoch gehen die Bilder in einen Schwindel über, beginnen, sich zu drehen, wirbeln durcheinander, formen sich zu einer Spirale, die ihn hinunterzieht in ein großes, tiefes Dunkel. Am Ende des Dunkels taucht ein liebes Gesicht auf, es ist das Gesicht von Sylvia, sie lächelt ihn an, ist ihm wieder gut. Nun stemmt er sich nicht länger gegen den Sog, im Gegenteil, alles wird nun so leicht, so herrlich leicht. Jetzt ist er bereit loszulassen, jetzt gibt es kein Zurück mehr.

Wenn nur diese Stimme nicht so brüllen würde, die Stimme stört, sie will aufhalten, was längst nicht mehr aufzuhalten ist. »Braunkärsch!«, schreit die Stimme, »Braunkärsch, nicht einschlafen, hörst du, nicht einschlafen!« Dann zerrt etwas an ihm, zerrt an seinem Hals, schneidet daran herum, bis ein großer Schwall Luft seine Lungen flutet. Das große Dunkel, es weicht dem Licht. Das Leben hat ihn wieder.

Verwirrt schlägt er die Augen auf: »Mütze? Du Idiot! Was suchst du denn hier?«

*

Zeiten kommen und Zeiten vergehen. Vieles habe ich erlebt in all den Jahrhunderten. Haben auch Sie schon gehört, dass man aus Erfahrung klug werden soll? Vergessen Sie's, es stimmt einfach nicht. Trotz meiner 500 Jahre, der Mensch bleibt mir ein einziges Rätsel. Seit 500 Jahren schaue ich von meinem Turm herab, seit 500 Jahren läute ich für Frieden und Gerechtigkeit. Doch weder der Friede noch die Gerechtigkeit hören auf mich, erst recht nicht die Menschen. Ich sehe sie dort unten laufen, seit über 500 Jahren. Sie laufen über den Domplatz, rennen durch die Straßen und Gassen, über die Märkte der Stadt. Und wissen Sie, was ich mir dabei denke? Ein jeder von ihnen, jeder Mensch, ist doch ein Kind der Liebe, sonst hätte er das Licht der Welt ja nicht erblickt. Wie aber kann es sein, dass dennoch so wenig Liebe in der Welt ist? Jeder Samen der Birke bringt, fällt er auf fruchtbaren Boden, eine neue Birke hervor, jeder Kern der Sonnenblume eine neue Sonnenblume. Wieso bringt der Samen der Liebe bei den Menschen nicht neue Liebe hervor? Woher kommt all der Hass, all die Missgunst, all die Eifersucht? So hadere ich oft mit der Welt und bin zur tiefen Pessimistin geworden. Manchmal jedoch, in ganz besonderen Momenten, dringt ein Leuchten zu mir hinauf. Wenn zwei oder drei dort unten sich in wahrer Liebe begegnen, wenn die Freundschaft siegt über den Hass, das Leben über den Tod. Dann sehe ich ein Licht aufflammen, dann spüre ich, wie ein warmer Strahl die Kälte der Welt vertreibt. Dann schöpfe ich wieder Mut, dann beschließe ich weiterzumachen, meinen Gesang erklingen zu lassen, die Menschen zu mahnen und zu erfreuen. Trotz alledem.

DONNERSTAG

Er zählt die Häupter seiner Lieben,
Und sieh! ihm fehlt kein teures Haupt.

(Schiller: Das Lied von der Glocke)

»Und dann?«, fragte Karl-Dieter, als er die Platte mit den Schnittchen auftrug.

»Die drei Frauen haben keinerlei Gegenwehr geleistet«, sagte Mütze und streckte genüsslich seine Füße unter den Tisch, »die Ladys müssen große Augen gemacht haben, als die Kollegen sie bei Frankfurt auf der Autobahn gestellt haben. Die Heimfahrt nach Erfurt durften sie dann in einem bequemeren Wagen machen, noch dazu auf Staatskosten. Prost, ihr Lieben!«

Sie saßen in gemütlicher Runde zusammen, Mütze, Karl-Dieter und Braunkärsch. Es war gegen halb zwölf mittags, Mütze und Braunkärsch waren seit mehr als 30 Stunden auf den Beinen und auch für Karl-Dieter war die Nacht kurz gewesen. Er hatte die beiden Freunde noch zu einem kleinen Brunch geladen.

»Bevor es Zeit wird für den Mittagsschlaf. Auf euch, auf das Leben!«

Zur Feier des Tages hatte Karl-Dieter eine Flasche

Champagner aufgemacht, schließlich müsse man darauf anstoßen, dass alles gut ausgegangen sei.

Braunkärsch war gerührt, was Karl-Dieter da auf den Tisch stellte. Alle Brote waren liebevoll mit Brunnenkresse dekoriert. Verstohlen musste Karl-Dieter immer wieder Thomas' Hals betrachten, die Striemen waren deutlich zu erkennen. Wenn Mütze auch nur fünf Minuten später gekommen wäre … nicht auszudenken!

»Ihr hättet die Damen auch im Falle meines vorzeitigen Dahinscheidens erwischt«, sagte Braunkärsch, als hätte er Karl-Dieters Gedanken erraten, »hab mir viel Mühe gegeben, das Autokennzeichen des Ducatos in die Bank zu ritzen.«

»Gebrauchslyrik am Kickelhahn«, lachte Mütze, »nach Wandrers Nachtlied von Goethe nun das Ducato-Kennzeichen von Braunkärsch.« Munter goss er allen vom Champagner nach.

»Aber sagt«, fragte Karl-Dieter neugierig, »hat das Trio die Morde tatsächlich zusammen ausgeheckt?«

»Genauso verhält es sich«, sagte Mütze, »zwei der Damen sind ausgesprochen verstockt gewesen und auch von der Dritten hätten wir wohl wenig erfahren, wenn nicht Braunkärsch aus der Klinik ausgebrochen wäre.«

»Ausgebrochen? Aus der Klinik?« Karl-Dieter machte große Augen.

»Aus der Intensivstation des Johannes-Thal-Klinikums. Die jungen Ärzte hinterher, samt Krankenschwestern, Braunkärsch war schneller, sie haben ihn nicht gekriegt.«

»Thomas!« Karl-Dieter ließ die Hand mit der Schnitte sinken.

»Was sollte ich machen?«, verteidigte sich Braunkärsch. »Sie wollten mich partout nicht gehen lassen. Nur wegen der lächerlichen Schwellung am Hals.«

»Braunkärschs Flucht hat uns die Arbeit enorm erleichtert. Stell dir vor, Knuffi, ich wollte gerade frustriert das Verhör mit der Dritten im Bunde aufgeben, mit dieser Susanne Weiß, der Operndame, weißt schon, da kommt Braunkärsch ins Vernehmungszimmer gestürmt. Wie die Weiß Braunkärsch sieht, wird sie kreidebleich, als wenn ihr ein Geist erscheint, dann schießen ihr die Tränen in die Augen und sie springt auf und will Braunkärsch umarmen!«

»Na, herzlichen Glückwunsch«, lachte Karl-Dieter erleichtert.

»Blödsinn«, rief Braunkärsch dazwischen, »alles Theater! Sie hat doch mitgeholfen, mich in die Hütte zu schleppen. Ihr hättet sie wenige Stunden zuvor erleben sollen, im Lieferwagen. Wie sie mich da attackiert hat. Ich würde mit Küssen lügen und so ein Zeug. Gut, sie hatte mich zuvor in Sternberg verwandelt, aber dennoch.«

»Moment, sie hat dich in Sternberg verwandelt? Wie das?« Karl-Dieter schaute irritiert.

»Also nicht richtig verwandelt, nur in ihrer Fantasie. So wie sie's von den Therapiestunden her kannte. Sie hat sich vorgestellt, nicht mich, sondern Adam Sternberg vor sich zu haben. Ihren ganzen Hass hat sie über mir ausgegossen.«

»Aber zum Schluss hat sie dich umarmt.«

»Ich sag ja, die ist nicht ganz dicht. Angeblich habe sie schon beim Wegfahren vom Kickelhahn alles bereut und habe versucht, mich noch zu retten.«

»Schutzbehauptung, wenn ihr mich fragt«, sagte Mütze, »will ihren Richter gefügig stimmen. Jedenfalls hat sie, nachdem ich Braunkärsch aus ihrer Umarmung befreien konnte, gründlich ausgepackt.«

»Sie hat zugegeben, den Heiratsschwindler umgebracht zu haben?«

»Exakt. Auch wenn sie angab, ihm im letzten Moment verziehen zu haben, oben bei der Gloriosa, als sie mit Sekt angestoßen haben, während ihre sauberen Freundinnen sich in der Glockenstube versteckt hielten. Sie habe ihm entgegen der ursprünglichen Planung nur wenige K.-o.-Tropfen ins Glas getan, in der Hoffnung, dass er sich rechtzeitig aus der Glocke befreien könnte.«

»Vor dem Glockenschlag.«

»Ganz genau. Wie betäubt sei sie gewesen, als sie am nächsten Tag vom Tod ihres Ex erfahren musste. Dennoch habe sie weitergemacht, ihren Freundinnen zu helfen, schließlich habe sie einen Schwur geleistet.«

»Sie ist auch bei der Ermordung des Postboten dabei gewesen?«

»Sie hat zumindest mitgeholfen, ihn nach der Puffbohnenvergiftung aus der Wohnung zu schaffen, in einem Alurollkoffer.«

»Nach Töttleben.«

»Nach Töttleben, in die Scheune der Bauernfamilie.«

»Wo sie ihn in den Puffbohnen begraben haben.«

»Bis du ihn darin entdeckt hast.«

Karl-Dieter schauderte es. Nie wieder würde er Puffbohnen kaufen, egal, was die Erfurter von ihm dachten. Schnell kippte er seinen Sekt herunter und füllte sich noch mal nach. Was war das nur für eine Welt?

»Das war das Geständnis der Susanne Weiß. Ihren Namen hatte unser lieber und zum Glück noch recht lebendiger Braunkärsch bei eurer Theaterkasse ermitteln können. Frau Weiß besitzt ein Opern-Abo, zusammen mit einer Freundin. An einem Abend im Februar aber hatte sie ihre Freundin darum gebeten, ihr doch bitte auch die zweite Karte zur Verfügung zu stellen.«

»Um mit diesem Sternberg den Abend zu verbringen.«

»Erraten, Karl-Dieter, du könntest bei uns anfangen. Frau Weiß ist aber nicht die Letzte in der Reihe seiner Herzdamen gewesen. Wie hatte es sie geschockt, als sie ihrem Lover zufällig in der Stadt begegnete, ein fröhliches Selfie vor der Krämerbrücke schießend, im Arm sein nächstes Opfer. Auch Doris Niebel, die Frau vom Friedhof, hatte die bittere Erfahrung machen müssen, auf den Heiratsschwindler hereingefallen zu sein. Anders als bei Frau Niebel aber war die enttäuschte Liebe bei Susanne Weiß in Hass umgeschlagen, in Hass und Depressionen. Sie begab sich in eine Gruppentherapie für traumatisierte Frauen.«

»Wo sie die anderen beiden kennenlernte.«

»Ganz genau. Und nach den Therapiestunden wurden die Rachepläne ausgekocht. Anfangs seien das einfach Fortsetzungen der therapeutischen Sitzungen gewesen, eine jede habe versucht, sich durch immer grausamere Mordfantasien von dem erlittenen Schmerz zu befreien. Irgendwann aber habe sich das Ganze verselbstständigt, aus den Fantasien wurden konkrete Pläne. Dann habe man einen Schwur getan, feierlich und in aller Form: Man wolle nicht eher ruhen, bis alle ihre Peiniger ihre gerechte Strafe erlitten hätten. Damit fing alles an.«

»Die Aussagen der Dame decken sich exakt mit dem, was ich im Lieferwagen mitbekommen habe«, sagte Braunkärsch, »wegen der erlittenen Kränkungen haben sie ihre Rachepläne ausgeheckt, gemeinsam. Jede für sich allein hätte sich das kaum getraut. Zusammen aber fühlten sie sich stark. Das hat Sternberg das Leben gekostet und auch Kowalski.«

»Und beinahe auch …«, sagte Karl-Dieter atemlos.

»Passt schon«, sagte Braunkärsch und kratzte sich vorsichtig am Hals. *Das Brot* hatte ihn gestern Nacht noch in den Sonderurlaub schicken wollen, dagegen hatte er heftig protestiert. Was sollte er daheim? Sich langweilen? War ja alles noch mal gut gegangen. Dank Mütze und dank Karl-Dieter. Und vielleicht auch deswegen, weil er endlich den Mut gefunden hatte, jemandem die alte Ilmenauer Geschichte zu erzählen. Hätte er sie für sich behalten, läge er jetzt neben Kowalski im Kühlfach der Rechtsmedizin. Schweigen war nicht immer Gold, schweigen konnte gelegentlich tödlich sein.

»Und dieser Kevin Wieland ist tatsächlich unschuldig?«, wollte Karl-Dieter noch wissen. »Ich meine, hat er denn nicht gewusst, auf welch schmutzige Weise sein Partner das Geld für ihr Waid-Projekt beschafft hat?«

»Das bestreitet er. Und selbst wenn, Heiratsschwindler müssen selten befürchten, vor den Kadi gestellt zu werden. Manche Damen verzeihen eben alles.«

Karl-Dieter nickte stumm. Es war nicht zu verstehen und doch war es wohl so.

»Nun wollen wir es uns aber schmecken lassen«, sagte er.

Hungrig griffen sie zu. Nachdem auch das letzte Schnittchen verputzt war, ging Karl-Dieter zur Küche und zog einen Suppentopf aus dem Ofen.

»Was ist denn das?«, fragte Braunkärsch, den der köstliche Geruch neugierig gemacht hatte.

»Der nächste Gang«, sagte Karl-Dieter, »Brunnenkressesuppe.«

Als er die Teller füllte, hielt er jedoch unwillkürlich inne und blickte zum Fenster. Was war denn das? Was war das für ein wunderbarer Klang? Ein herrliches, nie zuvor gehörtes Glockengeläut erfüllte die Luft.

»Die Gloriosa«, sagte Braunkärsch.

»Aber wieso? Wieso heute?«

Karl-Dieter schüttelte ungläubig den Kopf. Die Gloriosa, die doch nur an höchsten Feiertagen erklang, sie läutete an einem ganz gewöhnlichen Donnerstag. Auch Mütze spitzte die Ohren. Wer wohl dahintersteckte? Der Glockenwart? Zusammen mit Monsignore van Ackeren? Raffiniert, wie ihm die drei Racheengel den Schlüssel am Beichtstuhl entwendet hatten. Susanne Weiß hatte die sündige Büßerin gespielt und Inge Kieskalt Schmiere gestanden, während Grit Bircher dem Pfarrer den Schlüssel aus dem Mantel gezogen hatte. Hatten die Herren vom Dom schon vom glücklichen Ausgang der Geiselnahme gehört? Immer schöner tönte es vom Domberg hinab. Still löffelten die Freunde die Suppe, während sie fast andächtig der Gloriosa lauschten. Als die Teller ausgekratzt waren, fummelte Mütze an seiner Schimanskijacke herum und zog mit etwas verlegenem Gesicht eine Tüte hervor.

»Zum Nachtisch«, sagte er und ließ ein knochenhartes Gebäckstück auf die Tischplatte rutschen.

»Eine Nussecke!« Karl-Dieters Augen begannen zu leuchten.

»Du darfst die Tüte nicht wegwerfen.«

»Wieso nicht?«, fragte Karl-Dieter verwundert und strich prüfend die Tüte glatt. Nun erkannte er, dass Mütze mit Bleistift etwas darauf notiert hatte: »Gutschein für einen gemeinsamen Tangokurs.«

Karl-Dieter konnte sein Glück nicht fassen. Gerührt nahm er Mütze in den Arm, der sich heftig dagegen wehrte, schließlich saß Braunkärsch am Tisch. Als er sich erfolgreich befreit hatte, sagte er: »Da ist noch was. Heute Morgen hab ich im Radio gehört, dass man ein neues Adoptionsrecht für Schwule beschließen will.«

Ein neues Adoptionsrecht? Karl-Dieter schaute völlig verdattert drein. Was sagte Mütze denn da? Das hieß doch nicht etwa, das bedeutete doch nicht… »Wann tritt das in Kraft?«, fragte er stotternd.

»Das tritt nach meiner Kenntnis … ist das sofort, unverzüglich.«

Was jetzt geschah, ist so unbeschreiblich, dass der Schreiber dieser Zeilen den Stift gerührt sinken lässt. Wenn er sich geschnäuzt hat aber, will er gewissenhaft aufzeichnen, wie es mit den Freunden weiterging. Und wie das neue Adoptionsrecht ein Leben durcheinanderwirbeln kann.

ANHANG

Krimilesen bildet. Wer würde das ernsthaft bestreiten? Für alle diejenigen, die sich für die poetisch-historisch-kulinarischen Hintergründe der Story interessieren, seien noch vertiefende Informationen aufgeführt. Natürlich darf auch der Hinweis nicht fehlen, dass jede Ähnlichkeit mit lebenden Personen rein zufällig ist. Und noch etwas: Gelegentlich wenden sich Leser an den Autor mit der Bitte, ob er nicht diesen oder jenen Menschen im nächsten Krimi von der Last des irdischen Daseins befreien könne, rein literarisch natürlich. Einer solchen Bitte kann, so berechtigt sie im Einzelfall auch sein mag, nicht entsprochen werden. Wir bitten dies zu entschuldigen.

ZUR GESCHICHTE DER GLORIOSA

Sie gilt als die größte freischwingende Glocke des Mittelalters und zugleich als die klangschönste: die Ruhmreiche oder Glorreiche, lateinisch: die Gloriosa. Johannes Bonemilch (um 1434–1510), Weihbischof am Mariendom und Rektor der Erfurter Universität, ist die Herstellung der sechsten und bedeutendsten Glocke dieses Namens zu verdanken. Bonemilch, der auch Martin Luther zum Priester weihte, gab den Bau in Auftrag und beherbergte auf eigene Kosten den Glockengießer Gerhard van Wou, der die Form für die Gloriosa neben dem Mariendom errichtete. Am 8. Juli 1497 lief die glühende Glockenspeise in die Form. In der heutigen Zeit, die voll ist von Tönen und Klängen, können wir uns die Wirkung der Gloriosa kaum mehr vorstellen, damals aber, im ausgehenden Mittelalter, müssen die Menschen von ihrem Klang auf kaum mehr nachvollziehbare Weise ergriffen worden sein. Allein die Glocke zum Schwingen zu bringen, ist ein Kunststück gewesen, für das 16 Männer notwendig waren.

Die Gloriosa wurde zum Vorbild für viele weitere Glocken. Wer etwas auf sich hielt und es sich leisten konnte, ließ sich eine Glocke nach dem Vorbild der Ruhmreichen aus Erfurt gießen. Nicht ohne Grund wird die Gloriosa deshalb auch »Königin aller Glocken« genannt. Die große Kreuzglocke der Dresdener Kreuzkirche, die Frankfurter Gloriosa und auch der »Pitter«, die Petersglocke vom Kölner Dom, wurden nach ihren Konstruktionsprinzipien gegossen.

Bei der jährlichen Glockenwartung werden alle 21 Glocken des Mariendomes und der Severi-Kirche geläutet. Während der Wartung nehmen Fachleute sämtliche mechanischen Teile in den Blick, fetten die Lager und überprüfen die Kettenspannung der Läutemaschinen. Berührend ist das Schicksal der kleineren Johannes-Glocke. Im Zweiten Weltkrieg wurde sie abgehängt und abtransportiert. Wie so viele andere Glocken sollte sie eingeschmolzen werden, versteckte sich jedoch auf dem Glockenfriedhof unter einer größeren und entging hierdurch ihrem Schicksal. Nach dem Krieg konnte sie wieder zugeordnet werden, wurde zurück nach Erfurt gebracht und im Mariendom aufgehängt.

Glocken und Kanonen, eine schwierige Beziehung. So war auch Meister Wou nicht nur für seine Glocken berühmt, sondern ebenso für den Guss von Kanonenrohren. Krieg und Frieden, so nah können sie beisammen wohnen.

Praktischer Hinweis: Wer die Gloriosa besuchen will, nur zu! Besucher sind herzlich willkommen. (Die Zeiten der Turmbesteigung sind auf der Homepage des Erfurter Mariendoms zu erfahren.) Die Mühe lohnt. Man wird zugleich mit einem grandiosen Blick über Erfurt, den Thüringer Wald und das Thüringer Becken belohnt. Wer die Gloriosa hören möchte, wird ebenfalls auf der Homepage des Erfurter Domes fündig (siehe aktuelle Läuteordnung). Gewöhnlich erschallte die Gloriosa am 1. Januar, um das Neue Jahr einzuläuten (rücksichtsvollerweise erst um 10.45 Uhr, um den Silvesterpartygängern etwas Schlaf zu gönnen), am Dienstag der Karwoche (Ölweihmesse), am Ostersonntag, am Pfingstsonntag, zu Mariens Aufnahme in den Himmel am 15. August, bei der Bistumswallfahrt im September, am 10. November, dem Vorabend des Martinstags (Martin ist der Schutzheilige des Bistums Mainz, zu dem Erfurt lange gehörte), und am Weihnachtstag, dem 25. Dezember. Gelegentlich aber läutet man die Gloriosa auch zu besonderen gesellschaftspolitischen Anlässen, bei runden Jahrestagen der deutschen Einheit etwa. Immer aber gilt: »Wenn die Gloriosa spricht, haben alle anderen Glocken zu schweigen.«

DAS LIED VON DER GLOCKE VON FRIEDRICH SCHILLER

Zu dem kunstvoll verwobenen Gedicht, das den Guss einer Glocke in Beziehung zum Leben und Schicksal des Menschen setzt, hat Friedrich Schiller sorgfältig recherchiert. Fasziniert vom Glockenguss war er vielleicht schon in seiner Geburtsstadt Ludwigsburg, wo der Vater eines Freundes eine Glockengießerei betrieb. Bekannt ist außerdem, dass Schiller im thüringischen Rudolstadt wiederholt eine Glockenwerkstatt besucht hat, nachdem der Meister derselben seinem Wunsch brummend nachgegeben hatte. Schiller selbst berichtet, viel von der Enzyklopädie von Johann Georg Krünitz profitiert zu haben, bei dem er wesentliche Arbeitsschritte und Fachbegriffe gefunden hat. Das einleitende lateinische Motto entnahm er ebenfalls der Enzyklopädie, welche die Umschrift der großen Glocke des Münsters der Stadt Schaffhausen zitiert.

*

Vicos voco
Mortuos plango
Fulgura frango

Fest gemauert in den Erden
Steht die Form, aus Lehm gebrannt.
Heute muss die Glocke werden!
Frisch, Gesellen, seid zur Hand!
Von der Stirne heiß
Rinnen muss der Schweiß,

Soll das Werk den Meister loben;
Doch der Segen kommt von oben.

Zum Werke, das wir ernst bereiten,
Geziemt sich wohl ein ernstes Wort;
Wenn gute Reden sie begleiten,
Dann fließt die Arbeit munter fort.
So lasst uns jetzt mit Fleiß betrachten,
Was durch die schwache Kraft entspringt;
Den schlechten Mann muss man verachten,
Der nie bedacht, was er vollbringt.

Das ist's ja, was den Menschen zieret,
Und dazu ward ihm der Verstand,
Dass er im innern Herzen spüret,
Was er erschafft mit seiner Hand.

Nehmet Holz vom Fichtenstamme,
Doch recht trocken lasst es sein,
Dass die eingepresste Flamme
Schlage zu dem Schwalch hinein!
Kocht des Kupfers Brei,
Schnell das Zinn herbei,
Dass die zähe Glockenspeise
Fließe nach der rechten Weise!

Was in des Dammes tiefer Grube
Die Hand mit Feuers Hilfe baut,
Hoch auf des Turmes Glockenstube,
Da wird es von uns zeugen laut.
Noch dauern wird's in späten Tagen
Und rühren vieler Menschen Ohr

Und wird mit den Betrübten klagen
Und stimmen zu der Andacht Chor.
Was unten tief dem Erdensohne
Das wechselnde Verhängnis bringt,
Das schlägt an die metallne Krone,
Die es erbaulich weiterklingt.

Weiße Blasen seh' ich springen,
Wohl! Die Massen sind im Fluss.
Lasst's mit Aschensalz durchdringen,
Das befördert schnell den Guss.
Auch von Schaume rein
Muss die Mischung sein,
Dass vom reinlichen Metalle
Rein und voll die Stimme schalle.

Denn mit der Freude Feierklange
Begrüßt sie das geliebte Kind
Auf seines Lebens erstem Gange,
Den es in Schlafes Arm beginnt.
Ihm ruhen noch im Zeitenschoße
Die schwarzen und die heitern Lose;
Der Mutterliebe zarte Sorgen
Bewachen seinen goldnen Morgen –
Die Jahre fliehen pfeilgeschwind.
Vom Mädchen reißt sich stolz der Knabe,
Er stürmt ins Leben wild hinaus,
Durchmisst die Welt am Wanderstabe.
Fremd kehrt er heim ins Vaterhaus,
Und herrlich, in der Jugend Prangen,
Wie ein Gebild aus Himmelshöhn,
Mit züchtigen, verschämten Wangen

Sieht er die Jungfrau vor sich stehn.
Da fasst ein namenloses Sehnen
Des Jünglings Herz, er irrt allein,
Aus seinen Augen brechen Tränen,
Er flieht der Brüder wilden Reihn.
Errötend folgt er ihren Spuren
Und ist von ihrem Gruß beglückt,
Das Schönste sucht er auf den Fluren,
Womit er seine Liebe schmückt.
O zarte Sehnsucht, süßes Hoffen,
Der ersten Liebe goldne Zeit!
Das Auge sieht den Himmel offen,
Es schwelgt das Herz in Seligkeit;
O dass sie ewig grünen bliebe,
Die schöne Zeit der jungen Liebe!

Wie sich schon die Pfeifen bräunen!
Dieses Stäbchen tauch' ich ein:
Sehn wir's überglast erscheinen,
Wird's zum Gusse zeitig sein.
Jetzt, Gesellen, frisch!
Prüft mir das Gemisch,
Ob das Spröde mit dem Weichen
Sich vereint zum guten Zeichen.

Denn wo das Strenge mit dem Zarten,
Wo Starkes sich und Mildes paarten,
Da gibt es einen guten Klang.
Drum prüfe, wer sich ewig bindet,
Ob sich das Herz zum Herzen findet!
Der Wahn ist kurz, die Reu ist lang.
Lieblich in der Bräute Locken

Spielt der jungfräuliche Kranz,
Wenn die hellen Kirchenglocken
Laden zu des Festes Glanz.
Ach! des Lebens schönste Feier
Endigt auch den Lebensmai,
Mit dem Gürtel, mit dem Schleier
Reißt der schöne Wahn entzwei.
Die Leidenschaft flieht,
Die Liebe muss bleiben;
Die Blume verblüht,
Die Frucht muss treiben.
Der Mann muss hinaus
Ins feindliche Leben,
Muss wirken und streben
Und pflanzen und schaffen,
Erlisten, erraffen,
Muss wetten und wagen,
Dass Glück zu erjagen.
Da strömet herbei die unendliche Gabe,
Es füllt sich der Speicher mit köstlicher Habe,
Die Räume wachsen, es dehnt sich das Haus.
Und drinnen waltet
Die züchtige Hausfrau,
Die Mutter der Kinder,
Und herrschet weise
Im häuslichen Kreise,
Und lehret die Mädchen
Und wehret den Knaben,
Und reget ohn' Ende
Die fleißigen Hände
Und mehrt den Gewinn
Mit ordnendem Sinn,

Und füllet mit Schätzen die duftenden Laden,
Und dreht um die schnurrende Spindel den Faden,
Und sammelt im reinlich geglätteten Schrein
Die schimmernde Wolle, den schneeigten Lein,
Und füget zum Guten den Glanz und den Schimmer,
Und ruhet nimmer.

Und der Vater mit frohem Blick
Von des Hauses weitschauendem Giebel
Überzählet sein blühend Glück,
Siehet der Pfosten ragende Bäume
Und der Scheunen gefüllte Räume,
Und die Speicher, vom Segen gebogen,
Und des Kornes bewegte Wogen,
Rühmt sich mit stolzem Mund:
Fest, wie der Erde Grund,
Gegen des Unglücks Macht
Steht mir des Hauses Pracht!
Doch mit des Geschickes Mächten.
Ist kein ew'ger Bund zu flechten,
Und das Unglück schreitet schnell.

Wohl! nun kann der Guss beginnen,
Schön gezacket ist der Bruch.
Doch, bevor wir's lassen rinnen,
Betet einen frommen Spruch!
Stoßt den Zapfen aus!
Gott bewahr' das Haus!
Rauchend in des Henkels Bogen
Schießt's mit feuerbraunen Wogen.

Wohltätig ist des Feuers Macht,
Wenn sie der Mensch bezähmt, bewacht,
Und was er bildet, was er schafft,
Das dankt er dieser Himmelskraft;
Doch furchtbar wird die Himmelskraft,
Wenn sie der Fessel sich entrafft,
Einhertritt auf der eignen Spur,
Die freie Tochter der Natur.
Wehe, wenn sie losgelassen,
Wachsend ohne Widerstand
Durch die volkbelebten Gassen
Wälzt den ungeheuren Brand!
Denn die Elemente hassen
Das Gebild der Menschenhand.
Aus der Wolke
Quillt der Segen,
Strömt der Regen;
Aus der Wolke, ohne Wahl,
Zuckt der Strahl.
Hört ihr's wimmern hoch vom Turm?
Das ist Sturm!
Rot, wie Blut
Ist der Himmel;
Das ist nicht des Tages Glut!
Welch Getümmel
Straßen auf!
Dampf wallt auf!
Flackernd steigt die Feuersäule,
Durch der Straße lange Zeile
Wächst es fort mit Windeseile;
Kochend wie aus Ofens Rachen,
Glühn die Lüfte, Balken krachen,

Pfosten stürzen, Fenster klirren,
Kinder jammern, Mütter irren,
Tiere wimmern
Unter Trümmern;
Alles rennet, rettet, flüchtet,
Taghell ist die Nacht gelichtet.
Durch der Hände lange Kette
Um die Wette
Fliegt der Eimer, hoch im Bogen
Spritzen Quellen Wasserwogen.
Heulend kommt der Sturm geflogen,
Der die Flamme brausend sucht.
Prasselnd in die dürre Frucht
Fällt sie, in des Speichers Räume,
In der Sparren dürre Bäume,
Und als wollte sie im Wehen
Mit sich fort der Erde Wucht
Reißen, in gewalt'ger Flucht,
Wächst sie in des Himmels Höhen
Riesengroß!
Hoffnungslos
Weicht der Mensch der Götterstärke,
Müßig sieht er seine Werke
Und bewundernd untergehn.

Leergebrannt
Ist die Stätte,
Wilder Stürme rauhes Bette,
In den öden Fensterhöhlen
Wohnt das Grauen,
Und des Himmels Wolken schauen
Hoch hinein.

Einen Blick
Nach dem Grabe
Seiner Habe
Sendet noch der Mensch zurück –
Greift fröhlich dann zum Wanderstabe.
Was Feuers Wut ihm auch geraubt,
Ein süßer Trost ist ihm geblieben:
Er zählt die Häupter seiner Lieben,
Und sieh! ihm fehlt kein teures Haupt.

In die Erd' ist's aufgenommen,
Glücklich ist die Form gefüllt:
Wird's auch schön zutage kommen,
Dass es Fleiß und Kunst vergilt?
Wenn der Guss misslang?
Wenn die Form zersprang?
Ach, vielleicht, indem wir hoffen,
Hat uns Unheil schon getroffen.

Dem dunklen Schoß der heil'gen Erde
Vertrauen wir der Hände Tat,
Vertraut der Sämann seine Saat,
Und hofft, dass sie entkeimen werde
Zum Segen, nach des Himmels Rat.
Noch köstlicheren Samen bergen
Wir trauernd in der Erde Schoß
Und hoffen, dass er aus den Särgen
Erblühen soll zu schönerm Los.

Von dem Dome,
Schwer und bang,
Tönt die Glocke

Grabgesang.
Ernst begleiten ihre Trauerschläge
einen Wandrer auf dem letzten Wege.

Ach! die Gattin ist's, die teure,
Ach! es ist die treue Mutter,
Die der schwarze Fürst der Schatten
Wegführt aus dem Arm des Gatten,
Aus der zarten Kinder Schar,
Die sie blühend ihm gebar,
Die sie an der treuen Brust
Wachsen sah mit Mutterlust –
Ach! des Hauses zarte Bande
Sind gelöst auf immerdar;
Denn sie wohnt im Schattenlande,
Die des Hauses Mutter war;
Denn es fehlt ihr treues Walten,
Ihre Sorge wacht nicht mehr,
An verwaister Stätte schalten
Wird die Fremde, liebeleer.

Bis die Glocke sich verkühlet,
Lasst die Strenge Arbeit ruhn,
Wie im Laub der Vogel spielet,
Mag sich jeder gütlich tun.
Winkt der Sterne Licht,
Ledig aller Pflicht,
Hört der Bursch die Vesper schlagen;
Meister muss sich immer plagen.

Munter fördert seine Schritte
Fern im wilden Forst der Wandrer

Nach der lieben Heimathütte.
Blökend ziehen heim die Schafe,
Und der Rinder
Breitgestirnte, glatte Scharen
Kommen brüllend,
Die gewohnten Ställe füllend.
Schwer herein
Schwankt der Wagen
Kornbeladen;
Bunt von Farben,
Auf den Garben
Liegt der Kranz,
Und das junge Volk der Schnitter
Fliegt zum Tanz.
Markt und Straße werden stiller,
Um des Lichts gesell'ge Flamme
Sammeln sich die Hausbewohner,
Und das Stadttor schließt sich knarrend.
Schwarz bedecket
Sich die Erde;
Doch den sichern Bürger schrecket
Nicht die Nacht,
Die den Bösen grässlich wecket;
Denn das Auge des Gesetzes wacht.

Heil'ge Ordnung, segenreiche
Himmelstocher, die das Gleiche
Frei und leicht und freudig bindet,
Die der Städte Bau begründet
Die herein von den Gefilden
Rief den ungesell'gen Wilden,
Eintrat in der Menschen Hütten.

Sie gewöhnt zu sanften Sitten
Und das teuerste der Bande
Wob, den Trieb zum Vaterlande!

Tausend fleiß'ge Hände regen,
Helfen sich in munter'm Bund,
Und in feurigem Bewegen
Werden alle Kräfte kund.
Meister rührt sich und Geselle
In der Freiheit heil'gem Schutz;
Jeder freut sich seiner Stelle,
Bietet dem Verächter Trutz.
Arbeit ist des Bürgers Zierde,
Segen ist der Mühe Preis;
Ehrt den König seine Würde,
Ehrt uns der Hände Fleiß.

Holder Friede,
Süße Eintracht,
Weilet, weilet
Freundlich über diese Stadt!
Möge nie der Tag erscheinen,
Wo des rauhen Krieges Horden
Dieses stille Tal durchtoben;
Wo der Himmel,
Den des Abends sanfte Röte
Lieblich malt,
Von der Dörfer, von der Städte
Wildem Brande schrecklich strahlt!

Nun zerbrecht mir das Gebäude,
Seine Absicht hat's erfüllt,
Dass sich Herz und Auge weide,
An dem wohlgelungnen Bild.
Schwingt den Hammer, schwingt,
Bis der Mantel springt!
Wenn die Glock' soll auferstehen,
Muss die Form in Stücke gehen.

Der Meister kann die Form zerbrechen
Mit weiser Hand, zur rechten Zeit;
Doch wehe, wenn in Flammenbächen
Das glühnde Erz sich selbst befreit!
Blindwütend, mit des Donners Krachen,
Zersprengt es das geborst'ne Haus,
Und wie aus off'nem Höllenrachen
Speit es Verderben zündend aus.
Wo rohe Kräfte sinnlos walten,
Da kann sich kein Gebild gestalten;
Wenn sich die Völker selbst befrein,
Da kann die Wohlfahrt nicht gedeihn.

Weh, wenn sich in dem Schoß der Städte
Der Feuerzunder still gehäuft,
Das Volk, zerreißend seine Kette,
Zur Eigenhilfe schrecklich greift!
Da zerret an der Glocke Strängen
Der Aufruhr, dass sie heulend schallt
Und, nur geweiht zu Friedensklängen,
Die Losung anstimmt zur Gewalt.

Freiheit und Gleichheit! hört man schallen;
Der ruh'ge Bürger greift zur Wehr,
Die Straßen füllen sich, die Hallen,
Und Würgebanden zieh'n umher.
Da werden Weiber zu Hyänen
Und treiben mit Entsetzen Scherz;
Noch zuckend, mit des Panthers Zähnen,
Zerreißen sie des Feindes Herz.
Nichts Heiliges ist mehr, es lösen
Sich alle Bande frommer Scheu:
Der Gute räumt den Platz dem Bösen,
Und alle Laster walten frei.
Gefährlich ist's, den Leu zu wecken,
Verderblich ist des Tigers Zahn;
Jedoch der schrecklichste der Schrecken,
Das ist der Mensch in seinem Wahn.
Weh denen, die dem Ewigblinden
Des Lichtes Himmelfackel leih'n!
Sie strahlt ihm nicht, sie kann nur zünden
Und äschert Städt' und Länder ein.

Freude hat mir Gott gegeben!
Sehet! Wie ein gold'ner Stern,
Aus der Hülse, blank und eben,
schält sich der metall'ne Kern.
Von dem Helm zum Kranz
Spielt's wie Sonnenglanz,
Auch des Wappens nette Schilder
Loben den erfahr'nen Bilder.

Herein! Herein!
Gesellen alle, schließt den Reihen,
Dass wir die Glocke taufend weihen!
Concordia soll ihr Name sein.
Zur Eintracht, zu herzinnigem Vereine
Versammle sie die liebende Gemeine.

Und dies sei fortan ihr Beruf,
Wozu der Meister sie erschuf:
Hoch überm nieder'n Erdenleben
Soll sie in blauem Himmelszelt,
Die Nachbarin des Donners, schweben
Und grenzen an die Sternenwelt,
Soll eine Stimme sein von oben,
Wie der Gestirne helle Schar,
Die ihren Schöpfer wandelnd loben
Und führen das bekränzte Jahr.
Nur ewigen und ernsten Dingen
Sei ihr metallner Mund geweiht,
Und stündlich mit den schnellen Schwingen
Berühr' im Fluge sie die Zeit.
Dem Schicksal leihe sie die Zunge;
Selbst herzlos, ohne Mitgefühl

Begleite sie mit ihrem Schwunge
Des Lebens wechselvolles Spiel.
Und wie der Klang im Ohr vergehet,
Der mächtig tönend ihr entschallt,
So lehre sie, dass nichts bestehet,
Dass alles Irdische verhallt.

Jetzo mit der Kraft des Stranges
Wiegt die Glock' mir aus der Gruft.
Dass sie in das Reich des Klanges
Steige, in die Himmelsluft!
Ziehet, ziehet, hebt!
Sie bewegt sich, schwebt.
Freude dieser Stadt bedeute.
Friede sei ihr erst Geläute.

WANDRERS NACHTLIED

(JOHANN WOLFGANG VON GOETHE)

Staatsmann zu sein, als Minister Verantwortung zu tragen und zugleich den Sinn für Poesie nicht zu verlieren, keine leichte Aufgabe. Nur zu verständlich, dass der junge Goethe bei einem Besuch von Ilmenau, dessen Bergbau er zum Wohle der Wirtschaft seines Fürstentums ankurbeln wollte, »dem Wuste des Städtgens, den Klagen, den Verlangen, der unverbesserlichen Verworrenheit der Menschen« ausweichen wollte, wie er seiner Vertrauten, Charlotte von Stein, schrieb, und sich auf den Kickelhahn begab, den höchsten Berg der Umgebung, um in der dortigen Jagdaufseherhütte zu übernachten. Seinem dringenden Bedürfnis nach Ruhe gab er in Versen Ausdruck, die er an die Bretterwand der Hütte schrieb.

Über allen Gipfeln
Ist Ruh',
In allen Wipfeln
Spürest du
Kaum einen Hauch;
Die Vöglein schweigen im Walde.
Warte nur! Balde
Ruhest du auch.

Als Goethe als alter Mann noch einmal auf den Kickelhahn stieg, am 27. August 1831, ein halbes Jahr vor seinem Tod, und noch einmal die Verse las, die er im September 1780 als 30-Jähriger geschrieben hatte, flossen ihm die Tränen über die Wangen. Berginspektor Johann Christian Mahr, der ihn begleitete, berichtet uns: »Ganz langsam zog er sein Taschentuch aus seinem dunkelbraunen Tuchrock, trocknete sich die Tränen und sprach in sanftem, wehmütigem Ton: ›Ja: Warte nur, balde ruhest du auch!‹, schwieg eine halbe Minute, sah noch mal durch das Fenster in den düstern Fichtenwald und wendete sich darauf zu mir mit den Worten: ›Nun wollen wir wieder gehen.‹«

Die Inschrift auf der Bretterwand wurde immer wieder aufgefrischt, ging jedoch trotzdem verloren. Erhalten aber haben sich die unsterblichen Zeilen im kollektiven Gedächtnis der Menschen.

DAS ERFURTER BLAU

Das Erfurt Blau ist eine wunderbare Farbe, ihre Herstellung ist eine echte Kunst. Bereits im 9. Jahrhundert baute man die Waidpflanze in der Gegend von Erfurt an. Das aus ihr gewonnene Blau war so wertvoll, dass es nicht unbeträchtlich zum Reichtum Erfurts beigetragen hat. In der Blütezeit des Waidhandels, im 13. bis 16. Jahrhundert, bauten über 300 Dörfer rings um Erfurt die Pflanze an. Breitete der Winter zur Weihnachtszeit sein weißes Kleid auf den Feldern aus, zogen die Bauern los und warfen den Samen in den Schnee. Lockten erste Frühlingsstrahlen die grünen Triebe ans Tageslicht, begann die mühsame Arbeit, das Waid vom Unkraut zu befreien. Noch bevor die Blattrosette sich öffnete, wurde sie mit einem meißelähnlichen Werkzeug dicht über der Wurzel abgeschlagen. Die geernteten Blätter wusch man und brachte sie halbgetrocknet zur Waidmühle, einem senkrecht im Kreis laufenden Mühlrad, das die Blätter zerquetschte. Damit setzte die Gärung ein. Aus dem Pflanzenbrei wurden nach einem Tag Lagerung faustgroße Klöße geformt, die nach wenigen Tagen der Trocknung nach Erfurt zum Markt gebracht wurden. Nun übernahmen die Waidhändler die Weiterverarbeitung, zerschlugen die Waidballen auf dem Waidboden und befeuchteten sie mit Wasser und Urin. Jetzt erst entstand die Farbe Blau, das Indikan.

Heute wird die Farbe Blau längst synthetisch hergestellt. Macht man sich aber daran, ein historisches Gebäude originalgetreu zu restaurieren, dessen Balken man mit dem Erfurter Blau nicht nur hübsch gestrichen, sondern mit dieser Behandlung zugleich auch gegen Pilzbefall geschützt hatte, so greift man wieder auf das Färberwaid zurück, das im Raum Erfurt wieder angebaut wird. Auch Stoffe lassen sich wunderschön mit Waid färben. Wer sich davon überzeugen will, der bummle über die Krämerbrücke, dort wird er fündig werden. Doch aufgepasst und nicht zu viel geschwärmt! Die Waidproduktion muss bestialisch gestunken haben, die Erfurter Wasserläufe sind oft vergiftet gewesen.

Auch der Ausdruck »blaumachen« soll vom Erfurter Blau herrühren. Am Sonntag legten die Färber die Wolle ins Färbebad, am Montag wurde sie zum Trocknen und abschließenden Bläuen an die Luft gehängt und die Färbergesellen hatten einen Tag nichts zu tun, sie machten »blau«.

DIE ERFURTER PUFFBOHNE

Von den Indianern am Amazonas ist bekannt, dass sie sich bei einem Baum entschuldigten, bevor sie ihn fällten. Echte Erfurter zogen, kamen sie an einem Puffbohnenfeld vorbei, den Hut und grüßten die Bohnen respektvoll. Lange her, dass einem simplen Gemüse solche Wertschätzung entgegengebracht worden ist, umso sympathischer erscheint uns die Geste. Die Gaben der Natur nicht als selbstverständlich anzusehen, sie als kostbare Geschenke zu achten, das verbindet den Amazonasindianer mit dem Erfurter. Nachbarn bezeichneten die Erfurter spöttisch als Puffbohnen, die Erfurter aber bewiesen Witz und die

Fähigkeit, sich selbst auf den Arm zu nehmen. Sie übernahmen den Spottnamen willig für sich selbst, wodurch sie dem Spott zugleich den Wind aus den Segeln nahmen, ja, sie erhoben die Puffbohne in den 1970er-Jahren sogar zum städtischen Maskottchen.

Puffbohnen, andernorts Dicke Bohnen oder Saubohnen genannt, waren lange Zeit ein Arme-Leute-Essen und als Eiweißlieferant wertvoll und geschätzt. Im fruchtbaren Thüringer Becken gediehen sie auf das Schönste, sodass die Ernte oft reichlich ausfiel. Ihren Namen haben die Puffbohnen nicht, weil sie in zweifelhaften Etablissements gereicht werden, sondern wegen des Geräuschs, das viele Bohnen beim Kochen von sich geben. Rümpfen Sie nicht die Nase und sagen, dass wäre doch nichts für einen Feinschmecker! Auch wäre es äußerst bedauerlich, wenn Ihnen, ähnlich wie Karl-Dieter, durch die Leiche auf dem Markt der Geschmack auf Puffbohnen vergangen wäre. Heute noch kann man in vielen Erfurter Restaurants leckere Puffbohnengerichte genießen. Haben Sie schon mal tomatisierte Puffbohnen probiert? Oder einen Puffbohnensalat mit Rotwurst auf Pumpernickel? In Erfurt einfach danach fragen.

REZEPT FÜR EIN FAVA AUS PUFFBOHNEN

Nachdem Karl-Dieter in der Gemüsekiste mit den Puffbohnen eine Leiche finden musste, verlor er verständlicherweise die Lust daran, für Eduardo ein Fava zu zaubern. Für alle, die nicht so zart besaitet sind, hier Karl-Dieters Rezept:

Zutaten:

250 Gramm trockene Puffbohnen (am besten aus dem Raum Erfurt)
150 Gramm Zwiebeln
5 Esslöffel Olivenöl (erste Pressung)
1 Liter Leitungswasser
1 Teelöffel Zucker
1 Bund Dill
1 Bio-Zitrone

Die Puffbohnen unter kaltem Wasser waschen und in einem großen Topf zehn Stunden einweichen. Dann im Sieb abtropfen lassen und erneut kurz mit kaltem Wasser waschen. Die Zwiebeln schälen und vierteln, 3 Esslöffel Olivenöl in einem Topf sanft erhitzen, die Zwiebeln kurz andünsten, dann Wasser, Zucker und eine Prise Salz hinzugeben. Kocht das Wasser, auch die Puffbohnen zufügen. Im geschlossenen Topf 45 Minuten bei leichter Hitze köcheln lassen, bis es die Puffbohnen zerreißt. Über einem groben Sieb abgießen und die Puffbohnenmasse mit einem Löffel hindurchstreichen. Den Dill fein hacken, die Puffbohnenpaste noch einmal sanft erhitzen und 2 Esslöffel Dill daruntermischen. Unter ständigem Rühren eine Minute köcheln. Das Fava in eine Schüssel geben und eine gute Stunde abkühlen lassen. Mit Salz abschmecken. 2 Esslöffel Olivenöl und Zitronensaft verrühren und über das Fava gießen. Mit einem Dillzweig und einer Zitronenscheibe dekorieren.

BRUNNENKRESSE

Was kann besser schmecken, als ein Gemüse, das in frischen, klaren Bachläufen wächst? Die Brunnenkresse ist eine weitere Erfurter Spezialität, knackig, frisch und urgesund. Im Dreibrunnengebiet ist die Brunnenkresse zu Hause, um 1630 begann man, sie dort anzubauen. Man experimentierte und optimierte und schuf ein System von kleinen Kanälen, den Klingen, mit dazwischenliegenden Dämmen, den Jähnen. Maßgeblicher Entwickler war der Mann mit dem grünsten Daumen aller Zeiten, das Erfurter Gartenbaugenie Christian Reichart (1685–1775). Über die Jahrhunderte war Brunnenkresse aus Erfurt heiß begehrt, im Jahr 1962 sollen die verbliebenen fünf Gärtnereien Erfurts noch über 40.000 Kilo Brunnenkresse geerntet haben. Leider ging es danach bergab, bis der Brunnenkresseanbau 1994 auf einer kleinen Fläche wieder reaktiviert wurde. Würzig, kräftig, mit leichter Schärfe schmeckt sie nicht nur dem Erfurter Hauptkommissar Thomas »Braunkärsch« Stulpenpilz. Sie versorgt den Genießer zugleich mit zahlreichen Vitaminen, A, B1, B2, C und E, aber auch mit Calcium, Jod und Eisen.

*

Rezept für Karl-Dieters beste Brunnenkressesuppe

Zutaten:

eine große Kartoffel, Typ Linda, besser noch zwei Bamberger Hörnchen
800 Milliliter Gemüsebrühe

200 Gramm Brunnenkresse
ein Tee- und ein Esslöffel Butter
80 Gramm Sahne
eine Prise Pfeffer
eine Teelöffelspitze Zucker
eine Messerspitze Muskat
etwas Crème fraîche

Zubereitung:
Die Gemüsebrühe aufkochen und die gewürfelte Kartoffel eine Viertelstunde darin köcheln. Von der Brunnenkresse die Blättchen abzupfen, die Stängel in einem hübschen Servierschälchen beiseitelegen, einen Teelöffel Butter sanft erhitzen und die Brunnenkresseblättchen darin vorsichtig und nur ganz zart andünsten. Sodann die gedünsteten Blättchen in die Brühe geben, die Sahne und den Esslöffel Butter einrühren und das Ganze pürieren. Die Suppe kurz erhitzen, Salz, Pfeffer, Zucker und Muskat hinzugeben. Auf vorgewärmten Tellern servieren. Am Tisch einen Klacks Crème fraîche hinzugeben und die Kressestängel über die Suppe regnen lassen. Guten Appetit!

Empfehlung zur Weinbegleitung: Grauer Burgunder (am stilechtesten von der Saale-Unstrut)

© https://commons.wikimedia.org

Johannes Wilkes
Der Fall Fontane
Kriminalroman
282 Seiten, 13,5 × 21 cm
Premium-Klappenbroschur
ISBN 978-3-8392-2431-1
€ 14,00 [D] / € 14,40 [A]

Vergnügt radelt Hauptkommissar Mütze mit seinem Freund Karl-Dieter durch die Mark Brandenburg, als sie unter dem Birnbaum von Ribbeck eine grausige Entdeckung machen: Ein kleiner Hund zerrt sie zu einem Mann mit eingeschlagenem Schädel. Natürlich beginnt Mütze trotz Urlaub direkt mit den Ermittlungen: Welches Geheimnis hat die Ehefrau des Toten? Was hat es mit dem abgetrennten Wolfskopf auf sich? Und wer ist der Mann, der im Fontanekostüm durch Neuruppin läuft? Bald wird klar: Der Schlüssel zur Lösung des Falls scheint bei Theodor Fontane zu liegen …

GMEINER SPANNUNG

WWW.GMEINER-VERLAG.DE
Wir machen's spannend